新潮文庫

恋せども、愛せども

唯川　恵著

恋せども、愛せども

電話◇理々子

窓際《まどぎわ》の机に置かれたデジタル時計の数字が、四つともゆるやかに変わり、午後十時を知らせている。

連絡が来るはずの時間から、もう二時間が過ぎていた。

高久《たかひさ》理々子は受話器を取り上げ、耳に押し付けた。電話はちゃんと繋《つな》がっている。具合が悪いというわけではない。携帯電話の方も同様だ。もう何度も同じことをしていて、本当はそんなことはわかっていた。

短く息を吐いて、テーブルの上の煙草《たばこ》に手を伸ばした。灰皿には吸殻がうずたかく積まれている。この二時間で一箱近くも吸ってしまった。そのせいで少し気持ちが悪い。喉《のど》の奥深くに不快感が張り付いている。けれども、吸わずにいられない。

連絡がないということは、いい結果ではなかったということだ。

それを自分に言いきかせながら、もしかしたら、という期待も捨てられずにいた。

会議が長引いているのかもしれない。もうすぐ品田《しなだ》から「決まったよ」と、明るい声で報告があるかもしれない――。

「テレビドラマの脚本を書いてみないか」

と、品田に言われたのはひと月ほど前のことだ。

「恋愛物で、二時間の単発ドラマだ。どうだい、やる気はあるかい？」

品田は業界では中堅のテレビドラマ製作会社でプロデューサーをしている。理々子は幸運に飛び上がりたいような気持ちで答えた。

「もちろん、やらせてもらいます」

「ただ、若手の脚本家数人に同時に書いてもらうことになっている。その中から、一本を選んでドラマ化の予定だ。だから、書いてもらっても、採用されるとは限らないんだ」

そんなことは問題ではなかった。とにかくチャンスには違いない。

三年前、新人脚本コンクールに応募して、佳作で入賞はしたものの、それからまったく鳴かず飛ばずの状態が続いていた。もちろん、すぐに仕事が来るなどと甘い考えは持っていなかったが、こうまで無視されるとも思っていなかった。この三年、アルバイトで生活費を確保しながら、わずかなつてで知り合ったプロデューサーやディレクターに脚本を送り続けていた。その中で、唯一《ゆいいつ》、興味を示してくれたのが品田だった。

もともとの話をすれば、理々子は脚本家志望というわけではなかった。出身は北陸の金沢。子供の頃からテレビや映画が好きだったということから高校では演劇部に在籍し、演出から大道具小道具、役者から脚本まで、ほとんどすべてをひとりでこなしていた。ちょうどその頃、東京から来た劇団の公演があり、観《み》に出かけた理々子は、生の舞台と、演じる劇団員たちの迫力にすっかり魅せられた。

自分はどうしてこちらの席に座っているのだろう。どうして向こうの舞台に立っていないのだろう。そんな焦燥感に包まれ、卒業後の進路を考える頃には、当たり前のように「役者になりたい」という気持ちを抱くようになっていた。

夢を叶《かな》えるためには、上京するしかない。さすがに母と祖母に反対されるだろうと、おずおず切り出したが、ふたりともしばらく黙り込んだものの、最終的には、拍子抜けするほどあっさり承諾した。

「私が理々子にしてあげられるのは、好きに生きさせてあげることぐらいやさけ」

と、母は言い、

「理々子の人生は理々子のもの。自棄《やけ》にならないという約束だけしてくれたら、あとは思い通りにすればいいがや」

と、祖母は笑った。

ふたりは金沢の主計町《かずえまち》茶屋街のはずれで『高久』という小料理屋を営んでいる。父はいない。同い年の雪緒《ゆきお》という姉がいて、彼女は京都の大学を出てから、今は仕事で名古屋に住んでいる。

あれから十年がたつ。理々子は今年、二十八歳になった。

役者になるという夢は、上京して劇団の入団試験に合格したことで叶えられたように思えたが、そこに自分の確かな居場所を見つけることはできなかった。周りの役者たちを見て、自分の才能に疑問を感じたのが最初だが、加えて、演出家や脚本家とうまく気持ちを馴染《なじ》ませられないこともあり、私ならこんな展開にはしないのに、私ならこんなセリフは言わせないのに、そんなもどかしさが徐々に積もっていった。

役者より台本を書く方が自分には向いているのではないか、やがて、その思いが頭をもたげるようになっていた。

劇団は五年目に辞めた。

それを報告した時、母も祖母も驚いたようだったが、やはり何も言わなかった。それから二年間、さまざまなアルバイトをしながら、脚本の勉強のためにスクールに通い、二十五歳の時、新人脚本コンクールで佳作を取ることができた。

あの時は本当に嬉《うれ》しかった。目の前に明るい光が差し込むような思いに包まれたものだ。母も祖母も雪緒も、どんなに喜んでくれただろう。

けれど、それも束《つか》の間《ま》だった。三年たった今も何も変わってはいない。アルバイトに明け暮れながら、採用される当てのない脚本を書き、あちらこちらに持ち込み続けている。

不意に電話が鳴り始めた。

あれほど待ち焦《こ》がれていたのに、理々子は一瞬、取るのをためらった。もしかしたらこの電話で人生が変わるかもしれない。夢が叶うのか、それとも、また延々と同じ生活が繰り返されるのか。その答えを電話が握っている。怖《おそ》れにも似た気持ちが広がった。

それでも、取らないわけにはいかず、決心して手を伸ばした。

「高久です」

「ああ、僕。品田だ」

「はい」

答える声が緊張でかすかに震えている。

「残念だけど、だめだった」

大概のことがそうであるように、悪い予感の方が当たる確率は高い。

「そうですか」

淡々と答えたつもりだったが、自分でも声音に失望が滲《にじ》んでいるのがわかった。

「チャンスはこれからだってあるさ」

品田のいいところは、気がつかないふりができることだ。それから、いたって呑気《のんき》な口調で付け加えた。

「まだ、三年じゃないか。下積みの長い脚本家はいくらでもいる」

「そうですね、私なんてまだまだですよね。それで、あの、聞いてもいいですか？」

「何？」

「採用されたのは誰の脚本ですか」

「かなり揉《も》めたんだけど、結局、今野由梨《こんのゆり》に決まったよ」

聞かなければよかった、と臍《ほぞ》を嚙《か》んだ。

いや、今聞かなかったとしても、いずれはわかることだ。

今野由梨は、理々子が佳作となった同じ脚本コンクールで最優秀賞を受賞していた。

あの時、彼女の二十一歳という若さとアイドルばりの美貌《びぼう》、ドラマ化された作品が高視聴率を取ったことで、一躍注目を浴びた。今は年に二本か三本、単発ものを書いていて、順調に仕事をしている。

実は最初から今野由梨に決まっていたデキレースではなかったのか。

そんな思いがちらりと胸を掠《かす》めた。

「じゃあ、また何かあったら連絡するから」

「はい、よろしくお願いします」

電話を切ってから、理々子は短く息を吐き、天井を見上げた。

今野由梨か……。

もちろん、この世界は若さや美貌だけで渡ってゆけるものではないことはわかっている。たとえ、プロデューサーやディレクターに一時的に気に入られて採用されたとしても、映像化には視聴率がついて回る。

つい先日、たまたま彼女のドラマを観たのだが、若い女性たちの気持ちをうまく表現していると思った。これなら人気も出るだろう。けれどその一方で、物足りなさがあったのも確かだ。

少し作りが甘いんじゃないかしら。主人公にもっと毒を持たせてもいいんじゃないかしら。私だったら……。

わかっている。そんな批判は僻《ひが》み根性というものだ。完成された脚本に難癖つけるのは誰だってできる。何もないところから、何かを作り出してゆく。新鮮で、斬新《ざんしん》で、まだ誰も気がついていない、もしくは見落としている、そんな人間の姿やストーリーを紡《つむ》ぎだしてゆく。大切なのはそのことだ。

そう思い巡らせてから、ふと、闇《やみ》のような不安がするりと胸の中に流れ込んできた。果たして自分にそれができるだろうか。最初から才能なんてなかったのではないだろうか。間違った道を選んでしまったのではないだろうか。ただの思い込み、ひとりよがりではなかったのだろうか。

煙草の灰がはらりと膝《ひざ》に落ち、理々子はそれをぼんやりと眺めた。

身体《からだ》中がやりきれなさに包まれていた。こうなったら最後、今から自分がどうなるかわかっていた。収拾のつかない落ち込みの中で、同じ質問や疑問が頭の中を回り始める。そこに自己嫌悪《けんお》や自意識や将来への不安が加わって、やがて絶望的な気分になってゆく。

近ごろ、こんなふうにどうしようもない状態に足を踏み入れてしまう瞬間があった。

以前はこうじゃなかったのに……。

自分を否定されても、それを跳ね返せるだけの弾力ある精神を持っていた。それは時々、生意気や世間知らずという言葉に置き換えられたが、それはそれで一向に構わなかった。むしろ、賛美されているような気にさえなったものだ。

私を支えていたものは、やはり若さだったのだろうか。二十八歳の自分を、もう若くはないなどと思いたくはないが、そんなことを思うこと自体、若さが少しずつ遠のいている証拠なのかもしれない。

「ああ、やだやだ」

思わず首を振り、気分転換にどこかに飲みにでも行こうかと考えた。行きつけの近所の居酒屋でも、知り合いがやっているバーでも、いっそ六本木まで出てクラブで思い切り踊るのも悪くない。

ふと、倉木崇《くらきたかし》に電話してみようかと思い立った。こんな時、彼の穏やかな笑い顔や物言いに触れたら、きっと気持ちも和むだろう。

電話に手を伸ばしたものの、辿《たど》り着く前に、理々子は指を止めた。

自分はいつもそうだ。倉木を都合よく扱っている。もっと言えば、利用している。倉木ならいつだって受け入れてくれるという、傲慢《ごうまん》な気持ちを持っている。

倉木は二年ほど前まで、カメラマンとして映画や舞台のスチールを手掛けていた。とは言っても、大して仕事があるわけではなく、理々子と同じように、さまざまなアルバイトを掛け持ちしながらやっと生活を成り立たせているというような状態だった。

知り合ったのは、理々子が劇団を辞め、アルバイトで引き受けたビデオ映画のエキストラをした時のことだ。脚本家への夢を抱く理々子と、スチールカメラマンとしての成功を摑《つか》もうとする倉木、同じ不安と期待を抱えたふたりが恋におちるのは、当然だったといえるかもしれない。

たくさん語り、たくさん喧嘩《けんか》をし、たくさん抱き合った。いくつもの夜を過ごし、いくつもの朝を迎えた。互いを自分の人生の一部のように、いや、自分自身の一部とさえ思うようになっていた。

けれども、いつか倉木は夢を捨てていた。

スチールカメラマンの仕事を諦《あきら》め、家業の写真館を継ぐと言い出した。そこで家族写真やお見合い写真、就職のための証明写真などを撮ることを選ぶと言う。

「そうしたら、理々子と結婚だってできる」

と、あの時、倉木は言った。

理々子は倉木を見た。その言葉の裏側に潜んでいるものに、たぶん、倉木自身も気づかなかったに違いない。

しかし理々子は気づいてしまった。倉木は結婚を言い訳に使っている。夢を諦めることと、理々子との結婚を引き換えにしたのだ。もっと言えば、結婚を、夢を諦めるための逃げ道にした。

それが理々子には許せなかった。

「逃げ出すために、私を利用しないで」

自分でも驚くような強張《こわば》った口調で、理々子は告げた。はっとしたように倉木は顔を上げ、そのまま黙った。何も言い返さなかった。

今となれば、もっと別の言い方ができなかったかと悔やむ気持ちもある。倉木に悪気があったわけではなく、理々子との結婚を考えるほどにまじめな気持ちだったということは、むしろ喜ぶべきことだったはずだ。

ただ、そこまで思いを巡らせられなかったのは、倉木の言葉を認めれば、自分もまた、夢を諦めてしまうことになるのではないかという怖れがあったからだ。

私は違う、私はそう簡単に安全な場所に逃げこんだりはしない。

倉木との関係は、それから少しずつ形を変えていった。そうして今のふたりは、恋とはまったく別の場所にいる。飲み友達というのがいちばん近いかもしれない。そのくせ、倉木が今も自分に好意を抱いていることを、理々子はちゃんと知っている。

理々子が会いたいと言えば、倉木は必ず都合をつけて出て来る。理々子を見る目に、時折、男の欲望のようなものを垣間見《かいまみ》ることがある。それを感じながらも、理々子が倉木と会うのは、たぶん自分への確認でもあるのだと思う。あの時、倉木にあんなことを口走った私が、今更諦めたなんて言えるはずがない。

私は諦めない。

そうやって、自分の中で失いそうになる意志を改めて認識している。

結局、電話はしなかった。布団《ふとん》の中に潜り込み、堅く目を閉じて、朝を待つしかなかった。

翌日、午後六時、アルバイトに出掛けた。

場所は銀座のクラブだ。女の子たちはアルバイトも含めて十人ほどがいる。ママはいつも一目で高級とわかる着物に、髪を高く結い上げて、いかにもその世界を生きている女性といういでたちだ。年齢は不詳だが、五十歳近く、と理々子は踏んでいる。時給もいいし、客層も悪くなく、この店で週三回アルバイトを始めてからもう一年以上たっていた。

ここでの収入と、知り合いの編集者から依頼されるゴーストライターの原稿料が、今の理々子の生活の主な糧《かて》となっている。

「理々子ちゃん、どうだった？」

店が始まる前、ママが化粧を直しながら尋ねた。

「すみません、駄目でした」

ママには事情を話してある。隠すことでもないと思っていた。けれども、こういう時は言わない方がよかったかもしれないと思う。

「あら、そう。それは残念」

さらりとママは答えた。

「いつか、理々子ちゃんの書いた脚本がテレビドラマや映画で大ヒットしたら、俳優とかプロデューサーとか、お金を持ってるお客さんをいっぱい連れてきてね。それを楽しみにしているんだから」

理々子は苦笑するしかなかった。

自分としてもそれを夢みて、まっすぐに歩いているつもりなのだが、いつまでたっても近付くことができない。それどころか、ますます遠のいているようにも思える。

アルバイトを終えて、十二時少し過ぎにアパートに着くと、留守電にメッセージが入っていた。金沢の母からだった。

「理々子、近いうちに帰って来《こ》られんかしら。ちょっと話したいことがあるが。雪緒の方には今から電話をするけど、ふたりで予定を合わせてくれんかいね」

母から「帰って来い」などと言われることはめったにない。正月も盆も、いつも好きにしなさいと言われてきた。

電話の前で、理々子は首を傾《かし》げながらもう一度メッセージを聞いた。

「わかったわ。じゃあ理々子と相談して、近いうちに帰るようにするから」

電話口で雪緒は言い、それから付け加えた。

「話って何?」

「帰ってから、話すさけ」

「そう、じゃあね」

受話器を置いて首を傾げた。いったい話とは何だろう。母の口調からすると、そう悪いことではないらしい。声がどこか弾んでいた。

「りりこって?」

その声に雪緒は振り返った。長峰《ながみね》がベッドに寝転んだまま煙草《たばこ》を吸っている。

「灰、落とさないでね。理々子、妹よ。とは言っても、生まれは三か月しか違わないけど。血が繋《つな》がってないから」

ふうん、という言葉と一緒に、長峰は煙を吐き出した。雪緒は彼の隣に体を滑り込ませ、もしそれ以上、尋ねてきたらどう答えようかと考えた。隠すようなことではない。恥じるつもりもない。けれども、たぶん彼は訊《き》かないだろう。詮索《せんさく》が、今のふたりの関係に微妙な影響を及ぼすのではないかと、長峰は危惧《きぐ》しているはずだ。

案の定、彼は黙ったまま壁に掛けられたスチール製の時計に目をやった。

「そろそろ」

「ええ、そうね」

長峰がベッドを出て、下着をつける。シャツとズボンを着て、ネクタイを締め、上着をはおってから、雪緒のドレッサーの前で腰を屈《かが》め、髪を手櫛《てぐし》でざっと整える。それを雪緒はベッドから眺めている。

「じゃあ、また」

雪緒は頷《うなず》いて、さよならの代わりにする。やがてドアの閉まる音がした。

雪緒はゆるゆると起き上がり、鍵《かぎ》を掛けに行き、戻るついでにキッチンの冷蔵庫から缶ビールを取り出した。ベッドに腰掛けて、それを飲みながら長峰の残した吸殻を眺めた。

十歳以上も年上の、妻子持ちの男と付き合っているなんて、愚かなことだとわかっている。二人の関係をもちろん恋とも愛とも呼ぶ気はない。ただ、恋に似たもの、愛と錯覚できるものが今の自分には必要なのだと思う。たとえ先の見えた関係であっても、わずかながらもそれは生活に潤《うるお》いを与えてくれる。

雪緒は子供の頃から勉強ができた。

金沢ではいちばん優秀な高校に入り、難関といわれた京都の国立大にストレートで合格し、就職もあっさり大手の不動産会社に決まった。

さほど勉強が好きというわけではなかったが、人にそれぞれ得意とする分野があるとしたら、自分はたぶん、試験を突破するということだろう。勉強は裏切らない。正しく覚えさえすれば必ず成果に繋がる。単語も数式も年号も、面接の術《すべ》さえも、そうやってデータとして頭の中に取り込んできた。

優等生で過ごしてきた子供時代を、感傷的な気持ちで悔いるつもりはない。先生に気に入られ、女の子たちから愛され、男の子たちから憧《あこが》れられる存在になる。無邪気さと残酷さを同居させた子供の世界で、彼らとは違う環境にいる自分を守るためにも、それは必要なことだった。

そんな自分に較《くら》べ、理々子は対照的だ。

理々子はいつだって感覚で生きている。好きな学科も音楽や図工や体育で正反対だ。学校のクラスメートらとケンカをして怪我《けが》を負わせ、母が謝りに出向いたこともたびたびあった。その時は殊勝な顔つきでうなだれているのに、翌日にはもう、けろりと忘れて楽しそうに登校する。

高校卒業間際《まぎわ》に「東京に行って役者になりたい」と言い出した時は、さすがに驚いた。現実味のない話としか思えなかったが、何のコネもないまま理々子はひとりで上京し、希望の劇団に入団した。それだけでも無鉄砲というものなのに、今度は「役者は自分の望んでいたものではなかった」とあっさり退団し、脚本家になると言い出した。これも雲を摑むような話だと思ったが、コンクールで佳作入賞を果たし、今はその道を歩き出している。

祖母と母が言うには、石橋を叩《たた》いて叩いて、叩き割るほど叩いて、ようやく納得して渡るのが雪緒で、その石橋がどんなに危なかろうが、途中で崩れ落ちていようが、行きたいと思った瞬間、走り出しているのが理々子だ。

そんな理々子に、雪緒は呆《あき》れ、ひやひやし、そしてどこかで羨《うらや》んでいる。そんな生き方を、自分は決してできないことを、雪緒はちゃんと知っている。

今年で就職して六年になる。

入社時から住宅再開発事業部というセクションに所属し、各地の大型マンション建て替えのプロジェクトに携わっている。土地を買収し、地権所有者への説得を行い、市場のニーズを分析し、地域にふさわしいマンションプランをたてる。

総合職として入社した雪緒は、男性社員と同じく全国を転勤して回る。現在の名古屋はすでに三か所目で、今は所有者が三十人近くいるマンションを手掛けている。このマンションの建て替えが済めば、また違う場所に移る。それからも二年か三年に一度の割合で、日本中の支社を回ることになるだろう。

先日、近々結婚する大学時代の友人と会った時、こんなことを言われた。

「転勤生活は落ち着かないでしょう、地に根を下ろすような暮らしがしたくならない？」

決して悪気があっての言葉ではないことぐらいわかっている。結婚という約束事の中に身を置くことの安心感が、素朴な疑問に結びついたのだろう。

自分もそんな気持ちを抱いた時期があった。しかし、今は違う。ただ、それを伝えようにも、結婚に興味がない、と口にするのは却《かえ》って難しい時代になったと雪緒は思う。母くらいの年代では、それがひとつの「女の自立」というものに繋がる生き方の象徴であったらしいが、今は、そんな頑《かたく》なさにとりつかれている方が時代遅れと言われるだろう。仕事も結婚も子供も、当たり前のように手に入れる。これが今の女性の生き方だ。だから雪緒もあえて口にしたりはせず、無難な答えを口にした。

「そうね、いつか、あなたみたいにいい人と巡り会えたらそう思う時が来るかもね」

けれども、正直なところ、今の雪緒には結婚する自分など想像がつかなかった。いや、その前に、地に根を下ろす生活というもの自体が、別の世界のことのような気がする。

それは雪緒の生い立ちに起因しているかもしれない。

雪緒は、理々子だけではなく、母の篠《しの》とも血の繋がりはない。理々子と母もそうだ。そうして、祖母の音羽《おとわ》と篠も同じである。つまり、高久の姓を名乗ってはいるものの、祖母、母、娘ふたりは、まったく血縁関係のない家族なのである。

もともと、祖母の音羽は金沢の主計町で置屋を経営していた。雪緒の本当の母親、山川みつ子はそこの芸妓《げいぎ》だった。きれいで踊りが得意の売れっ子芸妓だったと、祖母も、同じく芸妓だった篠も言っている。

そんな実母が、ある時、ふたりに妊娠を告げ、産むと決心していると打ち明けた。相手の名前を決して口にしなかったのは、それがその世界に生きる女の決まり事だったのだろう。

やがて、母は芸妓をやめ、雪緒を産んだ。保育園に雪緒を預けて、昼の仕事につき、働き始めた。小さなアパート暮らしの、決して裕福とはいえない生活だったが、記憶にある限り、母はいつも幸せそうだった。

雪緒は飲んでいた缶ビールを床に置き、机の引き出しから母の写真を取り出した。浅野川の川原で撮られたもので、背後に天神橋が見え、その向こうに卯辰山《うたつやま》が広がっている。まだ一歳にもならない雪緒を抱いて、母が笑っている。

母はこの時、二十八歳。ちょうど今の雪緒と同い年だ。

父親のない子を産む、子をひとりで育てる、そう決心した母の気持ちを、雪緒は正直なところ、今もうまく理解できないでいる。自分ならきっと、背負わなければならないリスクを考えただけで、躊躇《ちゅうちょ》しただろう。けれども、母は雪緒を産んだ。リスクよりも、雪緒を選んだ。

缶ビールが空になり、雪緒は冷蔵庫からもう一本取り出した。最近、少し酒の量が増えてきたような気がする。けれども顔にはまったく出ない。むしろ白さが増してゆく。母も同じだったそうだ。

母は、雪緒を産んでから五年後に病死した。

心臓の病だったと聞いている。もともと持病だったそうだが、ひとりで子供を産み育てる負担が死期を早めたのではないかと思う。雪緒という子供を産む母のリスクは、たぶん死だったのだ。それを思うと、どこか後ろめたい気持ちに包まれるが、音羽や篠からは「決してそんなことを考えてはいけない」と諭され、今は、それが母の運命だったのだと受け入れている。

ひとりになった雪緒は、奥能登《のと》にある母の実家に引き取られた。実の祖母は優しかったが、すでに家は長男夫婦が実権を握っていて、どことなく祖母が遠慮しているのが感じ取れた。親戚《しんせき》や近所の人たちの困惑と好奇の目に晒《さら》されるたび、幼心に自分がよそ者であること、厄介な存在であることが伝わってきた。

伯父は決して悪い人ではなかったが、父親のない子を産んだ妹に対して、やはり忸《じく》怩《じ》たる思いがあったのだろう。そんな伯父の頑なさが影響して、伯母や従姉妹《いとこ》たちとも常によそよそしさがつきまとった。どうにも気持ちが寄り添わず、自分の居場所がここでないことだけは雪緒にもわかった。

一年ほどして、小学校に入る少し前、祖母は雪緒を音羽の元に連れて行った。

祖母は自分が死んだ後、あの家で、あの狭い田舎町で、雪緒がどんな立場に置かれるのか、それが雪緒の将来をどう左右することになるか不安でならなかったのだろう。

音羽はその頃にはもう、主計町の近くで篠とふたり、小料理屋を営んでいた。いや、正確には三人だ。理々子も一緒だった。

後から聞いた話だが、雪緒の実母であるみつ子が芸妓を辞めてから、しばらくして篠も結婚したという。相手は子連れのサラリーマンで、その子供というのが理々子だ。篠が置屋最後の芸妓だったせいもあり、音羽はそれを機に置屋を畳んで小料理屋を始めた。忙しい時だけアルバイトの女の子にひとり来てもらえば十分の、こぢんまりした店だった。

しかし篠の結婚生活も三年もしないうちに終止符を打った。相手が職場で倒れ、呆気《あっけ》なく亡《な》くなってしまったのだ。そして、残された篠と理々子は音羽の元に身を寄せ、共に店を切り盛りするようになっていた。

祖母と音羽や篠の間で、どんな話が交わされたかはわからない。ただ、音羽が柔らかな目で雪緒を眺め「大きくなって」と涙ぐんだこと、篠に抱きしめられた時、母と同じ匂《にお》いがしたことをよく覚えている。

それから、雪緒は篠の娘として迎えられ、高久の姓を名乗るようになった。

母と暮らした五年、田舎で暮らした一年、小学校から高校を卒業するまでの十二年、大学生活の四年。就職して六年。

結局、自分はいつも、紐《ひも》をほどいていない荷物を抱えているように暮らすしかないのではないかと思う。どこに住んでも、ここではないという思いがつきまとってしまう。地に根を下ろす生活というものが、今の雪緒にはどうにも実感できないのだ。

翌日、雪緒は出勤してすぐに、ひとりの区分所有者の部屋を訪ねた。

築四十年近くもたつ低層マンションの建て替えである。駅からそう遠くなく、公園も近く、環境がいいということで、高層にすれば、元の所有者が入居したあとの住戸を売却して、ほぼ建設費をまかなうことができるという好物件だった。

こういった等価交換方式の話は、バブル期にはよくあったらしいが、最近は条件が厳しく、なかなか話が進まない。このマンションは幸運な例といえるだろう。すでに一年がかりで所有者たちの了解も取りつけ、着工が決定していた。

それが今頃になって、異議を唱え始める住人が現れた。とにかく「自分はここに住みたい」との一点張りなのである。

所有者は八十歳に近い老人で、出向くたびに、頑なさが増しているように思う。

今日もドア越しに「とにかく、建て替えには反対だ。このマンションを壊すなら、私も一緒に瓦礫《がれき》の下に埋めればいい」と、一方的に言うばかりで、話し合いにもならない。

上司に報告したものの「何とか説得しろ」と言うだけで、雪緒にすべて押し付ける様子だ。

相手は一度了承したことであり、合意の判ももらっている。雪緒側には何の落ち度もない。ただ単に気が変わったということだけが原因だ。とにかく話し合って解決したいのだが、今は取り付く島もないという状態だ。

いざとなれば法的手段に訴えることもできるが、できるものなら穏やかに話を進めたいと思っていた。あとの住人たちは、そろそろ仮住居に引っ越しを始めている。もちろん、その老人のための住居も確保してある。

結局、今日も老人にはドアの前で追い払われた。会社に戻れば上司に「早く何とかしろ」とせっつかれ、その他に片付けなければならない事務的な仕事を山のようにこなし、夜、雪緒は疲れ果てて部屋に戻って来た。

コンビニの弁当で夕食を済ませ、風呂《ふろ》に入って一息ついてから、受話器を手にした。

夜のアルバイトをしている理々子は、携帯電話も大概留守電になっている。メッセージを残しておくと、間もなく一時になろうとする頃に連絡があった。

「ごめん、寝てた？」

理々子の声を聞くのは久しぶりだ。

「ううん、平気よ。掛かってくると思ってたもの。どう、元気にしてた？」

互いに東京と名古屋という距離があるし、会社員とフリーランスという時間帯のずれもある。最近、連絡は滞りがちだ。

「まああかな」

金沢から離れて十年がたち、互いに金沢弁が出ることは少なくなったが、イントネーションはやはり戻ってしまう。

「脚本の方はうまくいってる？」

「それも、まああってところ」

あまりよくないのだな、ということが察せられた。理々子はいつもそうだ。どうということはないふうに装《よそお》い過ぎて、却って本音が見えてしまう。しかしそれには触れず、雪緒は言った。

「かあさんから電話があったでしょう」

「あったわ。帰っておいでなんて、そういうことめったに言わないからびっくりした。何があったか、知ってる？」

「ううん、でも悪いことじゃないみたいよ。何だか声が嬉《うれ》しそうだったもの」

「だったらいいけど。じゃあ、雪緒は何時ごろ帰る？　私はバイトを交代してもらって、今週金曜の午後の便に乗ろうかなって思ってるんだけど」

「それなら、私も何とか仕事を片付けて、午後の電車に乗るわ」

「わかったわ、じゃあ、その時に」

電話を切ってから、金曜の夜は、長峰と約束していたことを思い出した。すぐに短くキャンセルのメールを打っておいた。

優等生で通ってきた自分が、長峰のような男と付き合っていると知れば、誰もが驚くに違いない。けれども、雪緒は自分を不運などと少しも考えていなかった。もっと言えば、長峰が妻子持ちの男だからこそ付き合っている、という思いがあった。

今の仕事が済めば、また転勤がやって来る。独身の恋人がいれば、揉《も》めることはわかっていた。実際、以前の転勤先で、別れの際、体も心もひどく傷つけあったことがある。もうあんな思いは二度としたくない。だったら、男なんてものに関わらずに暮らした方が気楽なのだろうが、仕事と部屋の往復だけの毎日はさすがに味気ない。ここに住む間、気持ちよく一緒に過ごせる相手がいればそれでいい。所詮《しょせん》、期間限定の恋なのだ。あっさりさよならをするには、気楽な妻子持ちの男がいちばんではないか。

そうして、雪緒はふと思う。ある意味、もう自分は女ではないのかもしれない。

帰省◇理々子

帰省のために飛行機を使う時、理々子はよく夕刻に到着するよう時間を合わせている。春が深まった今の季節なら五時ごろ、夏なら七時ごろ、冬なら四時ごろだ。

羽田から搭乗して約一時間、小松空港に降り立ち、市街までの連絡バスに乗る。しばらく走って北陸自動車道に入ると、じきに進行方向左手に日本海が見えてくる。運がよければ、歓声をあげたくなるような夕陽に出会えるからだ。

防風林が切れたとたん、期待通りの風景が現れて、理々子は小さく声を上げた。わずかに湾曲した水平線に、緋色《ひいろ》に熟した太陽が溶けるように沈んでゆく。目の奥にじんと痺《しび》れるような色彩が広がると、東京という巨大な生き物に似た街で、頑《かたく》なさだけを頼りに暮らしている自分が和らいでいくのを感じた。

ああ帰って来た、と、改めて思う。

そうして、決まって思い出すことがある。

雪緒と一緒に家出をしたあの時のことだ。

あれは小学校五年生の夏の始めだった。行き先は内灘《うちなだ》海岸。JR金沢駅のすぐ近くから発車している浅野川線という電車に乗り、七ツ屋、上諸江《かみもろえ》、磯部《いそべ》……と、いくつかの駅を過ぎ、二十分ほどで到着する終点の町、そこが内灘だ。駅に降り立ってから、しばらく歩くと海岸に出る。

あの時、ふたりとも家を出た時から黙ったままだった。互いの胸に抱えているものが同じであること、その確信だけがふたりを繋《つな》げていた。

そう、私たちは同じなのだ。

それは、雪緒と高久の家で初めて顔を合わせた時、一瞬にして理解し合ったように思う。

祖母の音羽も、母の篠も、当たり前のように血の繋がらぬふたりの娘を受け入れていた。その当たり前さに、時折、理々子は混乱することがあった。褒められても、叱《しか》られても「本当の子供じゃないのに」という事実がいつもつきまとっていた。

高久の家に来たのは十分に物心がついた頃であり、ふたりとも自分たちが背負う事情は知っていた。たぶん、大人たちが思う以上に理解していたと思う。

同時に、自分たちが知っているということで、祖母や母に余計な気遣いをさせたくないという子供らしい配慮も備えていた。

幼さは、不安と怖《おそ》れに満ちている。

おまえら、ふたりとも橋の下から拾われてきたんだってな。

そして、残酷さに溢《あふ》れている。

同級生から投げ付けられた言葉に、理々子はその男の子の前に歩み寄り、頬をひっぱたいた。それから派手な取っ組み合いになり、床に転がり、机や椅子《いす》をなぎ倒し、気がつくと相手の額から血が流れていた。

その日、祖母と母が相手の家に詫《わ》びに行ったが、決して理々子を叱ることはなかった。

そんな祖母や母の完璧《かんぺき》な愛情が、どういうわけか、理々子をいっそう孤独な気持ちに追い詰めた。

「本当の子供じゃないからよ」

理々子の言葉を、雪緒は黙って聞いていた。

「だから、どうでもいいのよ」

幼稚な結論だった。

「どこかに行ってしまいたい」

泣きながら言うと、雪緒は静かに頷《うなず》いた。

「だったら海に行こう」

理々子は驚いて顔を上げた。

「雪緒は関係ない、行くのは私ひとり」

「ううん、私も行く」

その日の夕刻、祖母と母が店に出掛けてから、ふたりは小さなリュックに身の回りの荷物を詰め込んだ。それから台所のテーブルの上に「おせわになりました」という、テレビドラマで観《み》た通りの書き置きを残して家を出た。

今の年になれば、自分たちがどれほど幸運な立場であったかがわかる。けれども、心さえもまだ柔らかな骨でしか包まれていないようなその頃のふたりには、本当の家族ではない、という事実を受け入れるには幼過ぎた。

目的の内灘海岸に着いたものの、それからどうすればいいのかわからず、まだ昼の温《ぬく》もりを残した砂浜にふたりで腰を下ろした。いくつかあった人影もいつか消えていき、寄せる波の音だけが夕暮れを震わせていた。

空は静かに色づき始め、やがて目の前に広がったのは、目に見えるすべてのものを緋色に包み込む雄大な夕陽だった。遥《はる》か水平線の彼方《かなた》から光の道が一直線に伸びて来て、それは自分たちのために特別に行われた神聖な儀式のように思えた。

そうやって、ゆっくりと、けれども確実に太陽が水平線に吸い込まれてゆく様子を、言葉もなく眺めた。最後の点となった光を見送った時、ようやく顔を見合わせた。

「これからどうする？」

尋ねたのは、雪緒だったか理々子だったか。

「そうね、どうしよう」

答えたのも、どちらだったか。

「おなかすいたね」

「シチューがあったよ」

「コーンがいっぱい入ったの？」

「そう」

「だったら食べてくれればよかった」

「おかあさんのシチュー、おいしいから」

そう言い合って、ばつが悪そうに笑った。

帰ろうか。

うん、帰ろう。

あの時、幼心にも自分たちが帰る場所がどこなのか気づかされたような気がする。

内灘の海に来たのは、ただ、それを確認したかっただけなのだ。

家に帰った時はもう夜の九時近くで、家は大騒ぎになっていた。電話をしても出ないふたりを心配して戻ってきた母が、テーブルの書き置きを見つけて慌《あわ》てて祖母に連絡をし、祖母も店を閉めて帰って来ていた。

「あんたたち、どこ行っとったが」

「あと一時間して帰ってこんかったら、警察に連絡しようと思っとったがやぞ」

この時ばかりは、母にも祖母にもこっぴどく叱られた。叱りながら、祖母はしっかりとふたりを抱き寄せ、母がその三人を両腕で包み込み、四人で泣いたのを今もよく覚えている。

海沿いの道路を過ぎて、バスは市街へと向かって走って行く。高速を下りて十五分ほどで金沢駅のバスターミナルに到着し、そこで市内路線に乗り換える。

理々子と雪緒は性格も雰囲気もまったく違う。優等生で愛らしい容姿の雪緒に較《くら》べ、理々子は勉強ができる方ではなく、見た目もよく男の子に間違えられた。

姉妹と言われても否定しないが、理々子はそのたび、どこか居心地の悪い気持ちになった。同志のような、同類のような、同胞のような。今も、自分たちにふさわしい呼び名は何だろうと、時折、考えることがある。

停留所に降り立って、いつもの角を曲がったとたん、足が止まった。

「あら」

「おぅ、高久じゃないか」

目の前に懐《なつ》かしい顔が近づいて来た。

会うのは十年ぶり、いや、それ以上かもしれない。小中学校で同級生だった瀬間《せま》純市だ。確か、有名大学を卒業した後、一流の商社に就職したと聞いていた。

「久しぶりだなぁ、今、東京なんだって？」

「そう、ちょっと帰って来たの。瀬間くんは、今、どこ？」

「こっちだよ」

「こっちって？」

「金沢だよ」

「転勤？」

「いや、こっちで働いてるんだ」

一瞬、それがどういうことを意味しているかわからなかった。

「転職したんだ。と言うより、リストラされてね」

と、純市は冗談ぽく言ったが、何と答えてよいかわからず、理々子は曖昧《あいまい》に頷いた。

純市は小さい時から成績優秀で、中学の時は雪緒といつもトップを争っていた。ふたりは同じ高校に進み、卒業するまでライバルだった。その純市がリストラに遭うなんて信じられない。

「あのさ、相田、覚えてるか？」

唐突に名前を言われて、理々子は我に返った。

「ええっと、誰だっけ」

「ほら、ぜんぜん教室に来ないで、保健室にばかりこもってた」

「ああ、あの相田くん」

脳裏にもうひとつ懐かしい顔が浮かぶ。

「あいつ、今、香林坊《こうりんぼう》で『ＪＯＫＥ』っていう飲み屋をやってるんだ」

「相田くんが？」

あの頃、他人と関わることを一切拒否して授業に出て来なかった相田が、客商売を始めているとは驚きだ。

「今から店に飲みに行くんだけど、よかったらあとで来いよ」

純市は簡単に場所を説明した。

「でも、行けるかどうかわからない」

「いいさ、どっちでも。ま、閑《ひま》だったらということで」

「わかったわ」

頷きながら、理々子はちらりと純市の額に目をやった。純市もすぐそれに気づいたようだった。

「まさか、まだあのこと、根に持ってるんじゃないだろうな」

純市が眉《まゆ》を顰《ひそ》め、小学生の頃と同じ口調に戻って言った。

「根に持っているのは、そっちでしょう」

理々子はわずかに口を尖《とが》らせて言い返した。

「次の日に謝っただろ」

かつて、取っ組み合いのケンカになって怪我《けが》をさせたのが、この純市だった。

もちろん、根になど持っているはずもない。翌日、純市が額に絆創膏《ばんそうこう》を貼《は》って、見たこともないような殊勝な顔つきで「ごめん」と謝った時にはもう、理々子はそんなことがあったことさえ忘れていた。バーカ、と答えたような記憶がある。それが理々子なりの和解だった。

純市と別れて、家に向かった。

わずかな敷地に築五十年以上たつ、ここら辺りでもさすがに珍しくなった古い一軒家だ。門灯は点《つ》いているが、すでに祖母も母も店に出ていることはわかっている。キーホルダーから鍵《かぎ》を出し、玄関戸を開けた。

「ただいま」

と、声に出して言うと、返事の代わりに懐かしい匂《にお》いが返って来た。

一階は台所と洗面所、茶の間、そして祖母の部屋がある。二階は母の六畳間と、理々子と雪緒が共同で使っていた八畳間だ。祖母は几帳面《きちょうめん》な性格で、いつも家中が磨き上げられていた。子供の頃は白い壁の洋館のような友達の家が羨《うら》ましかったが、今は、帰ってくるたびに、古さがしっくり納まったいい家だと感じている。

台所のテーブルの上に、置手紙があった。

「夕食はお店に食べにいらっしゃい」

それを手にして二階に上がった。机も本棚もタンスもそのままになっている。理々子は荷物を置き、椅子に腰を下ろすと、短く息をついた。

故郷に帰ると少し寂しくなるのはなぜだろう。この部屋で暮らした自分と、年が離れてゆくのを実感してしまうからだろうか。ただ、その寂しさは決して苦いものではない。そう感じることに、どこかほっとしている自分もいる。

携帯電話が鳴り始めた。雪緒からだった。

「さっき金沢駅に着いて、今はタクシーの中。うまく仕事が片付いたから早い電車で来たの」

「夕食はお店だって」

「じゃあ、直接そっちに行くわ」

押し入れを開けると、布団《ふとん》の上に新しいカバーが置いてあった。昨夜のうちに母が用意してくれたのだろう。こんなところにも、少し、胸が熱くなる。

荷物をほどいてから、階下に下り、歩いて十分ばかりの距離がある『高久』に向かった。

店にはまだ暖簾《のれん》が出してなく、引き戸に「都合により七時半から」と書かれた紙が貼ってあった。わざわざ開店の時間を遅らせることもないのに、と戸を開けると、先に雪緒が来ていた。

カウンターの向こうから、祖母と母が相好《そうごう》を崩しながら「おかえり」と声を向けた。

「うん、ただいま」

どこか照れ臭いような気持ちで、理々子は雪緒の隣に腰を下ろした。L字形になった十席ばかりのカウンターがある小さな店である。

七時半からという貼り紙があったのに、反対側にはふたりの客が座っていた。ひとりは白髪の老紳士で、もうひとりは中年のよく陽に焼けた男性だ。目が合って、理々子は軽く頭を下げた。

「どうや、元気にしとったんか」

「仕事は忙しいがか」

「雪緒、少し痩《や》せたがんない？」

「理々子、もう少し女らしい格好はできんがか」

加賀野菜の煮つけや、鰈《かれい》の塩焼きや、豆腐や漬物の皿を出しながら、祖母と母がふたりに質問を投げかける。

うん、元気やったよ。

まああかな。

そうでもないよ。

だって、そういうの似合わないし。

と、それらを口に運びながらふたりは答える。

祖母は白髪を短く切り、鉄色の紬《つむぎ》に割烹着《かっぽうぎ》を着ている。母は髪をこざっぱりと結い上げ、濃紺の絣《かすり》に同じく割烹着だ。気風《きっぷ》のいい祖母と、どこかのんびりしたところがある母とはいいコンビだった。

「この煮つけ、おいしい。特に蓮根《れんこん》なんて最高」

理々子が言うと、母の顔に笑みが満ちた。

「そうやろ、おいしいやろ。この加賀野菜はね、みんなあちらの山崎さんとこから仕入れさせてもらっとるが。山崎さんは、本当に質のいい野菜を作られるから」

母の言葉にふたりは改めて顔を向けた。

「あ、どうも。あの、とてもおいしいです」

理々子が言うと、陽に焼けた方の男が照れ臭そうに「いえ……」と、わずかに頷《うなず》いた。

「器も変えたのね。これ、すごい高級品なんじゃない？」

雪緒の言葉に、今度は祖母が満足そうに頷いた。

「そうながや。これはね、あちらの澤木《さわき》さんのお店で扱ってるのを、安く譲っていただいたものなんや」

再び、理々子と雪緒は顔を向けた。

白髪の紳士がどこかかしこまった態度で「お気に召していただけたのならよかった」と、呟《つぶや》いた。

「とても素敵です。こんなりっぱな器だと、お料理も三割増しにおいしくなります」

優等生らしく、雪緒が礼儀正しく答えている。

開店前だというのに、どうしてこのふたりの客はいるのだろう。連れの割にはまったく話をしていない。だいたい、料理も出ていないし、飲んでいるのがふたりとも茶というのもどこか不自然だ。

「じゃあ、私はこれで」

理々子の疑問を見透かしたように澤木が言い、それに従うように山崎も席を立った。

「じゃ、私も」

「わざわざすみませんでした」

「またいらして下さいませ」

祖母と母はまるで予《あらかじ》め決められていたことのように、あっさりと頭を下げている。

その言葉に見送られるようにして、ふたりは店を出て行った。

理々子と雪緒は食事を済ませ、満足しながら濃い煎茶《せんちゃ》をすすった。いつも食事は外食やコンビニで済ませることが多く、久しぶりにまっとうな食べ物を胃に納めたという気分だった。

「それで話って？」

湯呑《ゆの》みを両手で包み込んだまま理々子は尋ねた。

「ああ、それね」

母が困ったように祖母に顔を向けた。

「そうや、桜餅《もち》があるがやけど食べる？」

祖母がはぐらかすように答える。

「何、どうしたの」

と、雪緒が更に尋ねた。

「ほら、篠から言わんかいね」

祖母が母を促すように肘《ひじ》でつつく。

「そんなの、おかあさんから言ってもらわんと」

またもや、母が返している。

「やだ、何なのよ、言ってよ」

理々子の催促に、母はようやく覚悟を決めたように、着物の襟元を直した。

「あのね」

そして、少々上擦《うわず》った声で言った。

「実はね、おばあちゃんと私、ふたりとも結婚することにしたが」

思わず声を上げた。

「ええっ」

雪緒が身を乗り出すように尋ねた。

「いったい誰と」

「相手は、ほら、今いた、山崎さんと澤木さん。とりあえず、顔だけでも見てもらおうと思って」

あまりの唐突な言葉に、理々子と雪緒は瞬《まばた》きさえも忘れて、ふたりを見上げていた。

帰省 ◇ 雪緒

　ふたりしてぼんやりしていると、引き戸から客が顔を覗《のぞ》かせた。

「もう、いいが？」

「はい、どうぞどうぞ」

　母がほっとしたように愛想よく出迎えている。入って来たのはふたりの女性客で、雪緒と理々子の顔を見ると、大げさな声を上げた。

「あらぁ、ふたりとも帰ってたんか」

「久しぶりやねえ」

「こんばんは」

「ご無沙汰《ぶさた》してます」

　小さい頃から顔見知りの芸妓《げいぎ》たちだった。今夜は華やかな着物姿ではなく、ジーパンにセーターという普段着で、化粧もほとんどしていない。こうして見るととても芸妓には見えない。

「仕事、頑張っとるが。雪緒ちゃんは名の通った会社にお勤めやし、理々子ちゃんは芸術家やし、私らも鼻が高いわ」

　理々子が慌《あわ》てて首を振っている。

「雪緒はそうだけど、私はそんなんじゃないから」

「だって、ほら、何とかいうコンクールで入賞したがやないの。りっぱな芸術家や」

「違うって、まだ駆け出しの単なる下《した》っ端《ぱ》」

「私だって同じよ。仕事と言っても、まだまだ自分じゃ何にも決められないんだから」

　ふたりとも主計町の芸妓たちに可愛《かわい》がられて育ってきた。大人たちばかりの世界で、色事にも金銭にも関わらない子供の存在は、ある種、気持ちの拠《よ》り所《どころ》のような意味合いがあったのかもしれない。だからこそ、自分たちに向けられる期待のようなものが、時折、厄介に感じられることもあるが、それは親しみと同じ類《たぐい》のものだ。

　おねえさんたちはビールを注文し、母がカウンターに置いた。

「今日、お座敷は？」

「金曜日だっていうのに、どこのお茶屋さんも閑古鳥。遊ぶにしても、片町か香林坊の若い女の子のいる店の方がいいんやろ」

後継者不足はどこの世界でも同じらしく、主計町の芸妓も年嵩《としかさ》が増す一方だ。おねえさんたちももうとっくに四十を過ぎている。その上、この不景気だ。町に観光客はあっても、夜となればそれなりの茶屋は今も一見《いちげん》の客はお断りであり、たとえ受け入れたとしても、お座敷に上がって遊ぶ客などごく僅《わず》かしかいない。以前は川の流れと同じく、町に染《し》み入るように聞こえていた三味線や太鼓や笛の音も、近頃はめっきり途切れがちだ。

「まあ、今は辛抱の時やわいね」

祖母が仕方ないといったように答えている。

話が愚痴っぽくなったのをきっかけに、雪緒と理々子は顔を見合わせ、席を立った。

「じゃ、私たちは」

「あら、もう帰るが？」

おねえさんたちが残念そうな顔をする。

「はい、ごゆっくり」

「ほんなら、またね」

四人に見送られて、ふたりは外に出た。

日中はすっかり春の暖かさだが、夜になると風はまだ冷たい。卯辰山から濃い樹木の匂《にお》いが下りてきて、ふたりの髪を湿らせた。

ゆっくり話がしたい気持ちは、雪緒だけでなく理々子も同じだったらしい。どちらが誘うわけでもなく浅野川大橋を渡って河川敷に下り、川べりに腰をおろした。桜はもう見ごろを過ぎてしまったが、上流で散った花びらが、街の灯りを受けて淡く光りながら流れてゆく。

「まさか結婚とはね」

理々子が川面《かわも》を眺めながら呟いた。

「ほんとに、びっくり……」

雪緒はため息まじりに答える。

「理々子は反対？　それとも賛成？」

理々子が子供のように膝《ひざ》を抱え、そこに顎《あご》を乗せた。

「反対する気なんてぜんぜんないわ。ふたりがいいならそれでいい。雪緒はどう？」

「私も同じよ、ただ驚いただけ。だって、かあさんはもうすぐ五十だし、おばあちゃんは七十でしょう。まさか、今更結婚するなんて想像もしてなかったもの。今のままがいちばん気楽で快適なんだろうって思ってたから」

浅野川大橋をひっきりなしに通り抜ける車のヘッドライトが、波頭に当たって震えるように揺れている。

「やっぱり不安があったのかもしれないわね。娘たちは、金沢を離れて好きに暮らしているし」

「この結婚は、私たちのせいもあるのかな」

雪緒の言葉に、理々子の声がわずかに翳《かげ》った。

「ないとは言えないかもしれない。でも、生活の安定のためだけに結婚するとは思えない。ふたりの性格から考えてもあり得ないわよ。何より、あの嬉《うれ》しそうな表情に嘘《うそ》はなかったもの」

雪緒は頷きながら頬を緩ませた。

「ほんと、あんなふたり初めて見たわ。何だか女子高生みたいに照れちゃって」

「今時の女子高生なんかよりずっとウブよ」

「ねえ、おばあちゃんとかあさんは、つまり、あの白髪の老紳士と陽に焼けたおじさんに、恋をしているってことなのよね」

雪緒は言って、理々子に顔を向けた。

「まあ、そういうことになるんじゃない」

「恋だなんて、参ったな」

セックスもするのだろうか。

ふと、雪緒は考えた。それから慌てて首を振った。母や祖母のそれを想像するのはあまりにも居心地が悪い。とてつもなく気恥ずかしく、限りなく困惑する。もっと言えば、考えられない。

そんな雪緒を見て、理々子がわずかに苦笑した。

「今、たぶん、私も同じこと考えた」

「そう?」

「そういうこと、考えちゃいけないんだろうけど」

雪緒は、長峰のことを思った。

恋愛とセックスは切り離せない。男と女なら、当たり前にある出来事だ。けれども、それを当たり前に結びつけるようになってから、見えなくなってしまったものもあるような気がする。セックスのためだけにベッドに入ったこともある。ベッドに入った言い訳に恋愛を持ち出したこともある。恋愛とセックスはいつも同じ場所にあるわけではないことぐらい、もうとっくに知っている。

「ねえ、雪緒は今、好きな人がいるの?」

理々子がそんなことを聞くのは珍しい。

「残念ながらいない。理々子はどうなの」

「ぜんぜんなし」

「カメラマンと付き合ってたんじゃなかった？」

「ずっと前にね。今は友達に戻ったわ。何だかね、最近、恋愛ってどうやってするものだったか忘れちゃったみたい。気持ちが盛り上がらないっていうか、面倒くささが先に立つっていうか」

「だって、本当に恋愛は面倒くさいものだもの」

「でも、面倒くさいものを自分の周りから排除していっても、少しも生きやすくならないのよね」

雪緒はしばらく考えた。

「確かにそうかもしれない」

「恋愛がない毎日って、それはそれでやっぱり味気ないしね」

「でも、今の私には、その前にやらなきゃいけないことが色々あって、それで手一杯って感じ」

「仕事？」

「まあ、そうかな」

「雪緒は仕事が好きだから」

「仕事だから好きなんじゃない、楽しいから好きなのよ。理々子だってそうでしょ」

「確かに」

雪緒は胸を反らし、細かく星が散る空を見上げた。

「言えるのは、娘ふたりはこうして恋愛から遠のく一方なのに、母親やおばあちゃんはしっかり恋愛して、結婚までするってこと」

「ある意味、恋愛も結婚も年をとってからもできるってわかったわけだから、それはそれで安心したけど」

話の締め括《くく》りは、ふたりとも笑うしかなかった。

川べりに小一時間も座っていると、さすがに体が冷えてきた。そろそろ帰ろうと立ち上がると、急に理々子が言い出した。

「そうだ、今からちょっと飲みに行かない？」

「どうしたの」

「さっき、通りでばったり瀬間くんと会ったのよ。今頃、飲んでるはずよ。店の場所も教えてもらったの」

「そうねえ」

久しぶりに瀬間純市の名前を耳にして、雪緒は懐《なつ》かしさと同時に、かつて彼に向けていたどこか腹立たしさに近い感情を思い出した。純市とは、小学校から高校まで同じ学校だった。クラスは別のこともあったが、気がつくと、いつも姿が目の端に映っていた。

「瀬間くん、今は金沢にいるんだって。リストラされたって言ってた」

「本当に？」

雪緒は驚いて顔を向けた。

「わからないものね、あの優秀な瀬間くんがね」

同じ高校に進学してからも、雪緒と純市はいつも成績を競い合っていた。目標は純市の上の順位を取ること。ライバルと、みんなが呼んだ。雪緒もそうだと言っていた。負けたくなかった。けれども、結果として進学した大学は純市の方がランクが上だったし、就職も一流の商社と聞いている。

「その店っていうのが、ほら、中学の時にいつも保健室にこもっていた相田くん、彼がやってるんだって」

「あの、相田くんが？」

驚くばかりだ。やはり十年という月日は一筋縄ではいかないらしい。

「ね、ちょっと興味あるでしょう。行こうよ」

そう言ったかと思うと、理々子はもう河川敷から大通りに駆け上がり、タクシーを止めていた。


香林坊の裏手の古い雑居ビルの地下一階に、その店はあった。ドアに『JOKE』と書かれてある。ドアを押すと、細長いカウンターが続いていて、奥の方から純市が手を上げた。

「おう、やっぱり来たな」

と、気楽な口調で言ってから、雪緒の姿を認めて表情がいくらか硬くなった。

「ああ、そっちの高久も来てたのか」

「悪かったわね、来てて」

純市の隣に理々子が座り、その隣に雪緒は腰を下ろした。

理々子が交互にふたりを見て呆《あき》れ顔をしている。

「あんたたち、まだライバルやってるの」

十年ぶりで見る純市は、少し痩《や》せて、少し大人びていた。あの頃にあった自意識の強さや、ある意味での傲慢《ごうまん》さというものが表情から薄らいでいるように見えるのは、やはり今の境遇が影響しているのだろうか。

久しぶり、と、カウンターごしに声がかかって、雪緒は顔を上げた。それが、あの相田だとはすぐにわからなかった。ひ弱で腺病質《せんびようしつ》という印象しか残っていなかったが、目の前に立つ相田は、純市とは逆に、表情に逞《たくま》しさのようなものが覗《のぞ》いていた。

「びっくりした、ずいぶん変わっちゃって」

感心したように雪緒は言った。

「そう言われるのが楽しくてさ」

相田がくしゃくしゃと相好《そうごう》を崩している。もしかしたら、笑っている相田を見るのは初めてかもしれない。

とりあえず、四人で再会を祝っての乾杯をした。純市と相田はすでに酒が回ってい て、陽気な会話が飛び交った。純市は自嘲《じちよう》的にならない程度にリストラの憂き目《うめ》を嘆き、仕事がうまく軌道に乗らない理々子と意気投合していた。相田は、高校を中退して放浪の旅に出たことを、ぽつぽつと語った。その旅が、閉ざすことでしか自己表現できなかった自分を解放するきっかけになったと言う。

三年ほど世界のあちらこちらを回って、ほんの少しの間金沢に戻り、アルバイトをして資金を貯《た》めたらまた旅に出るつもりだったのが、そこで予定は大幅に狂った。

「つまり、恋におちたわけだ」

純市がからかうように言った。

「そうなの？」

相田は頭を掻《か》いている。

「まあ、何て言うか、旅より俺を引き止めるものがあったんだな」

「相田は、こう見えてもうふたりの子持ちだよ。奥さんは一回り年上。すごいよな、まったく」

「おまえ、おばさんと結婚したと思ってるんだろ」

水割りを作りながら、相田は上目遣いで純市を見た。

「まあ、それはあるな。正直なところ、後悔してないか？　やっぱり若い方がよかったって」

「ない、ありえない。俺はいつも、カミさんの方が後悔してるんじゃないかって心配してるんだ。俺みたいな若造と結婚してさ」

「のろけるねえ」

純市は笑ったが、雪緒の胸には温かいものが広がっていた。こんなふうに、さらりと愛を口にすることができるのは、相田にとって、妻や子供が揺るぎない存在だからだろう。愛なんて面倒なものとわかっていても、こうしていともたやすく目の前に差し出されるとやはり羨《うらや》ましくなる。

「で、瀬間くんはこっちで何をやってるの？」

雪緒は相田から差し出されたグラスを受け取りながら尋ねた。

「ま、ぼちぼちアルバイトをね」

そんな話のはぐらかし方が妙に気に障《さわ》って、雪緒はいくらか皮肉を交えて言った。

「瀬間くんところはお金持ちだもの、いいわね、おぼっちゃんは気楽で」

実際、瀬間の父親は手広く事業をしている。従業員が二百人近くいる工務店の他に、貸しビルをいくつか持ち、不動産の仕事も手掛けている。リストラに遭おうが、生活に困るわけではない。

「おまえ、やっぱり昔のままだな。相変わらず性格が捩《ねじ》れている」

純市のいくらか硬い声が返って来た。

「だって本当のことでしょう」

「何でもかんでも、金持ちのぼっちゃんで片付けるなよ。確かに俺の家は金持ちさ。でも、それは俺じゃなくて親がってことだ。そういう単純な発想しかできないのは偏見ってもんだろう。子供じみているとしか言いようがない」

　雪緒はむっとして純市に返した。

「子供なのはそっちでしょう、いい年をして、まともな職にもついてなくて、親の脛《すね》を齧《かじ》ってるような奴《やつ》に、もっともらしいこと言われたくないわ」

「職についてなかったら、意見も言えないのか。おまえは金のない奴は黙ってろっていうのか」

「あのね、これだけは言っておく、私をおまえって呼ぶのはやめて」

　口調がすっかり高校時代に戻っている。こんなふうに純市と何度言い争っただろう。

「前々から思ってたんだけど、雪緒と瀬間くんって、よく似てる」

　理々子が水割りを口に含みながら、ため息まじりに呟《つぶや》いた。

「私と瀬間くんが？　冗談じゃないわ」

　雪緒ははっきりと抗議する。

「熱くなるポイントが同じだもの。私にしたらどうでもいいことに、すぐ反応するの」

　思わず言葉に詰まった。確かにそういうところがあるかもしれない。純市は幼い頃からいつだって雪緒の胸の中に焼け石を放り込むような厄介な存在だった。だから、負けじと雪緒の方も投げ返す。十年ぶりで会ってもそれは変わらない。

純市がトイレに立って行くと、相田がカウンターからわずかに身を乗り出した。

「あのさ、あいつ、意気がっているけれど、結構あれで頑張ってるんだ」

「何をどう頑張ってるのよ」

「今、造園店でアルバイトをしている。毎日、泥まみれだよ。今まで、エリートコースしか歩んでなかったのによくやっていると俺は思うよ。少しは評価してやってもいいんじゃないかな」

その言葉は、雪緒の気持ちをいっそう強張《こわば》らせた。

「みんな同じよ、本当の泥じゃないかもしれないけど、いつだって泥まみれで働いているわ。あいつだけじゃない」

けれど、自分の言葉が少しも説得力を持ってないことを、雪緒は感じた。内心では驚いているのだ。あの純市が、と。ただ、純市が変わっても変わらなくても、腹の立つ存在であることは同じだった。

代役◇理々子

東京に戻ってしばらくして、プロデューサーの品田から連絡が入った。

「脚本家のアシスタントをやる気はないかい？」

「やります」

理々子は即答した。

脚本に関わる仕事なら、どんなことでもやりたい。雑用だってお茶汲《ちゃく》みだって構わない。今よりずっと可能性が広がるはずだ。ましてや最近、ゴーストライターの仕事が減っていて、ホステスのアルバイトだけでは心許《こころもと》ない状況だった。渡りに船とはこのことだ。

「そうか、よかった」

「で、その脚本家はどなたですか」

「今野由梨だよ」

まさかその名前が出てくるとは想像もしていなかった。

「実は彼女、あの二時間ドラマのあとにすぐスペシャル企画の連続ものが決まってね。ノンプライム枠で三十分を一か月全十六回というのなんだが、その他にも雑誌の連載やらインタビューやらがあるだろう。事務的なことは母親がやってくれているようだが、資料集めもままならないくらい忙しいらしいんだ」

「そうですか……」

理々子の声のニュアンスに、品田は苦笑した。

「やっぱり抵抗があるかい？」

「いえ……」

「ギャラは相応に弾むよ」

それはとても有難いが、金だけでは割り切れない思いもある。

「まあ、君の気持ちはわからないでもないけどね。同じコンクールで入賞した者同士だし、彼女の方が年下でもあるしね。ライバルの手伝いなんかしたくないというのが本音だろう」

ライバルという言葉を使ったのは、品田の気遣いというものだ。華々しく活躍する今野由梨と、まだ一度も仕事らしい仕事をしていない理々子と、立場はまったく違う。

「今野さんと私を較《くら》べられるはずもありません」

悔しくても、情けなくても、それは認めざるを得ない。

「気が進まないなら、別の人を探してもいいんだ」

由梨の顔が思い出される。それだけで、気が滅入《めい》った。

断ろう、と思った。しかし同時に、こんな自分に目をかけてくれているのは品田ひとりだということにも考えは及んだ。これで品田とのラインを失うようなことになれば、ますます道は閉ざされてしまう。

「まあ、まだ少し時間もあるから、考えてから返事をくれればいいよ」

「すみません。わざわざありがとうございました」

電話を切って、理々子はしばらくぼんやりした。

この仕事に、いや、ものを作り上げる仕事に年齢など何の意味もない。問題は力だ。力さえあればどんなに若くても認められるし、力がなければ、たとえどんなに長く努力したとしても、消えてゆくだけだ。

正直に言えば、今野由梨のアシスタントなどやりたくなかった。

三年前、脚本コンクールの授賞式で初めて顔を合わせた時のことを今もよく覚えている。今野由梨は若く美しく華があり、同時にそれにふさわしい傲慢さを持っていた。

理々子が挨拶《あいさつ》しても、返すわけでもなくそっぽを向いたままで、見下しているのがありありと感じられた。自分の僻《ひが》みもあるのかもしれないが、彼女に対していい印象はひとつもない。

けれど、この話を断ったからと言って何があるだろう。自分のささやかなプライドが満たされるだけだ。チャンスの糸口になるのなら、たとえどんなことでも受け入れるべきではないのか。それとも、自分の素直な気持ちをどんな時にでも最優先すべきだろうか。

以前はこんなことで迷ったりしなかった。こうと思うと、たとえそれが愚かな選択であっても、次の瞬間には走り出していた。失敗や挫《ざ》折《せつ》なんてものを頭に浮かべる余裕もなく、雪緒はよくそんな理々子を無鉄砲だと呆《あき》れたものだ。そう、以前の自分なら、間違いなくその場で断っていただろう。

この迷いが、祖母と母の結婚話とはまったく無縁とは言い切れないような気がした。

どこかで、祖母や母がいたからこそ頑張れたように思う。帰ればいつでも迎えられる場所があるということも安堵《あんど》に繋《つな》がっていた。もちろん、そのことを逃げ道にするつもりはなかったが、最後のところで、心の拠《よ》り所《どころ》になってくれていたのは確かだ。

けれど、祖母も母も結婚する。何も結婚したからといって縁が切れるわけではないが、もう理々子や雪緒だけの祖母や母でなくなる。その心許なさが、どこかで迷いを深めているのかもしれない。

その時、頭に浮かんだのは倉木だった。

倉木ならもしかしたら納得できる答えを口にしてくれるかもしれない。

週末、中目黒の居酒屋で倉木と待ち合わせた。

会うのは二か月ぶりだ。

いつものことだが、会うと胸の奥底がちりちりとざわめく。この目の前の男と、かつて気恥ずかしいような恋をした。それが今では、そんなことなどなかったようにテーブルを挟んで顔を合わせている。そのギャップにまだ完全には慣れきれない。だから、つい飲むペースが速くなる。まずは生ビールで乾杯をし、メニューを開いて肴《さかな》をいくつか選び、その料理が出てくる前に、もう理々子は冷酒に変わり、倉木は焼酎《しょうちゅう》を頼んでいる。やがて頭の中に温かな膜のような酔いが広がって、ようやくほっとする。

しばらく、とりとめのない話をしていたが、やがて倉木が椅子《いす》にゆったりともたれかかった。

「それで、何があった？」

「何がって？」

「何かあったから、俺に連絡してきたんだろう」

倉木の声はいつも穏やかだ。濃い睫毛《まつげ》に縁取られた一重の目が理々子に向けられている。

「まあ、ちょっとね」

と、いくらか言葉を濁したものの、次の瞬間には話し始めていた。

「あのね、ほら、同じ脚本コンクールで最優秀賞をとった今野由梨って子がいたの、覚えてない？　彼女、今じゃ売れっ子脚本家よ。それでこの間、彼女のアシスタントにならないかって話が来たの」

「ふうん、いいじゃないか」

倉木のあっさりした反応に、理々子は少し腹を立てた。

「簡単に言うのね」

「簡単な話だろ」

「どうして私があんな子のアシスタントをやらなくちゃならないのよ」

「いやなのか」

「もちろんよ。ものすごく感じの悪い子なのよ。人間的に好きになれない相手のアシスタントなんて、どうしてできる？　こういう仕事はシンパシーを感じる相手じゃなくちゃ成り立たないでしょう。あなただって、気の合わないカメラマンと喧嘩《けんか》して辞めたことあるじゃない。だいたい彼女の書いた脚本って、視聴率がいいっていうけど、何か違うの、私にはどうもピンと来ないの」

　理々子の言葉に、お湯割りのグラスを手にした倉木が呟いた。

「嫉妬《しっと》だな」

　あまりにさらりと言ったので、理々子は聞き間違えたかと思った。

「今、嫉妬って言ったの？」

「ああ」

　気持ちがみるみる強張った。

「私が彼女に嫉妬しているって言うの」

「ああ、そうだ」

　倉木は飄々《ひょうひょう》とお湯割りを飲んでいる。理々子はテーブルに冷酒のグラスを置いた。

「まさか、あなたにそんなことを言われるとは思ってもみなかった」

「じゃあ、何を期待していた？　俺が理々子の言い分をみんなもっともだと肯定するとでも思っていたのか」

理々子は黙った。酔いが急激に醒《さ》めていった。

「人間的に好きになれないなんて、ごまかしだよ。何か違うだって？　ピンと来ないだって？　結局のところ、嫉妬している相手に使われる身になりたくないだけなんだろう」

「違うわ」

強く否定したつもりだったが、声は掠《かす》れていた。

「嫉妬なんてものは、相手と対等になってから持つものだ」

言葉そのものが尖《とが》った刃のように理々子の喉元《のどもと》をかすめた。

「俺は受けるべきだと思う。アシスタントになってちゃんと見て来いよ、コンクールで同じように賞をもらったのに、どうして彼女は成功し、理々子は今もくすぶっているのか、その違いをしっかり感じて来いよ」

けれど認めるわけにはいかなかった。そんなことをしたら、自分の立場がなくなってしまう。理々子はまっすぐに倉木を見た。

「嫉妬してるのはあなたでしょう」

「俺が？」

「そう、私に嫉妬してるの。自分が挫折したからって、私にも負けを認めさせようとしないで」

傷ついた動物が、必死に唸《うな》り声を上げるように理々子は言った。今度は倉木が黙る番だった。

「私はあなたとは違う。自分の気持ちをねじ伏せてまで、手っ取り早い道を選んだりしない」

倉木の目線が理々子からはずれ、やがて自分の手元に落ちて行った。どうして反論しないのだろう。どうして怒らないのだろう。本当に腹が立つのは、倉木がスチールカメラマンの夢を捨てたことじゃない。いつまでもそれを負い目に感じていることだ。

「帰るわ」

倉木がゆっくりと顔を向けた。

「引き受けないのか、アシスタントの話」

「あなたには関係ないでしょう」

理々子は財布から千円札を何枚か抜き取ると、乱暴にテーブルの上に置き、席を立った。

アシスタントを受けない、そう決めて倉木と会ったわけじゃない。本当を言えば、迷う自分を倉木に説得して欲しかった。けれど、こんな言葉が欲しかったわけじゃない。こんな頭ごなしの言い方に頷《うなず》けるはずがないではないか。

理々子なりの精一杯の抵抗だった。


週が明けて、いつものようにホステスのアルバイトに出掛けた。

店が開くのは六時だが、忙しくなるのは八時を過ぎた頃からだ。理々子はいつも店の衣装を借りている。スカート丈がやたら短いのや、胸元が深くあいているような服ばかりだが、わざわざ買うのももったいない。

その客は来た時からかなり酔っていた。何度か店に来たことがある。年は三十代半ば。その若さでこんな高級クラブに出入りできるのは、よほどの高給取りか、資産家なのだろう。

男はホステスたちに囲まれながら、いくらか焦点の合わない眼で、端に座る理々子の顔を眺めた。

「君、名前何て言ったっけ」

「カスミです。よろしくお願いします」

理々子は笑顔で源氏名を口にした。

「前に来た時から思ってたんだけど、君のこと、どこかで見たことがあるんだよね」

理々子はいつもママから教えられている通り、愛想よくほほ笑んだ。

「わぁ、嬉《うれ》しい。これからもよろしくお願いします」

客の隣に座っていたホステスが、客の膝《ひざ》に手を置いた。

「カスミちゃんは前に役者をやってて、舞台にも立ったことがあるんですって。その時にでも見たんじゃないの」

余計なことを言う。

客がふと首を傾《かし》げた。

「役者？　ふうん、でも俺は舞台なんか観《み》に行ったことはないな。どこだったかな、どこで見たんだろうな」

「おかわり、お作りしますね」

理々子は客の意識を逸《そ》らすように、水割りのグラスに手を伸ばした。

その時、客が「あっ」と手を打った。

「そうだ、ビデオだ。君、ビデオに出ていただろう」

ホステスたちの眼差《まなざ》しが、一斉に理々子に注がれた。理々子は冷静にボトルからウイスキーをグラスに注いだ。

「さあ、何のことだか」

「うん、間違いなく君だ。その鎖骨の下にあるほくろで思い出した。主役じゃなかったけど、なかなかよかったよ。熱演だった」

言いながら、客は好奇心を隠そうともせず、理々子の体に視線を這《は》わせた。

「よく覚えてるよ。ストリッパーのスケスケの衣装もよく似合ってたよなぁ。乳首がうっすら映ってさ。結構、巨乳だよねえ」

ホステスたちは困惑と好奇心がないまぜになった表情で理々子を見つめている。

「それってどんなビデオなの？」

ホステスのひとりが、理々子ではなく、客に尋ねた。

「決まってるだろ」

客は唇の端に意味ありげな笑みを浮かべた。

「まさかアダルト……？」

「違います。あれはそういう類《たぐい》のビデオじゃありません」

理々子はグラスを客の前に置き、できうる限り穏やかな口調で言った。しかし、客は理々子の物言いが気に入らなかったのか、不意に眉《まゆ》を顰《ひそ》めた。

「どこが違うんだよ、一緒だろ。芸術作品でもあるまいし、裸になっておいて今更綺《き》麗事《れいごと》なんか言うなよ」

「………」

「あのいうの、ギャラっていくらぐらいなんだ？　乳首とか出したら割り増しになるのか？　本番やったらどう？　だって、結局は金のために出るんだろう」

「そんなんじゃないって言ってるでしょう」

理々子は思わず口調を強めた。こんな露骨で下品な質問にどうして答えなくてはならないのか。

客が不機嫌そうにソファの背に寄りかかった。

「何だよ、その態度。今さら開き直るぐらいなら、アダルトビデオなんか出なきゃいいじゃないか」

違う。

言い返そうと身を乗り出すと、他の席に付いていたママから声がかかった。

「カスミさん、ちょっと煙草《たばこ》を買って来てくれるかしら」

振り向くと、ママのにこやかな、それでいて有無を言わせぬ強い目にぶつかった。

「はい」

理々子は言葉を呑《の》み込み、客のどこか嘲笑《あざわら》いに似た声を背中に聞きながら、煙草を買いに外に出た。

銀座の街は人で溢《あふ》れていた。

劇団を辞めてから、アルバイトを兼ねてしばらくビデオ映画に出ていたことがある。エキストラに近いもので、役があっても二言三言セリフがある程度のものだ。あの頃、アパートの家賃がたまり、通っていたシナリオライターのスクールの月謝も払えなくなっていた。仕事になるものなら何でもやった。

ギャラを弾むから、どう？

その言葉に心が動いた。ストリッパー役だということはわかっていた。当然、際《きわ》どい格好もしなければならない。脚本を読むと、そう悪くなかったし、役の気持ちも理解できた。

もちろん、それだけじゃない。引き受ければ、家賃が払える、スクールも続けられる、そのことが頭にあった。

だから、客が言った言葉は間違いではない。確かに理々子はお金が欲しかったのだ。こんな日が来るかもしれない、ということは覚悟していた。知っている誰かの目に触れることもあるだろう。たとえ祖母や母、雪緒に知られたとしても、それはそれで仕方ないと思っていた。後になって悔やむぐらいなら、どんなにお金に困っても引き受けたりはしなかった。自分はビデオで裸身を晒《さら》したが、汚れたわけじゃない。裸で稼いだのではなく、仕事で稼いだのだと思っている。

店に戻ると、もう客は帰っていた。ママも他のホステスたちも何も言わなかった。その日はいつものように十一時半に上がってアパートに帰った。

しかし翌日、昼過ぎにママから電話が入った。

「うちは銀座でもそれなりの店なの。アダルトに出てた子を働かせているなんて、聞こえも悪いし、評判もあることだから、悪いけど、昨日で終わりにしてちょうだい」

淡々とした口調だった。

「あなたにはがっかりだわ」

ママがそう思っているなら、それでいい。

「そうですか、わかりました」

理々子も淡々と答えた。今更、アダルトビデオじゃないなんて言い訳する気も失《う》せていた。そんなものかと思った。そんなものだとも思えた。

電話を切ると、すぐに受話器を取り上げた。決心より先に、事が動き出してしまう時もある。

「あ、品田さんですか。先日の今野由梨さんのアシスタントのお話ですが、ぜひやらせてください。よろしくお願いします」

代役◇雪緒

この期《ご》に及んで建て替えを反対しだした住人の老人、川出《かわで》の部屋を雪緒は毎日のように訪ねているのだが、徒労に終わっていた。

何をどう説明しても聞く耳もたずといった状況で、そのあまりの強情さに、少々ボケているのではないかと、つい悪態のひとつもつきたくなってしまう。

住民の仮住居への引っ越しは着々と進んでいる。すでに取り壊しの日程も決まって、上司からは早く老人を説得しろとせっつかれている。今までもトラブルはいろいろあったが、大概うまく処理してきた。ところが今回は理屈がまったく通らない。雪緒も少し焦《あせ》り始めていた。

ため息をつきながらマンションの玄関に出ると、自治会の副会長をやっている五十代後半の奥さんと出会った。

「あ、どうも、こんにちは」

雪緒は慌《あわ》てて営業用の笑顔を浮かべた。

「あら、お久しぶり。マンション、すっかりがらんとしちゃったわねえ」

郵便受けの名前はほぼ消されてしまっている。

「お引っ越し先の住み心地はいかがですか」

「まあ、ちょっと狭いけど、一年の辛抱だから。その後は快適な生活が待っていると思えば我慢もできるわ。いいマンションを建ててちょうだいよ」

「はい、それはもうもちろん。安心してお任せください。で、今日は何か」

「近くのクリーニング店に洗濯物を預けたままなの忘れちゃったのよ。その帰りに、何となく寄ってみたの。住んでる時は、古くて不便で文句ばっかりだったんだけど、なくなっちゃうかと思うと、やっぱり寂しくてね」

「そうでしょうね、みなさん、引っ越しされる時はそう思われるみたいです」

「ところで」

と、不意に奥さんが声を潜め、一歩雪緒に近付いた。

「ちょっと噂《うわさ》で聞いたんだけど、二階の川出さん、今頃になってゴネ始めてるんですって？」

雪緒は無難に答えた。

「いえ……少し引っ越しに手間がかかっていらっしゃるだけです」

「そうなの？　ほら、川出さんいろいろあったでしょう、だから私はまたそれが原因かなって」

奥さんの含みのある笑いに、雪緒は思わず身を乗り出した。

「何かあったんですか？」

「あら、知らないの」

「ええ」

雪緒の反応に、奥さんは嬉しそうにきゅっと眉を持ち上げた。

「女にフラれちゃったのよ」

すぐには意味がわからなかった。川出は八十歳に近い年齢だ。

「半年、いえ、もうちょっと前ぐらいからかしらね、しょっちゅう川出さんのところに女が来てたの。三十代の半ばくらいの、別に美人ってわけじゃないけど、ちょっと愛嬌《あいきょう》のある顔立ちをしてたわ。きっかけは投資関係の訪問セールスだったらしいんだけど、すごく仲良くなっちゃってね。ほとんど毎日のように顔を出してたのよ。時には、泊まってゆくこともあったみたい」

どう答えていいのかわからず、雪緒は曖昧《あいまい》に頷いた。

「そうなんですか……」

「私も、最初はまさかって思ったの。だってねえ、相手はわが子より年下って言っていいくらいじゃない、いくら何でもねえ。あなたもそう思うでしょう?」

必要以上、顧客のプライバシーに立ち入ってはいけない。ここらで話を切り上げるべきだと思ったが、奥さんの口は止まらない。

「マンションを建て替えたら、ふたりで一緒に暮らすつもりだったみたい。お隣さんに堂々と『次にお会いする時はふたり家族です』なんて言ってたっていうんだから。ところがよ、その女、ふた月ほど前からぱったり姿を見せなくなったの」

「どうしてでしょう」

「決まってるじゃない、詐欺《さぎ》よ、詐欺。ひとり暮らしの老人の寂しさに付け込んでお金を巻き上げる、よくある手口よ。川出さん、それにどうやら引っ掛かったのよ。噂だけど、結構貯《た》め込んでいた預金、かなり女に注ぎ込んだんですって。まあ、それでがっくり来たんじゃないかしら。だから、今更反対なんて依怙地《いこじ》になっちゃってるんじゃないの」

会社に戻るバスに揺られながら、雪緒はやりきれない気持ちでつり革に摑《つか》まっていた。

川出老人は十年ほど前に妻を亡《な》くし、現在はひとりで暮らしている。息子夫婦は仕事の関係で九州にいると聞いている。

もし、今の話が本当で、金を盗《と》られてしまったのだとしたら、いくら年金が保証されていても、建て替えに費用の負担はないといっても、先のことを考えれば不安もあるだろう。

いや、そのことよりも、精神的に受けたダメージの方が大きいに違いない。

確かに近頃、老人をターゲットにした犯罪が増えている。それについては気の毒だと思うし、同情もする。憤《いきどお》りも感じる。

しかし、雪緒はこうも思ってしまうのだ。

その年齢になっても、やはり色恋に惑わされてしまうのだろうか。親子ほど年の離れた女にも、恋心を抱いてしまうものなのだろうか。

恋が年齢とは関係ないものだということぐらい、頭ではわかっている。実際、金沢の祖母もあの年で結婚すると言っている。それを祝福する気持ちに嘘《うそ》はなく、幸せになって欲しいと心から願っている。理々子と浅野川の川べりで、いくつになっても恋愛も結婚もできるということに力づけられた、などと話していたくらいだ。けれども実際には、頭の中にあわあわしたものが残っていた。それが何なのかうまく言えない。ただため息をつきたくなるような憂鬱《ゆううつ》な何かであることは間違いなかった。

それが今、はっきりと見えたように思う。

恋や愛なんてものは、ある年齢になれば卒業できると思っていた。もう必要なくなる時期、そんなものを忘れてしまえる時が、きっと来ると考えていた。もっと言えば、そうなることをどこか気持ちの拠《よ》り所《どころ》にしていた。もう、恋も愛もいらない。なくても寂しさも不便も感じない。ひとりで心穏やかに過ごせ、自分というものをそれで完結させられる。早くそうなりたい、そこに辿《たど》り着きたい。

けれど、やはりそうではないらしい。いつだって、人は誰かを求め、恋し、寄り添いたがる生き物らしい。

そのことに改めて気づかされ、雪緒は落胆していた。だったら、いったいいつになったら、人は恋や愛という呪縛《じゅばく》から解き放たれるのだろうか。

土曜の夕暮れ、まだ外には明るさが残っているというのに、雪緒はベッドの中にいた。

汗ばんだ自分の体と、同じ汗を共有する長峰の体がぴたりと密着している。

妻に休日出勤だと、わざわざ嘘までついて会いに来た長峰と、遅めのランチを一緒に食べたあと、部屋に帰ってベッドに入った。そうして、するべきことをすべてしてしまった後、ベッドから起き上がるきっかけを摑めないまま、ぼんやり横たわっていた。

　ようやく長峰がわずかに体を動かした。

「前から気になってたんだけど」

「なに？」

「腕に傷があるだろう」

「ああ、これ……」

　雪緒はゆっくり左腕を持ち上げた。肘《ひじ》の内側に七センチばかりの赤く盛り上がった傷痕《きずあと》がある。色白のせいで、他人の目にはいっそう痛々しく映るのかもしれない。

「気になる？」

　いつか聞かれるだろうとは思っていた。

「そんなことはないけど、危いところだなって」

　雪緒は指先で傷痕をなぞった。

「そうね」

「動脈も通っている」

　過去が一瞬、フラッシュバックした。

「ええ、びっくりするくらい血が出たわ。まさに溢れるって感じで、着ていた白いブラウスがみるみる血で染まったもの」

長峰は黙った。雪緒のまるで他人事《ひとごと》のような淡々とした口調に戸惑っているようにも思えた。

雪緒は小さく笑い声を上げた。

「もしかして今、妙な想像をした？」

「いや……」

ふふふ、と笑って雪緒はひとつ息をついだ。

「残念でした、曰《いわ》くつきの傷じゃないわ」

「わかってるさ」

「資材現場に見学に行った時、誤って木材カットの機械に触れて切ってしまったの。注意力が散漫だって、あとで上司にひどく叱《しか》られちゃった」

「そうか」

「ドラマチックじゃなくてがっかりした？」

「そんなことだろうと思ったよ。君は落ち着いているようで、そそっかしいところがあるからね。まあ、そこがいいんだけどさ」

雪緒はほほ笑ましい気持ちになった。

弱点をたたえる言い方が、女をいい気分にさせる。そういうものだと長峰は信じている。決して皮肉ではなく、善良な人なのだと心から思う。

妻子がありながら、他の女にうつつをぬかしていても、結局はそこまでで、無謀な計画や約束を持ち出すようなことは決してない。家に帰ればよき夫であり、よき父親であることがたやすく想像できる。それが長峰だ。

「何だか腹が減ったな、夕飯でも食いに行こうか」

「そうね」

雪緒が答えたとたん、枕元《まくらもと》で携帯電話が鳴り出した。手にすると、画面に「瀬間純市」と出ている。金沢で飲んだ時、理々子や相田と互いに番号を教えあったことを思い出した。

「ちょっと、ごめん」

長峰に断ってから、電話に出た。

「もしもし」

「ああ、俺、瀬間だけど」

背後は喧騒《けんそう》に溢《あふ》れている。

「うん、どうしたの」

「実は今、名古屋にいるんだ」

雪緒は思わず体を起こした。

「どうして」

「たまたま用事でね。それでだ、帰りの電車にはまだ時間があるから、ちょっと出てこないかと思ってさ」

言葉の割には強引な口調だった。

「えっと……」

「都合悪いか？」

「ううん、ただ今からじゃ一時間くらいかかるけど」

「構わないさ、しばらくこの辺をぶらついてるよ。どこで待ち合わせる？」

そこまで言われると、断りづらくなった。少し考え、いちばんわかりやすい場所にした。

「じゃあ、名鉄セブン前のナナちゃん人形の下はどう？」

「何だ、それ」

「行けばわかるわ。もし迷ったら、地元の人に聞くといい。みんな知ってるから」

「そうか、わかった」

電話を切って振り向くと、長峰の目とぶつかった。

「ごめんなさい、急に金沢の友人が来たの」

「じゃあ、残念だけど僕は帰ろう」

本当はホッとしているくせに。

もちろん、そんなことは口にしない。恨み言を吐露して許されるのは、恋人と呼べる相手だけだ。

玄関で長峰を見送ってから、雪緒は急いでシャワーを浴び、用意を整えた。

一時間後、人込みの中で所在なげに立っている純市を見つけた。雪緒を見ると、安《あん》堵《ど》したようにどこか子供っぽい笑顔を浮かべた。

「びっくりした」

「ま、ダメもとだって掛けてみたんだ。とにかく、せっかく名古屋に来たんだから、うまいものを食わせてくれよ。もちろん俺の奢《おご》りでいいからさ」

「当然でしょう」

笑いながら言い返した。

「それで何が食べたい？」

「みそかつか手羽先かひつまぶしだな」

「じゃあ手羽先。いい店を知ってるの」

ふたりはそこから歩いて五分ほどの場所にある、こぢんまりとした手羽先専門店に向かった。何度か来たことがあり、店は小さいが味は折紙つきだ。

純市の食欲は旺盛《おうせい》で、ビールを飲みながらからりと揚がった手羽先を次々と平らげていく。かつてはどちらかと言うと線の細い優等生タイプだったが、今は造園という体力が必要な仕事に移って、体質そのものが変わってしまったようだ。

「こっちに用事って何だったの？」

「ヒトツバタゴを見に来た」

聞き慣れない単語を純市は口にした。

「それって何？」

「木だよ、樹木。犬山の本宮山の東山麓《さんろく》、池野の西洞に集団で自生しているんだ。ちょうど花が見ごろだって聞いたんでね」

「花がつくの？」

「ああ、別名、雪花とも言う」

「きれいな名前ね」

「その名の通り、十メートルほど伸びた木がすっぽり雪で覆《おお》われたように花が開くんだ。よかったよ、頃合に見られて。見事だった」

「それを見るためだけに、わざわざこっちに？」

「木のためなら、どこでも行くさ」

「あちこち行ってるんだ」

「まだ大したことはないけどな」

それからしばらく、純市は今まで自分が見てきたさまざまな木についての話をした。江差《えさし》の檜葉《ひば》、屋久島《やくしま》の縄文杉、引作《ひきつくり》の大楠《おおくす》、永平寺の欅《けやき》……どれも素晴らしい木らしいが、雪緒にはよくわからない。

「ずいぶん、入れ込んでるのね。木の精にでもとり憑《つ》かれたみたい」

呆《あき》れたように言うと、純市は思いがけず真《ま》っ直《す》ぐな目を返して来た。

「うん、そうなんだ、俺は木の精にとり憑かれている」

笑おうとしたが、純市の目を見ると笑えなくなった。

「どういうこと？」

「俺、商社に入ってずっと材木の輸入を担当していたんだ」

純市はビールのグラスを置くと、カウンターに肘をつき、組み合わせた指先に顎《あご》を乗せて遠くを眺めるような眼差《まなざ》しをした。

「東南アジアで山をまるごとひとつ買ってがんがん伐採する。地球温暖化のこともあるから、いちおうは苗木を植えるんだけど、山が元通りになるには百年、いやもっとかかるだろうな。最初は何にも考えてなかった。それが俺の仕事なんだから。仕事だと思えば、何だって納得できた」

　雪緒は黙って耳を傾けた。

「三年目だったか、視察に入った山が本当に美しくて、何て言えばいいんだろう、静寂に満ちているのに生命で溢れているんだ」

　雪緒はグラスを口に運んだ。

「この世のものとは思えない、とても神聖な場所って感じがしたよ。奥に進むにつれて、俺の前を白っぽい影が飛び交い始めた。現地のガイドに、あれは何ていう鳥だって聞いたら、驚いた顔をされた。あなたにも見えるのかって」

「鳥じゃなかったの?」

「木の精だって言われた。最初はからかってるのかと思ったよ。でもガイドはまじめだった。それから、自分は仕事であなたをここに連れて来たけれど、できるならこの山はこのままにしておいて欲しいって。そんな話をしている間も、あっちこっちに白い影が飛び交っているんだ」

「何か別の生き物ってことは？」

「ないよ。あれを見ればわかる。あれは特別のものだ」

「それで、どうしたの？」

「上司には、伐採に向かない山だと報告した」

「じゃあ、山はそのままなのね」

「いや、別の人間が視察に行って、結局、丸裸さ」

純市は唇の端に皮肉な笑みを浮かべた。

「入社三年の俺なんて何の力もない。それから木を倒すことが何だかいやになってしまったんだ。それで阻止するために地球温暖化のことやなんかいろいろ勉強して上司に問題提起しているうちに、当然ながら、リストラにあった。そりゃあ俺みたいなのがいたら、会社として困るのは当たり前だ」

「環境問題に目覚めたってこと？」

少し皮肉に尋ねた。

「情けないが、まだそこまでの意識はないんだ。普段はこうして割《わ》り箸《ばし》も、ティッシュも雑誌もトイレットペーパーも使っている俺だからな、えらそうなことはとても言えないよ。ただ木に、というより植物全体に関わる仕事をしたいって思うようになったんだ」

「それが造園ってわけね」

「先はわからないけど、今はとにかくそこから始めようと思っている」

純市はようやく眉間《みけん》から力を抜いた。

「ふうん。でも、きっとそれでよかったのね」

「そう思うか？」

「だって金沢で会った時に思ったもの。私が知っている限り、瀬間くん、いちばんいい顔してるなって」

純市は照れくさそうに笑った。

やがて電車の時間が近付いて来て、ふたりは席を立った。今日はいつものように口争いに発展することもなく、もう少し話していたい気持ちもあったが、次が最終電車だ。改札口まで行くと、純市は足を止め、改まった表情を向けた。

「あのさ高久、怒るなよ。こんなこと言いたくないけど、おまえはあんまりいい顔してないぞ」

え……。

思わず純市を見直した。

「金沢にいた頃、もっと意志の強い目をしてた。ちゃんと生きているのかよ」

そんなことを言われるなんて思ってもいなかった。雪緒は顔をそらした。

「余計なお世話よ」

と、強がって返したものの、その言葉は純市と別れた後も長く雪緒の胸に残った。

距離 ◇ 理々子

代々木上原にある今野由梨の自宅兼仕事場は、白壁とテラコッタと花に包まれた、この界隈《かいわい》でも目をひく瀟洒《しょうしゃ》な一軒家だった。

理々子は門の前で足を止め、家を見上げてから、やる気を失いそうになる自分にはっぱをかけた。

今更、後戻りはできない。引き受けた以上はやるしかない。ゴーストライターの仕事は減り、銀座のクラブは首になり、収入が激減してしまった今、与えられた仕事に難癖つけられる立場じゃない。

ひとつ深呼吸をし、チャイムを押した。

玄関からにこやかな表情で現れたのは、由梨の母親だ。

「いらっしゃいませ、お待ちしてたんですよ」

肩までの髪をゆるくウェーブさせ、淡いブルーのアンサンブルセーターに洒落《しゃれ》たカッティングのグレーのスカートを合わせている。四十代半ばと思われるが、三年前の授賞式の時よりも、ずっと若く、美しく、華やいで見える。

「高久です。よろしくお願いします」

理々子は少々緊張しながら、頭を下げた。

「お久しぶり、こちらこそよろしくお願いしますね。さあ、どうぞお上がりになって」

愛想よく家の中に招き入れられ、部屋に通された。ＬＤＫは二十畳ばかりの広さがあり、ドアの左手がリビングで、ベージュの革のソファがおいてある。右手はダイニングとキッチン。南側は全面ガラス戸になっていて、手入れの行き届いた庭が見渡せた。北側の出窓には白いレースのカーテンが掛けられ、壁に沿ってピアノが置いてある。アジアン風の照明といい、所々に飾られたミニグリーンといい、まるでハウジング展示場のように整然としている。

「こちらにお掛けになってくださいな。コーヒーと紅茶、どちらがよろしいかしら」

母親に促されるまま革のソファに腰を下ろし「コーヒー」と言いかけてから、理々子は慌《あわ》てて言い換えた。

「いえ、どうぞお構いなく」

ここには遊びに来たわけじゃない。

「遠慮なさらないで。もうすぐ、由梨も下りて来ますから」

どうやら二階が由梨の仕事場らしい。

「そうですか。じゃあお言葉に甘えて、コーヒーをいただきます」

やがて目の前にコーヒーと手作りらしいチェリーパイが出された頃、由梨が現れた。自宅での仕事のせいか、ジーパンにオーバーブラウスというラフな格好をしている。

理々子はソファから立ち上がった。綺麗《きれい》なことには変わりないが、三年前よりずいぶんほっそりしたな、という印象だった。

「こんにちは」

理々子の挨拶《あいさつ》に、由梨は顔を向けたものの、何も言わずに立ったままでいる。仕方なく、言葉を続けた。

「品田さんから言われたアシスタントという仕事が、どんなものなのか実はまだよくわからないんですけど、何か私で役に立つことがあればと思ってます」

やはり黙ったままだ。

その後に「よろしくお願いします」と付け加えようか理々子は迷った。由梨は四歳年下だ。あまりへりくだった態度は取りたくない。けれども、実績は彼女の方がずっと上である。この仕事に年齢など関係ない。ましてや自分はアシスタントとして雇われる身だ。

不意に、由梨が理々子から視線を逸《そ》らし、母親へと声を掛けた。

「ママ、私のチェリーパイは？」

「もちろん、ありますよ」

「二階に持ってきて。あと、ミルクティもね」

「はいはい」

由梨はそのままくるりと背を向けて、ドアの向こうに消えて行った。まるでここに理々子など存在していないような対応だった。

母親がキッチンでトレーにそれらを乗せ、二階に上がって行く。

由梨の態度が何を意味しているのか、考える余地などないように思えた。明らかに由梨は理々子を拒否している。

やっぱり駄目だ。

理々子はパソコンの入ったバッグを手にして、ソファから立ち上がった。

こんなことではとてもアシスタントなどできるはずがない。

二階から戻って来た母親が、理々子の様子を見て目を丸くした。

「あら、どうなさったの」

「失礼しようかと思います」

「どうして」

「由梨さん、私のこと、快く思っていらっしゃらないみたいなので」

「いいえ、そんなことは決してないんですよ。ただ由梨ったらまだ子供で、時々、あんなふうにわがままになってしまうんです。本当にごめんなさい。ちゃんとご挨拶もできなくて気分を悪くされたでしょう」

「いえ、そんなことは……」

「引き受けないなんて、そんなことおっしゃらないでね。さあ、お座りになって」

母親の切実な言葉に、理々子は仕方なくソファに腰を下ろした。

「あの子もね、あれでいろいろ大変なんです」

母親も湿った息を吐き出しながら、向かいのソファに座った。

「思いがけず学生のうちに賞なんていただいたでしょう。それがきっかけで生活が一変してしまって。注目されることも多いし、期待も大きいし、その分、敵というか足を引っ張る人もいたりして、いろんなストレスを抱え込むことになってしまってね。どうしても外ではいい顔をしなくてはいけないから、家ではもう、あんなふうに好きなようにさせてあげているんです。甘やかし過ぎとお思いでしょうけど」

成功が与えるストレスなら、理々子にしたら羨《うらや》ましい限りだが、まだ二十四歳の由梨にしたら、気持ちのバランスが取れなくなって当然なのかもしれない。

「ましてや、うちは父親がいなくて、母ひとり娘ひとりの生活なので、やっぱり私だけじゃ由梨も心細く感じるんでしょうね」

今時、母娘《おやこ》のふたり暮らしなどめずらしいことではない。自分の家族を思い浮かべても、人にはそれぞれに事情というものがあることぐらいわかる。

「私は事務的なことは手伝ってあげられますけど、脚本を書くなんて仕事はとても手におえませんでしょう。だから品田さんに相談したんです」

母親は膝《ひざ》の上でゆっくりと手を組み替えた。

「そうそう、あなたの佳作で入選した作品、私も読ませていただきました。とても面白かったわ。品田さんが、あなたのことを買ってらっしゃるのがよくわかりました。だからこそアシスタントに推薦してくださったんですもの。どうかこれから、あの子の力になってやってくださいね」

正直なところ、母親の謙虚さに理々子は驚いていた。娘の成功を少しも鼻にかけることなく、こんな年若い理々子に頭を下げることも厭《いと》わない。我儘《わがまま》な由梨には辟易《へきえき》だが、この母親には好感を抱いた。それに、お世辞だとわかっていても、褒められればやはり嬉《うれ》しい。

母親が「じゃあ、これを」と言って、薄いファイルをテーブルに置いた。

「由梨から、読んでくださいとのことです。私はダイニングの方にいますので、何かあったらいつでも声をかけてくださいね」

「はい」

リビングはダイニングと仕切られる造りになっている。母親はソファを立つと、折り畳みのドアを閉めて姿を消した。

ひとりになったところで、理々子はさっそくファイルを開いた。一ページ目にキャストの名前が連なっていた。

今のテレビドラマは、超売れっ子脚本家でもない限り、キャスティングから始まることがほとんどだ。人気のタレントたちは先々までスケジュールが詰まっていて、とにかく先にそれを押さえなければならない。その後、そのタレントたちを生かす脚本を作り始める。

タレントは、理々子も知っている売り出し中のアイドルの女の子と、モデルから俳優に転身した注目の男の子だった。そのほかにも有名な何人かの名前が挙がっていた。なかなか豪華なキャスティングだ。これならスポンサーもつくだろう。テレビ局も視聴率に相当の期待をしているに違いない。

これだけの出演者が揃《そろ》うドラマの脚本を手掛けるとなれば、由梨のプレッシャーもかなりのものだろう。同時に、このドラマで成功すれば、由梨の地位は不動のものになるに違いない。

次のページを開いた。

「主人公ふたりの恋愛をメインにしたドラマ。ストーリーのプロットをいくつか提出のこと」

書かれてあるのはこれだけだった。拍子抜けした。と言うより、物語の土台となることさえ、由梨がまだ決めかねていることを知って驚いた。ドラマのスタートはまだずい分と先だが、撮影が始まる頃には半分、少なくとも八回分くらいは仕上げておかなければならない。

けれども考えようによっては、理々子が自由に発想できるということでもある。

パソコンを開いて、白い画面と向き合った。すぐに、何かが浮かぶわけではない。

まずはソファを背もたれにして目を閉じ、主人公ふたりの姿を思い浮かべた。

アイドルの女の子は、美しくてスタイルもよいが、どこか下町的な雰囲気も持っている。気の強い、けれども情にもろい、しっかり者の役が似合うように思う。男の方は二枚目路線を突き進みたいかもしれないが、少々気の弱い情けない役も面白い。いや、それだとファンの反感を買うだろうか。うまくはまれば、逆にファン層を広げられるということもある。

設定としての職業も重要だ。女の子は学生でもいいし、OLになったばかりの役でもはまりそうだ。専門職に就いている、もしくは商売屋の娘で家を手伝っているというのも悪くない。男の子の方は、就職先が見つからないフリーター、それともリストラされてしまった新米サラリーマン、などという不運な状況も面白い。

さまざまなことを想像しているとわくわくしてきた。ああでもない、こうでもないと、どんどん回転し始める。だからと言って即座に筋の通ったプロットを作れるわけではないが、とにかく、頭の中に浮かぶシーンを必死に追うようにして文字を打ち続けてゆく。

時間などすっかり忘れていた。

「そろそろ、今日はおしまいになさったら」

と、由梨の母親が顔を覗《のぞ》かせて、理々子はようやく我に返った。

午後一時から六時まで。それがいわば勤務時間となる。理々子はパソコンの隅に映る時刻に目をやった。六時を十分ほど過ぎていた。

「ああ、気がつかなくて」

「お疲れさまでした。コーヒーいかが？」

「ありがとうございます。いただきます」

リビングとダイニングの間のドアが開かれ、香ばしい香りが流れて来た。すぐに母親がコーヒーを持ってやってきた。

「どうかしら、いい案が浮かびました？」

「いくつか考えてみました」

理々子はカップを受け取りコーヒーを口に含んだ。温かさにほっとした。

「よかった。じゃあ、それを由梨のパソコンに送っていただけるかしら。アドレスはこちらね」

母親がメモを差し出した。

つまり、このまま由梨と顔を合わさず帰れということだ。

「本当にごめんなさいね。由梨、執筆中に声を掛けるととても不機嫌になってしまうものだから」

「そうですか」

できるものなら、文字だけでは伝わらない部分を直《じか》に説明したい気持ちもあったが、アシスタントというのは「先生」と気楽に顔を合わせられない立場なのかもしれない。メールで原稿を送り、理々子はパソコンを閉じた。

帰り道、久しぶりに原稿に没頭した満足感に浸っていた。

書くことはやはり楽しい。たとえアイデアを提供するだけの仕事でも、好きなことができるというのは幸運なことだと素直に思えた。

だからこそ、あの時、倉木と気まずい別れ方をしたことを思い出していた。嫉妬《しっと》、と言われて、感情的になった自分も、今となれば反省できる。あの言葉は的を射ていた。だから必死になって嚙《か》み付いてしまった。自分がいちばんそれを知っていたからこそ認めたくなかったのだ。

由梨のアシスタントを引き受けたことは、まだ倉木に告げていない。あれだけの啖《たん》呵《か》を切っておいて、今更、こうなったと告げるのも格好がつかない気がしたが、黙っているのも気がひけた。言ったら、倉木はどんな反応を見せるだろう。いや、倉木ならきっと今までと同じように、あの時の辛辣《しんらつ》なやりとりなど忘れたかのように「よかったじゃないか」と言ってくれるだろう。そういうところが理々子にとって、安心できる相手であり、身勝手なことを言わせてもらうなら、物足りないところでもある。

今更ながら、倉木と自分の関係を理々子は思った。

すでに、恋が終わっていることはわかっている。それなのに、なぜ別れてしまえないのか。

恋ではなくても、どうにも必要な男というものがいるらしい。都合よく扱っていることを知っていながら、そんな身勝手な自分に嫌悪《けんお》を感じながら、理々子はやはり倉木を完全に切り離せない。

駅まで来たところで、携帯電話を取り出した。迷ったが、やはり報告だけはしておこうと思った。

「私」

「うん、どうした」

倉木の短い返事があった。心なしか声が素っ気ない。

「今野由梨のアシスタントの話だけど、結局、受けることにしたの」

しばらく返事がなかった。

「聞こえてる？」

「ああ。そうか、よかったじゃないか」

いつもの言葉だが、いつもの言い方と違っていた。どこか突き放しているようなニュアンスを感じて、理々子は怪訝《けげん》な気持ちに包まれた。

「いろいろあったのよ、こうなるには。本当は受けたくなかったのよ、でもしょうがなかったの」

「いいよ、別に俺に言い訳なんかしなくても」

「言い訳じゃないわ。ちゃんと経緯を伝えておきたかったから電話したの」

倉木は黙った。だからこそ、理々子は言った。

「今から時間ない？　どこかで飲もう」

「悪いけど、今夜はちょっと仕事が入ってるんだ」

理々子は次の言葉を待った。こういう時、倉木は必ず続ける。明日かあさってなら。

けれども倉木は何も言わなかった。

「どうしたの？」

理々子は尋ねた。

「何が？」

「いつもと違う」

「そうかな」

「いつもはそんな言い方をしない」

再び、倉木は黙った。

「じゃあ、明日は？　何ならあさってでもいいけれど」

いつも倉木が口にする言葉を、理々子が言った。

「理々子」

「なに？」

「悪いけど、俺はもう理々子と会わない。そう決めたんだ」

思いがけない倉木の言葉が、冷ややかに理々子の耳に流れこんで来た。

距離◇雪緒

電話の声で、雪緒はすぐ理々子に何か起きたことに気づいた。

理々子はいつも、やっかいなことを抱え込むと、口調が変わる。言葉一つ一つが短くなり、少し語尾も強くなる。やっかいなことそのものは口にせず、どうでもいいようなことばかり話す。さっきから話題にしているのは、最近観《み》た映画がつまらなかったことと、新しい入浴剤の匂《にお》いについてと、白シャツの袖《そで》をシングルかダブルかどちらにしようか迷っている、ということだ。

けれども「何があったの？」と、雪緒は聞かなかった。小さい時からそうだ。言いたければ理々子は自分から言う。それまで待とうと思う。今はただ、理々子は遣《や》り切れない思いを持て余して、雪緒と会話することで気を紛らわせたいだけなのだ。

「ねえ、雪緒の方はどうなの。何か変わったことはないの？」

ついに話題も尽き果てて、理々子は少し困ったように言った。

「そうそう、ゆうべ、おばあちゃんから電話があった」

昨夜のことを思い出して答えた。

「あら、何て？」

「それがね」

雪緒は小さく笑った。

「いやね、何なのよ」

「おばあちゃん、今週末、名古屋に遊びに来るんですって」

「あら、めずらしい。金沢を離れることなんてめったにないのに」

「それも澤木さんと一緒に」

受話器の向こうで、理々子のはしゃいだ声が上がった。

「やるじゃない、婚前旅行ってわけね」

「その日は常滑焼《とこなめやき》の窯元《かまもと》を見て、温泉に泊まる予定」

「いいなぁ」

理々子が心底羨《うらや》ましそうにため息をついた。

「私、しっかり見届けておくわ。シルバーラブってどういうものか」

「また、様子を教えてよ」

「もちろん」

それから雪緒はようやく尋ねた。

「少しは元気になった？」

理々子はほんの少し、返事まで間を置いた。

「雪緒はすっかりお見通しね。ちょっと落ち込んでたの。大したことじゃないわ。もう大丈夫」

「そう」

「じゃあ、またね」

「ええ、また」

電話を切って、雪緒はぼんやり考えた。

雪緒と理々子は、よく、故郷金沢の町に流れる二本の川、浅野川と犀川《さいがわ》にたとえられた。そのふたつはそれぞれ女川、男川とも呼ばれ、趣の違った流れを見せている。雪緒は浅野川で、理々子は犀川、誰もがそう言った。そう言われるとそんな気もしないでもないが、今夜のような電話を受けると、逆ではないかと思ってしまう。

理々子は強がりという鎧《よろい》の下に、繊細で情にもろいところを持っている。そして自分は、礼儀正しい優等生という印象の陰に、冷たく人を信じないものを抱えている。

そんな自分をどう扱えばよいのか、雪緒は時々わからなくなる。理々子に較《くら》べ、自分がひどく信用できない人間のように思えて失望してしまうこともある。こうでしかない自分と、こうありたい自分は、いつまで戦い続けていかなければならないのだろう。

やがて、自分を分析することに疲れ、雪緒は明日のことを考えた。

明日も、川出老人の説得に出向くことになっていた。上司から「何がなんでも退去させろ」という厳しい指示を受けていた。

マンションに残るのはついに川出老人ひとりになってしまった。まったく面倒なことになったとつくづく思う。川出老人のいきさつが本当なら、同情しないわけでもないが、契約は守ってもらわなければ困る。

そして翌日。

今日こそは必ず承知してもらわなければと、雪緒は強固な思いで川出老人を訪ねた。

チャイムを鳴らしても、返事はない。ドアに耳を近づけると、かすかにテレビの音がした。いることはいるようだ。雪緒は直接ノックした。

「川出さん、高久です。すみませんが、お話させていただけませんか」

相変わらず何の反応もない。雪緒は続けた。

「毎日、何度も同じことばかり言いまして、本当に申し訳ないと思っています。けれども、お約束の退去の日はもう過ぎていますし、私どもも大変困っております」

まずは泣き落とし作戦で行くつもりだった。

「川出さん、どうか私を助けると思ってよろしくお願いします」

雪緒は情けない声を出した。マンションには誰もいない。聞かれて恥ずかしい思いをすることもない。

「それに、このままですと建て直しの予定も遅れてしまいます。他のお部屋の皆様は、新しいマンションを心待ちにしてくださってます。どうか、そんなみなさんのためにも、一刻も早く、準備にかからせていただけませんか」

それでも返事はない。だからと言って、もちろん諦《あきら》めるわけにはいかない。

「私に至らないところがあったら、何でもおっしゃってください。川出さんのご納得のいくように説明させていただきます。私にできることがあれば何でもいたします」

そこまで言っても、川出老人はドアを開けるどころか、インターホンにさえ出ようとしなかった。泣き落としで効果がでない時のために、強硬な手段も考えてきていた。脅しのようで、あまりやりたくなかったのだが、こうなったら仕方ない。

雪緒はいくらか声音を変えた。

「川出さん、このままでしたら、九州にお住まいの息子さんご夫婦に連絡を取らせていただくことになります。場合によっては、会社の弁護士が直接伺うことになるかもしれません。そんなことになったら、きっと、息子さんもびっくりなさると思うんです。できたら、そういうことになる前に、何とか解決をみたいのです」

それでも反応はない。もう本当にそうするしか方法がないのかと、雪緒は肩を落とした。上司に叱《しか》られるのは仕方ないにしても、そんな手段を取りたくないというのも本音だった。しかし、これ以上、どうやって言葉を尽くせばよいのかわからない。雪緒は諦めて、エレベーターに向かって歩き始めた。その時、背後で鍵《かぎ》のはずされる音がして、雪緒は慌《あわ》てて振り向いた。

ドアが薄く開いて、川出老人の姿が見えた。

「中に」

川出老人が短く言った。雪緒はぱっと顔を輝かせた。

「よろしいんですか。ありがとうございます」

気の変わらないうちにと、雪緒は小走りに戻り、玄関ドアに手を掛けた。川出老人はすでに奥に入ってしまっている。

「失礼します」

雪緒はパンプスを脱ぎ、部屋に上がった。

部屋はひどい有様だった。掃除をほとんどしてないらしく、床には新聞や雑誌が散らかっている。廊下は埃《ほこり》が白く積もり、部屋の隅に洗濯物が畳まれないままひとまとめに押しやってあった。ちらりと見えるキッチンにも、使ったコップや茶碗《ちゃわん》がそのまま流しに置いてある。

けれども、それよりもっとひどいのは、川出老人のすっかり老《ふ》け込んだ姿だった。

八十歳に近いとはいえ、出会った頃はかくしゃくとしていた。身綺麗《みぎれい》で品がよく、水彩画の教室に通っていて、スケッチブックを手にしているのを何度か見たことがあるが、とてもその年齢には見えなかった。かつて、大手メーカーの部長を務めていたという経歴通り、話に説得力があり、発言も的を射ていて、自治会の中でも一目置かれる存在だった。

「こうしてお顔を合わせていただくのは久しぶりですね」

雪緒は精一杯愛想よく言ったが、川出老人は背を丸めたままだ。

「外にぜんぜん出ていらっしゃらないので、心配していたんですよ。買い物とか、どうなさっているんですか。何か必要なものがあるようなら、私が近くのスーパーまで……」

「本当に息子のところまで行くつもりか」

川出老人が嗄《しわが》れた声で言った。

「いえ、私もそんなことはしたくないと思っています。けれど、何分、期日が迫っていますので」

「このマンションの名義人は私だ。息子には何の関係もない」

「はい、そのこともじゅうじゅう承知しています。申し訳ない気持ちもあります。でも、川出さんにご承知願えない時はやはりそうするしかないと、私というより、会社が判断すると思います」

ベランダから陽が差して、川出老人の横顔を浮かび上らせる。頬に老人特有のシミが浮かび、目の下には疲れのような袋が下がっている。

老いは確かに肉体に現れる。けれども、本当の老いは、その内側にあるものが朽ちることなのだとわかる。目には見えない、こまかな亀裂《きれつ》のようなものが川出老人を覆《おお》っている。

しばらく黙り込んでいた川出老人が、小さく頷《うなず》いた。

「そうか、わかった」

雪緒は思わず顔を上げた。やはり、息子を出したのが正解だったようだ。

「よろしいんですか」

「ああ、すぐに引っ越しの準備に取り掛かるよ。迷惑をかけて済まなかったね」

川出老人が顔を向け、わずかに笑った。

「とんでもないです。ご納得いただけて私も嬉《うれ》しいです。新しいマンションに住まわれるようになれば、きっと気持ちも晴れると思います」

「そうだね。きっと気持ちも晴れるだろう」

「ありがとうございます」

雪緒はほっとして頭を下げた。これでようやく一件落着だ。


その週末、音羽と澤木がやって来た。

人で溢《あふ》れたホームで待っていると、電車からふたりが降りて来るのが見えた。臙脂《えんじ》の鮫《さめ》小紋を着た音羽が澤木のジャケットの袖を遠慮がちに摑《つか》んでいる。いい光景だなと、ふと、泣きたいようなほほ笑ましさに包まれた。

「おばあちゃん、ここ」

雪緒は手を上げ、ふたりに近付いた。

音羽が少し照れたように笑顔を向ける。

「わざわざ迎えに来てもらって」

「何言ってるの、これくらい当たり前じゃない」

それから澤木に向かって頭を下げた。

「澤木さん、お久しぶりです」

「いや、こちらこそ、先日は失礼しました」

澤木は店で会った時より、ずっと若々しく見えた。

「お疲れじゃないですか」

「いや、私は大丈夫だが、音羽さんはどうかな」

「いいえ、私も平気です」

「お昼ごはんということで、いろいろ考えて来たんですけど、何がよろしいでしょう」

三人並んで改札に向かいながら雪緒は尋ねた。

「そうだなぁ」「そうねえ」と、音羽と澤木が顔を見合わせている。

「軽いものがいいかな。年を取ると、どうしても食が細くなってしまってね」

「じゃあ、きしめんはいかがですか」

「いいですね。音羽さんもそれでいいかな」

「ええ」

話が決まって、駅前からタクシーに乗り込んだ。

十分ほど走らせた距離にある、数奇屋《すきや》造りの店だ。この店は器に凝っていて、地元の常滑焼の他にも、備前や信楽《しがらき》などを使っている。その上、店の一角は焼き物のギャラリーになっている。金沢で焼き物を扱っている澤木のことを考えて、この店は最初から候補に入れていた。

ここに初めて連れて来てくれたのは長峰だった。名古屋で生まれ名古屋で育ち名古屋で暮らす長峰は、気の利《き》いた店をよく知っている。

三人できしめんを食べながら、気恥ずかしさや、戸惑いや、安堵《あんど》や、あたたかさに包まれて、どうということはない話をした。今年の百万石祭りは雨が降らなければいいわね、とか、仕事はうまくいっているの、とか、そういうことだ。何を話しても澤木の口調は穏やかで、音羽に対する気遣いに満ちている。音羽の頷いたり笑ったりする様子にも、澤木に対する思いやりが透けて見えた。

恋の力は偉大だと思う。こんな音羽なんて見たことはない。あんなに長く一緒に暮らして来たのに、雪緒も理々子も母の篠も、たぶん音羽自身も知らなかった音羽がここにいる。

きしめんを食べ終え、お茶を飲んでいると、澤木が「ちょっとギャラリーを覗《のぞ》いて来る」と、席を離れて行った。仕事柄、興味をひかれるようだ。雪緒は改めて音羽と向き合った。

「素敵な人ね、澤木さん」

雪緒が言うと、音羽が照れたように茶を啜《すす》った。

「そうかいね」

「優しいし、紳士だし。あの人だったら安心しておばあちゃんを任せられる」

「年寄りをからかわんが」

音羽はいつも年寄り扱いされるのをとても嫌がる。自分から年寄りなどという言葉を口にするなんて、それだけ余裕があるということなのだろう。それに音羽は綺麗になった。恋の威力というものをここにも感じてしまう。恋というのは、七十歳になろうという人間さえも潤《うるお》すものなのだ。

「雪緒はどうなが？」

「何が？」

「誰かいい人、おらんがか」

「その質問はちょっときついなぁ」

「まあね、まだ若いさけ」

「おばあちゃんみたいに、うんと年をとってから結婚するのもいいなぁって思ってたところ。だって、恋愛って消耗するもの。仕事も私生活も振り回されるし、体力も必要だし」

「若いうちはそうかもしれんわね」

「おばあちゃんもそうだった？」

「さあ、どうやろ。雪緒とは時代も立場も違うさけ較《くら》べられんわ。私の若い頃は、そんなこと考えられもしんかった。芸妓《げいぎ》はまともな結婚なんかできるはずがないと思っとったし」

「考えてみれば、芸妓って、キャリアを積む働く女性のさきがけよね。結婚より仕事を選ぶんだから」

「あんたの言うとること、ようわからんわ」

それからふと、音羽はギャラリーで熱心に焼き物を眺める澤木に目をやり、感慨深げに呟《つぶや》いた。

「まさかね、私もこの年になってこんなことになるなんて思いもよらんかったことやさけ」

「いいじゃない、素敵だと思う。恋に年齢は関係ないもの」

「昔、聞いたことがあるが……若いうちは恋のために生きるけれど、年をとると、生きるために恋をするって」

祖母の口から「恋」という言葉を聞くのも初めてだ。それはとても清らかな響きを持っていて、心地よく耳に届いた。

「私も、もう少し生きられるってことかもしれんわね」

雪緒は川出老人のことを思い出していた。老いてからの恋というのが生命《いのち》と繋《つな》がっているとしたら、それは心強いことなのだろうか、それとも、残酷なことなのだろうか。

澤木が席に戻ってきた。

「なかなかいいものが揃《そろ》ってたよ。常滑《とこなめ》の窯元《かまもと》を訪ねるのが楽しみだな」

それをきっかけに三人は席を立った。音羽と澤木はいったん駅まで戻り、名鉄常滑線に乗る予定になっている。店の外に出て、雪緒は澤木にずっと言いたくて、けれどもなかなか言えなかった言葉を、ようやく口にした。

「どうか末長く、祖母をよろしくお願いします」

澤木は改めて背筋を伸ばし、深く頷いた。

「安心して任せてください。音羽さんを泣かすようなことは決してしませんせん」

隣で音羽が少し涙ぐんでいるように見えたのは、決して午後の太陽が眩《まぶ》しかったせいではないはずだ。

タクシーを止め、ふたりを先に乗せてから、前の席のドアを開けると、駐車場に入ってゆく車が目に止まった。

長峰の車だとすぐにわかった。車が白線の中に止まると、妻と子供ふたりが降りて来た。妻がはしゃぐ子供たちに何か言っている。ありふれた、どこにでもある、普通の妻に普通の子供。今度は運転席のドアが開き、長峰が現れた。そこにいる長峰も、どこにでもいるひとりの夫、ひとりの父親だった。

最初からわかっていたことではあるが、これが長峰のもうひとつの姿なのだ。

「雪緒、どうしたが」

「ううん、何でも」

雪緒は長峰に気づかれる前に、タクシーに乗り込んだ。

梅雨空◇理々子

今野由梨の仕事を手伝うようになってから毎日が早く過ぎる。

いつものように自宅に出向くと、リビングのソファに由梨と並んで品田が座っていた。

「どうも、ご無沙汰《ぶさた》しています」

理々子は慌《あわ》てて頭を下げた。連絡は電話でのやりとりがほとんどで、こうして顔を合わせるのは久しぶりだ。

「元気そうだね。どうだいアシスタント業は？」

四十をいくつか過ぎている品田は、大人の男という印象をいつも与える。横柄《おうへい》な人が多い業界の中では珍しく、物腰が柔らかで口調も穏やかだ。身に付けているものに派手さはないが、どれもこれも上質で凝ったものだと理々子にもわかる。

「はい、何とか」

由梨の手前、何と答えればいいのかわからない。

「どうぞ、座って」

由梨の母親に勧められるまま、理々子は品田の向かいのソファに腰を下ろした。

「高久さん、本当によく手伝ってくださるので、由梨もずいぶん助かっているんですよ」

母親の言葉に、品田は満足そうに頷《うなず》いた。

「これからもよろしく頼むよ」

「こちらこそよろしくお願いします」

由梨はしばらく不機嫌そうにやりとりを聞いていたが、不意に、品田の腕に手を回した。

「ねえ品田さん、それで一回目のホンはどうだった？」

「面白かったよ。うん、とても新鮮だった」

品田がまるで子供をあやすかのような口調で答える。

「ほんと？」

「もちろんさ。何と言ってもキャラクターがいい。意外性もあるし、魅力的だ。次はどうなるって期待感も持てる。その調子でどんどん書いていってくれ」

由梨がはしゃいだ声を上げた。

「よかった。苦労したのよ、人物設定は特に大変だったの。主役のふたりの個性をどう引っ張り出すかって頭を悩ましたんだから。方向さえ決まれば、あとはかなりスムーズに進められると思うの」

由梨はまるで、目の前に母親も理々子もいることなど忘れたように、品田だけを見つめている。

「だって、下手なのを書いたら品田さんに恥をかかすことになるでしょう。それだけは絶対にイヤだと思って」

「そんなふうに言ってもらえると光栄だなあ」

「そうよ、本当に品田さんのためなんだから」

明らかに恋している目だった。

「だから、ねえ、今日はそのご褒美《ほうび》にどこかに連れて行って」

品田は苦笑した。

「まだ一回目しか書いてないだろう」

由梨が拗《す》ねたように唇を尖《とが》らせた。

「あら、連れて行ってくれないの？　だったら、二回目はどうなるかわからないわよ」

「おいおい、脅かすつもりかい」

「ずっと家で仕事ばかりだったんだもの。たまには気分転換したいの」

「由梨、我儘《わがまま》言っちゃいけません」

母親が見かねたように口を挟むと、由梨はぴしゃりと撥《は》ね付けた。

「ママは黙ってて」

まるで子供だ。品田が母親に目を向ける。母親が頭を下げる。

「すみません、本当にこの子ったら」

「いいんですよ。そうだね、気分転換も確かに必要かもしれないな。じゃあ、どこか出掛けようか」

とたんに由梨の表情が華やいだ。

「嬉《うれ》しい、連れて行ってくれるの」

「大切な、うちの花形脚本家だからね。どこがいい?」

「じゃあ、まずは渋谷でお買い物をして、その後、汐留《しおどめ》でお食事。それから夜景が綺《き》麗《れい》なバーでお酒を飲みたい」

「ずいぶん、欲張りだな」

「だって、品田さんと出掛けられることなんてめったにないもの。待ってて、すぐに用意をしてくるわ」

由梨が軽やかな足取りでリビングを出て行った。

「本当に申し訳ありません」

母親がため息まじりに謝っている。

「いいんですよ。由梨さんはまだ若い、家に閉じこもってばかりの仕事じゃストレスがたまって当然です」

「最近、あの子ったらどんどん我儘になって……」

「あの若さで、責任ある仕事を任されたら、誰だって気持ちが不安定になりますよ。あとのことは、僕に任せてください」

「ありがとうございます。本当に、品田さんには何から何まで頼りっぱなしで」

「いやだな、遠慮など無用ですよ」

理々子はソファに座ってぼんやり成り行きを眺めていた。自分の立場はわかっているつもりだが、改めて部外者と思い知らされたような気がした。

二階から慌《あわただ》しく駆け下りてくる足音が聞こえ、由梨がリビングに姿を現した。

「お待たせ。さあ、早く行きましょう」

由梨が強引に品田の腕を引いて玄関へ向かってゆく。そんなふたりを、母親は黙って見送った——。

由梨が遊びに出掛けて行っても、もちろん理々子にはしなければならないことがある。

すぐに戻って来た母親が、いつものごとくファイルを差し出した。

「じゃあ、これを」

相変わらず由梨は、理々子と直接コンタクトを取らない。理々子は受け取り、ファイルを開いた。そこにはプリントアウトされた一回目の脚本が挟まれ、短いメモが添えてあった。

「一回目を読んで、二回目の展開についていくつかのアイデアを出すこと」

このどこか命令口調のメモが気に障《さわ》るが、文句を言える立場ではない。

一回目の脚本を読むのは初めてだ。由梨がどんな筋立てを考えたか、そこに、理々子のアイデアがどんなふうに使われているか、楽しみだった。

読み始めて、すぐに「えっ」と思った。主人公の下町育ちの気の強い女の子と、リストラされた山の手の少し情けないお坊ちゃん。そのふたりが出会うひったくりのシーン。男の子がバッグを盗まれ、それを女の子が捕まえるというものだ。名前や年齢は若干変えてあるが、理々子の書いたプロットがほぼそのまま使われていた。

もちろん、参考にされることはわかっていたが、ここまで同じとは想像していなかった。

母親がにこやかにリビングにやって来た。

「コーヒーいかが」

「あ、ありがとうございます」

コーヒーをテーブルに置くと、いつもはすぐに出て行く母親が再びソファに腰を下ろした。

「ねえ、高久さん。これは品田さんから聞いた話なんだけど」

理々子は原稿から顔を上げた。

「今、人気の脚本家がいるでしょう。そういう方の多くは、かつて脚本家の先生に弟子入りして、先生の代わりに脚本を書いて、原稿を先生に見てもらって、許可がでると先生の名前で発表していたんですってね。それがいちばんの勉強になったって言うじゃない。品田さんはあなたにも同じ経験をさせたいんだと思うのよ。つまりその分、あなたに期待しているってことなの。そのこと、わかってくださるわね」

言うだけ言うと、母親は「じゃ、よろしく」と、いつもの笑顔を浮かべてリビングを出て行った。

理々子は後ろ姿をぼんやり見送った。

気持ちの中に靄《もや》のようなものが広がっていた。母親の理々子に対する気遣いも、謙虚な物言いも、ほめそやす言葉も、つまりみんなそういうことなのか。自分のアイデアをすべて黙って由梨に差し出せということなのか。それが当たり前ということなのか。

愚痴なら、今まで倉木が聞いてくれた。

けれども倉木はもういない。今、理々子が抱えているどうにも納得できない思いを、どこにぶつければいいのだろう。

雪緒に電話してみようかと思った。けれども、ついこの間、連絡したばかりだ。意地を張るのではなく、忙しい毎日を送っている雪緒にばかり頼ってはいけないという思いがあった。

ふと、頰に冷たいものが当たり、理々子は空を見上げた。鈍色《にびいろ》の雲から雨が落ちて来る。そう言えば、今朝、梅雨入りのニュースをやっていた。

雨が降ると、いつも金沢を思い出す。頭に浮かぶ金沢は、いつも雨に濡《ぬ》れている。

学校に行く時、母はいつも言ったものだ。

「傘、持ったかいね？」

弁当忘れても傘忘れるな。

金沢にはそんな言い慣わしがある。

そういえば、今週末は百万石祭りだ。六月、金沢の町は梅雨空とは裏腹に、華やかな祭り気分に包まれる。いちばんの見所は藩主や家老の行列で、前田利家《としいえ》公やお松の方、珠姫《たまひめ》が、武者や腰元や奴《やっこ》たちと共に金沢の町を練り歩く。市祭ということで学校も休みになり、小さい頃は、祖母や母、雪緒と共によく見物に出かけたものだ。

そこでは加賀鳶《かがとび》の梯子《はしご》のぼりも披露された。理々子はそれがいちばん気に入っていた。木遣《きや》りくずしの唄声《うたごえ》の中、十メートルはゆうにありそうな梯子のてっぺんで、さまざまな技が披露される。梅雨時なので雨にたたられることも多く、落ちるのではないかといつもはらはらした。はらはらしながら、目が離せなかった。

帰ろうか。

気がつくとそんな気持ちになっていた。

深夜、高速バスに乗った。

金曜日の夜に着ければ、浅野川の灯籠《とうろう》流しも見られるが、財布の中身を考えると、そうそう飛行機ばかり使えない。残念ながらそれは諦《あきら》めた。

母の篠には、アパートを出る前に電話を入れておいた。

「あら、お祭りに帰るなんてめずらしい。じゃあ待っとるわ。理々子の好きな鯖《さば》の押し寿司《ずし》作っておくさけ」

こんな時、故郷は有難いと素直に思える。東京では肩肘《かたひじ》張って、いっぱしの顔をしていても、家に帰れば誰に気兼ねすることなく娘に戻れる。抱え込んでいるものをみんな下ろしてほっと息をつける場所、それが祖母と母のいる家だ。

早朝に家に着き、仮眠している間に昼近くになっていた。祖母の音羽はすでに澤木と祭りに出掛けていて、結局、母とふたりでの見物となった。

百万石行列のコースとなる橋場町の三叉路《さんさろ》は、主計町《かずえまち》の目と鼻の先で、祭りが見やすい一角となっている。今年は晴天に恵まれて見物客も多く、行列を見るには背伸びをしたり飛び上がったりしなければならなかったが、幾重にも重なった肩越しに見える武者や腰元姿も悪くはなかった。

「あれはいつのお祭りだったかしらね」

篠がひとり言のように呟《つぶや》いた。

「え、なに？」

「見物している間に、いつの間にか理々子の姿が見えなくなってしまったが。忠幸《ただゆき》さんとふたりで、それはもう必死に探し回ったわ」

久しぶりに父の名を耳にして、理々子は切ない懐《なつ》かしさに包まれた。

「覚えてる、加賀鳶の人たちにくっついてったのよね」

「そうそう、尾張町から武蔵《むさし》が辻《つじ》まで、声を張り上げながら探したんやから。見つけた時は、どんなにほっとしたか」

その祭りの前年に篠は父と結婚し、そして翌年の暮れ、父は篠と理々子を残して死んだ。

「ねえ、かあさん」

「なに?」

「どうして、とうさんと結婚したの? 子持ちの男なんて面倒だって思わなかった?」

篠は理々子に視線を向け、頬を緩めた。

「そんなこと、考えもせんかったわ」

「売れっ子芸妓《げいぎ》だったんでしょう。ひとりでいた方がよほど気楽で自由じゃない」

その時、辺りからいっせいに拍手が上がった。利家公のお出ましだ。

「それは違う。今でこそ、芸妓という職業を選んでこの世界に入ってくる人もおるけど、私の頃は気楽さも自由もない、それぞれに事情ってものがあったさけ」

篠の出身は富山との県境に近い漁師町だ。時化《しけ》で父親の船が遭難し、経済的にかなり苦しい状況に追い込まれたという。篠は中学を卒業後、知人の世話で音羽の元に預けられた。

「忠幸さん、仕事の接待でお座敷に私を呼んでくれたが。知り合ったのはそこ……こんな話するの、初めてやね」

篠の頬が染まったように見えるのは、人いきれのせいばかりではないだろう。

「聞きたい、じゃあお座敷で知り合ったんだ」

「顔を合わせたのはお座敷やけど、本当に出会ったのはここ」

「ここ？」

「そう、百万石祭りを見物に来たら、ここでばったり会《お》うたの。私は挨拶《あいさつ》したんやけど、忠幸さんは私やってぜんぜんわからなくて。無理ないわ、お化粧もしてないし鬘《かつら》もないし、着ているものも着物じゃなくてジーパンやったし」

篠はその時のことを思い出したのかくすくす笑った。

「それで恋が始まったわけね」

「まあ、そういうことやね」

「でも、いろいろ面倒があったんじゃない？　何しろ、とうさんは子持ちだし、かあさんは売れっ子芸妓だし」

「なかったと言えば嘘《うそ》になるわね」

「どんなふうに乗り切ったの？」

「そう言われるとねえ、何やったんやろうねえ」

「とうさんを信じてたってこと？」

「もちろんそうやけど」

「自分を信じられたからかもしれん」

篠は少し言葉を途切れさせた。

理々子は改めて篠の顔を見つめた。

「自分？」

「そうや。それまで私はどこか自分を信じてないところがあったが。芸妓という仕事は、時には嘘の笑顔を浮かべんといかんし、心にもないお世辞を言ったりもする。そんなことを繰り返しているうちに、本当の自分ってものがよくわからんようになってしまってたんや」

そこで篠は小さく息継ぎをした。

「でもね、忠幸さんと会って、私は初めて、心の底から、自分を信じられると思ったんや。自分の気持ちをね」

その言葉が理々子の胸の中に広がった。

もしこれが、篠以外の誰かから聞かされたなら、単なる綺麗事《きれいごと》に聞こえたかもしれない。自分を信じる。恋する相手以上に。それが素直に沁《し》み入った。

「理々子」

「え？」

「本当に山崎さんと結婚してもいいが？」

理々子は思わず声を上げた。

「当たり前じゃない」

「忠幸さんのことを忘れてしまったわけじゃないが」

「わかってる。かあさん、そんなこと少しも気にしないで」

「山崎さんと出会って、もう一度、自分を信じてみようと思ったが」

「うん」

「もう一生、そんなことはないやろうって思ってたんやけど」

生涯たった一度の恋にすべてを捧《ささ》げる生き方もあるだろう。けれども、恋はいつだって不意に訪れる。そんなつもりはなくても、気がつくと、もう身も心も奪われている。

「よかったね、かあさん。いい人と巡り会えて」

大人になればなるほど、恋なんて、と照れたり、投《な》げ遣《や》りになったり、時には、嘲《ちょう》笑《しょう》さえしてしまうことがある。けれども、それは強がりだ。誰だっていつだって、人は恋を待っている。恋する人を待ち焦《こ》がれている。恋ほど人を熱く燃やすものはないのだから。

「加賀鳶が来たわ」

篠の言葉に、理々子は爪先《つまさき》立ちをした。

勇壮な男たちが木遣くずしの唄声の中、ゆったりした足取りで近付いてくる。三叉路の広見まで来たところで梯子が立てられた。いよいよ鳶の技が披露される。期待に満ちた歓声と拍手が沸き起こる。

「あのね、実は話しておかないといけないことがあるが」

「なあに?」

「本当は、理々子がお嫁に行く時に、ちゃんと話そうと思っていたがやけど、私がこんなことになってしまったさけ」

鳶が梯子を駆け上ってゆくのが見えた。観客の興奮も高まってゆく。

「どうしたの、改って」

「理々子の本当のお母さんのこと」

理々子はゆっくり篠に顔を向けた。

梅雨空◇雪緒

いよいよマンションの取り壊し作業が始まった。

いろいろと頭を悩ますこともあったが、川出老人も無事に引っ越しを済ませ、とにかくここまでこぎつけることができて、雪緒はホッとしていた。

この後の仕事は、所有者たちの内装や仕様についての相談を専門家と共に受けること、それから分譲の営業だ。モデルルーム公開に新聞広告、折り込みチラシ、ダイレクトメールの発送、やらなければならないことは山積みにある。

それでも、一区切りついたという安堵感《あんどかん》があった。

長峰との食事に、いつもと違って、夜景が美しく見渡せるフレンチレストランをリクエストしたのもそのせいだ。精一杯お洒落《しやれ》をして、ワインを吟味して選び、時間をかけて食事をする。久しぶりにそういうことをしてみたくなった。

「君の希望通りの店だろう？」

長峰がテーブルの向こうで、少し自慢そうな顔をした。

「ええ、とっても。ここ、よく来るの？」

雪緒はグラスの中で揺れる淡い琥珀色《こはくいろ》のワインを口に含んだ。

「まさか。こんな仰々しい店なんてめったに来ないよ。いつも給仕に見張られているようで、肩が凝る。君のためと思えばこそさ」

長峰はさらりとこういうことを口にする。それが不思議と嫌味ではなく、むしろ微笑を誘う。

「前に一緒に来たのは誰？」

「さあ、誰だったかなあ」

「奥様？」

長峰は大げさに首を振った。

「まさか。女房とこんな洒落たレストランに来ても意味がない」

嫉妬《しっと》で言ったつもりはなかったが、そう受け取られても気にしないでおこう。女の嫉妬は、男の自信の裏づけになる。それくらいのサービスを惜しむつもりはない。

「長峰さんも釣った魚に餌《えさ》はやらないくち？」

「それはお互い様だよ。女房だってそう思っているさ。僕とこんな場所に来ても楽しいわけがない。それなら友達同士で、亭主の悪口を言いながら豪華なランチを食べる方がよほど楽しいに決まってる」

「ふふ、そうかもね」

「もちろん、そのことをとやかく言うつもりはないよ。どんどん遊びに出ればいいと思ってる」

「でも、たまには家族で食事に出掛けることもあるんでしょう」

「そりゃあ、たまにはね」

「じゃあ、私が見たのは、そのたまにの時だったのね」

長峰はナイフとフォークを持ったまま、雪緒に視線を止めた。

その表情に慌《あわ》てたものを見て、雪緒はつい意地悪をしたくなった。

「ほら、前にギャラリーのあるきしめんのお店に連れて行ってもらったことがあったじゃない。あそこは家族連れにぴったりだものね」

長峰は困惑しながら笑顔を作った。

「もしかして、先週、あの店にいたの？」

「たまたまね」

「そうか、うん、時々行くかな、子供たちがきしめん好きだから」

「長峰さん、お父さんの顔をしてた」

長峰は黙った。

「私には見せない顔。でも、私の知ってるどの顔よりいい顔に見えた」

「参ったな、皮肉かい？」

長峰が肩をすくめている。

「ううん、そうじゃないの」

「不愉快な思いをさせたのなら謝るよ。考えてみれば無神経だった。気分を害して当然だ。僕が悪かった」

「違うんだって」

「もう、そんなことはしない。だから、怒らないでくれないか」

「もちろん怒ってなんかないわ」

自分の言葉の誤解を解きたいのだが、どう言えばいいのかわからない。何か言えば、もっと誤解されてしまいそうにも思えた。

「もう少しワインを飲もうかな」

諦《あきら》めにも似た気持ちで雪緒は言った。その言葉にようやく長峰の表情に余裕が戻った。

「もちろんだよ、赤にするかい？　今日はうんと贅沢《ぜいたく》しよう」

決して、皮肉や嫉妬で言ったわけではなかった。もっと言えば雪緒の気持ちの中に、妻の存在などほとんどなかった。今まで見たことのない、父親としての長峰の顔に新鮮な驚きを持ったというのが本当のところだ。

そして、それは雪緒が幼い頃から胸に抱えている、父親という存在に対する遣る瀬なさのようなものを蘇《よみがえ》らせていた。

高久の家にもらわれて来た時、雪緒は六歳だった。もちろん母が死んだことは理解していたが、どこかに父がいるということも知っていた。いつかきっと父が迎えに来る。「ずっと探していたよ」そんな言葉と共にしっかりと抱き寄せられる。その期待を強く胸に忍ばせていた。

しかし、それは期待だけで終わることになった。母は、父親のことは何ひとつ話さなかった。それはつまり話せなかった相手なのだ、ということが理解できるようになってから、雪緒は待つのをやめた。そうして、他人と違った境遇で生きることを受け入れることだけに心を砕いた。それなのに、今でもふと、父親という存在に対して敏感になってしまう。

食事を終え、いつものように雪緒の部屋でふたりの時間を過ごした。日付が変わる少し前に長峰は帰って行き、それを見送ってから雪緒はゆっくりシャワーを浴びた。

自分の意志で長峰と付き合っていながら、ひとりになるとほっとするのは何故《なぜ》だろう。まるで自分への義務を果たしたような気になり、ようやく一日を終えられたと思える。

寝る前にパソコンを開くと、純市からメールが来ていた。

『お礼が遅くなってごめん。あの時は、急に呼び出して悪かった。でも、いろいろ話せて楽しかったよ。知らなかった高久の一面を見ることもできたしな。また、チャンスがあったら飲もう』

簡潔な文面に、純市らしさがよく出ていた。照れとぶっきら棒が同居している純市は、固苦しさがもっとも苦手なのだ。

ふと、別れ際《ぎわ》に言われたことを思い出した。

「ちゃんと生きているのかよ」

もちろん生きてるわ。

雪緒は声に出して言ってみた。責任ある仕事にやりがいを感じている。だからと言って仕事だけに明け暮れているわけではなく、妻子持ちだが優しい恋人もいる。結婚を焦《あせ》ったり、世の中の常識に縛られるつもりもない。私は自由に、やりたいことをやっている。

『私も楽しかった。こう言っては何だけど、瀬間くん、ずいぶん変わったね。金沢で会った時もそう思ったけれど、この間は特にそう感じました。優等生だった頃からは想像もつかないわ。ええ、また飲みましょう』

送信してから、雪緒はベッドに入った。

翌日、建築業者とモデルルームの内装についての打ち合わせを済ますと、もう八時近くになっていた。

帰りに、コンビニで夕食の弁当と、翌朝のパンとサラダを買い、自宅に戻った。すっかり疲れ果てていた。エントランスに入り、郵便受けに手を伸ばしたところで、声を掛けられた。

「高久雪緒さんですよね」

振り向くと、女性が立っている。三十代半ば頃だろうか。品はいいが、授業参観に出掛けるみたいな少し野暮ったいベージュのスーツを着ている。どこかで会ったような気がするが誰だったろう。手掛けているマンションの所有者だったか、それとも取引先か。

あ、と思った瞬間、女性は軽く頭を下げた。

「私、長峰と言います」

雪緒はゆっくり瞬《まばた》きした。

「長峰の家内です」

きしめん屋の駐車場で、子供らをたしなめていた姿と重なった。どんな言葉を口にしていいかわからず、雪緒はぼんやり長峰の妻の顔を眺めた。

「少しお話させていただきたいんですけど、よろしいかしら」

表情も口調も穏やかだが、そこには有無を言わせぬ強引さが含まれていた。突然のことで面食らったが、今更、逃げるつもりもなかった。こういう日がいつか来る。妻子持ちの男と付き合うということは、その可能性を秘めているということだ。雪緒は落ち着きを取り戻し、頷《うなず》いた。

「わかりました。少し歩きますが、大通りに出るとファミリーレストランがあります。そこに行きませんか」

込み入った話になることはわかっていた。静かな喫茶店では却《かえ》って話しづらいだろうと予想した。

「ええ、そうしましょう」

雪緒はコンビニの袋をさげたまま、エントランスを出て、長峰の妻と共に歩き出した。

店に着くまでの五分ほどの距離は、永遠に続くかと思えるくらい長かった。無言が重くのしかかり、これから展開される場面の想像が否応《いやおう》なしに広がってゆく。ファミリーレストランの席に座った時は、それだけで疲れ果てていた。

互いにコーヒーを注文し、ようやく顔を見合わせたが、何を話せばいいのか、口火を切るのはどちらがいいのか。

「いつも主人がお世話になっているようで」

ようやく長峰の妻が言った。

「いいえ、こちらこそ」

答えてから、この言葉はあまりふさわしい選択ではなかったと気づいたが、もう遅い。ふたりの前にコーヒーが置かれた。

「ご注文の品、以上でよろしいですか」

マニュアル通りの愛想のいいウェイトレスの声が、却ってふたりのぎこちなさを強めてしまう。

「何の話か、もちろんおわかりのはずよね」

長峰の妻が言った。

「はい」

　今更否定することもできず、雪緒は頷いた。

「結論から先に言わせていただくわ。あなたは長峰とどうなりたいとお思いなのかしら」

「どうって言うのは……」

「つまり、結婚をお望みなのかしらと聞いているの」

「まさか」

　雪緒は即座に首を振った。

「そんなこと、考えてもいません」

「つまり、長峰とは単なるお遊びってことなのね」

　結婚か遊びか。ふたつにひとつしか選択はないのだろうか。結婚は望んでいないが、単なる遊びというわけでもない。長峰と一緒に過ごす時間は、雪緒をリラックスさせてくれる唯一《ゆいいつ》のものだ。名古屋に転勤してから、友人も知り合いもなく、仕事漬けになっていた雪緒の毎日に潤《うるお》いを与えてくれた。もし、長峰がいなかったら、ずいぶん味気ない生活になっただろう。けれども、それを説明してもわかってもらえるとは思えなかった。むしろ、もっと身勝手な言い分と思われるだろう。遊びと言うなら、その方がマシかもしれない。

「お遊びなら、わざわざ他人の夫など選ばなくても、独身の男がいくらでもいるでしょう。もう少し、思慮深くなさったら」

謝るべきなのか、と、雪緒は考えた。たぶん、そうすることを長峰の妻は当然だと思っているはずだ。妻子ある男と付き合うのは倫理からはずれている。けれど、恋なんていつだって、どこか倫理からはずれているものではないか。だからこそ惑わされる。すべての人に拍手を送られる恋なんて、恋のいちばん熟した部分を食べそこねているような気もする。

けれど、雪緒は何も言えなかった。言えないのは非を認めたわけではない。長峰に対する思いがそれに値するほどの恋でないと、雪緒自身が知っているからだ。

「あなた、わかっていらっしゃるのかしら。本当は、妻として慰謝料を請求することもできるのよ。そんなリスク、あなたも背負いたくはないでしょう」

雪緒はふと顔を上げた。

「もし、お金さえ払えば離婚されるのですか」

言う必要のないことを言ってしまう。これは恋のせいじゃない。つまらない意地だ。正論を口にする妻という存在に、体の内側がささくれだったような反発心が頭をもたげていた。

思いがけない反撃に、長峰の妻はたちまち全身を鎧《よろい》で固めた。

「あなた、結婚する気はないんでしょう？」

「ええ、ありません」

「だったら、どうしてお金を払うなんて言うのかしら」

「言ってみただけです。お金のことを持ち出したのはそちらの方です」

「なるほどね」

長峰の妻は、美しく整えられた眉《まゆ》をきゅっと持ち上げた。

「さすがに一筋縄ではいかない方ね。こんな場でもちゃんと皮肉を口にできるんですもの。でしょうね、お生まれからして曰《いわ》くつきだし、前にいらした京都では、相手の男性と揉《も》めた挙句に、派手なパフォーマンスもなさったそうだし」

雪緒の頬がゆっくりと強張《こわば》ってゆく。

「あなたのこと、いろいろと調べさせてもらったわ。その権利は私にはあると思うのよ。もう、腕の傷は痛まないのかしら？　恋愛沙汰《ざた》で自殺未遂なんて、私のような平凡な女には想像もつかないわ」

どうして、それを……けれど言葉にならない。

「会社はあなたのそういう事情を知っているのかしら。知ったらどう思われるかしら。スキャンダルって、いったん表沙汰になると、一生ついて回るものよ。人が忘れるのはいい噂《うわさ》だけ。悪い噂はずっと飲み会やロッカールームで話のネタになり続けるの。今の会社にずっとお勤めするつもりなら、雑音に煩《わずら》わされるようなことにはなりたくないでしょう?」

雪緒はコーヒーカップを眺めている。薄く油膜が張っていて、もう口をつける気にはなれない。

長峰の妻は滔々《とうとう》と話し続ける。

「私が何故そこまでって思われているでしょうね。身元や素行を調べ上げるなんて、確かに、あまり品のいいやり方とはいえないもの。でも、他人の夫を寝取る女に、品なんて持ち出してもしょうがないと思ったの。女はね、特に結婚してまっとうな生活を築き上げて来た女はね、横からいいところだけ掠《かす》め取ろうとする小賢《こざか》しい女は決して許さない、徹底的に戦うということよ」

そうして、長峰の妻は勝ち誇ったように付け加えた。

「もう、主人とは会わないでくださいね。それが、私や主人のためだけでなく、あなたご自身のためであるということもお忘れなく。そうだわ、これ、よろしかったら差し上げます。どうぞゆっくりお読みになって」

妻がバッグから茶封筒を取り出し、テーブルに置いた。

長峰の妻が去ってからも、雪緒はしばらく動けなかった。中途半端《はんぱ》に空気の抜けた風船みたいなぼんやりした空間が、頭の中に広がっていた。

ドアが開き、女子高生が数人、賑《にぎ》やかに入ってきた。我に返ったように、雪緒はようやく茶封筒に手を伸ばした。

そこには、出生から現在に至るまでの雪緒の生い立ちが簡潔に連ねてあった。いかにもデータといった箇条書きだ。出生、進学、就職、トラブル……すべて事実には違いない。しかし、そこには泣いたことも、苦しんだことも、悩んだことも載ってはいない。ただ、現象だけが連なっていた。

悲しみというのではない。怒りでもない。無気力な思いだけがあった。もしかしたら、自分の今までの人生なんて、結局はこの紙切れに納まってしまうようなものなのかもしれないと思えた。

すべては自分から始まったことだ。それを改めて雪緒は思い知らされていた。自業《じごう》自得《じとく》。そんな言葉が耳の奥で響いた。

その時、携帯電話が鳴り出した。

一瞬、長峰かと思ったが、表示されたのは純市の名前だった。今は誰とも話したくない。その思いと裏腹に、誰かと話したくてたまらない自分もいた。雪緒は電話を手にした。

「もしもし」

「ああ、俺。今、いいか？」

「うん」

「さっきまで、相田のところで飲んでたんだ。酔い覚ましに、ぶらぶら金沢城の下を歩いてたら、月がきれいでさ」

「月？」

「そっちから見えないか？」

雪緒はガラス窓に目を向けた。ビルの間に、黄みを帯びた完璧《かんぺき》といえるまるい月が浮かんでいた。

「ああ、ほんと、きれい……」

「な、きれいだろ。それ見てたら、何だか急に、高久と喋《しゃべ》りたくなってさ」

不意に涙がこみ上げた。懐《なつ》かしさと安堵《あんど》が、とどめていたものを一気に溢《あふ》れさせた。

雪緒は嗚咽《おえつ》しそうになる口元を手で押さえた。

「どうかしたのか?」

「ううん」

「何か様子が変だけど」

「私……」

「うん」

「金沢に帰りたいな」

後は言葉にならなかった。

繋《つな》がり ◇ 理々子

日本橋にある和装小物店の前で、理々子は足を止めた。

間口二間ほどのこぢんまりした店先に『華《はな》や』との看板が掲げてある。

ここが篠から聞いた店に違いない。ちらと店内を覗《のぞ》いてみたが人影はなかった。いったん通り過ぎ、次の角まで行ってみた。

どうしようかと足が止まる。せっかくここまで来たのだから、という思いと、今更何のために、という気持ちが胸の中で交錯する。

実の母、靖子《やすこ》のことはまったくと言っていいほど覚えていない。母が家を出た時、理々子は三歳にもなっていなかった。ただ父と別れた理由は、確かではないが知っていた。幼い理々子に同情するような顔をして「我が子を置いて他の男と逃げるような女なんて、お母さんでも何でもないのよ」と耳打ちするような、意地の悪いお節介な人間はどこにでもいるものだ。その相手の男というのが、実母が趣味で通っていた友禅作家の工房で、修業していた年下の職人だったということは、先日、篠から聞いた。

もっと早くに、父方の親戚《しんせき》を訪ねれば真相を聞き出せないこともなかっただろう。だが、前の妻に逃げられ、次に結婚した相手が芸妓《げいぎ》だったということもあり、父は親戚中の恥でもあったらしい。父方の祖父母はすでに他界しており、父の死後、篠は親戚筋から即座に籍を抜くよう指示された。しかし、理々子が身を寄せる場所はなく、施設に預けられることを知った篠は、養子縁組という形で理々子を引き取ったのだ。そんな経緯もあって、結局、親戚とは縁が切れていた。

実母のことを知りたいと、強く思った時期もある。篠や音羽に可愛《かわい》がられはしたものの、ふと「もし本当の母親がいたら……」との思いがどこからともなく湧《わ》いた。この世のどこかに、自分と血の繋がった人間がいる。その事実はロマンチックな感傷と重なって、どんな人なのか、本当は実母も会いたがっているのではないか、などと想像が広がった。

そんな時、いつも雪緒は冷静に言ったものだ。

「血の繋がりってそんなに大切なもの？　親子やきょうだいだったら、みんなうまくいく？　揉めてる家族なんていっぱいあるじゃない。ううん、その方がずっと根深いわ。血が繋がっていたって、所詮《しょせん》は別の人間ってことよ。何をそんなに引き摺《ず》ってるの？」

早熟で思慮深い雪緒は、理々子よりずっと先に結論を出していた。

百万石祭りを見物しながら、あの時、篠は少し口籠《くちご》もりながら言った。

「黙っていようか話そうか、迷ったんやけど、やっぱりそれは私が決めることじゃないと思ったが。もう理々子も大人やさけ、判断は理々子に任せることにするわ」

そんな思いに至ったのは、当然、篠自身の再婚が決まったこともあるだろう。

理々子は踵《きびす》を返し、再び店に向かった。けれどもまだ迷い続けている。その迷いの中には、今更会ってどうするのだろう、という戸惑いの他に、もし迷惑そうな顔をされたら、そんな怖《おそ》れも含まれていた。その瞬間、胸の奥深くにひっそりと忍ばせてきた甘やかな憧憬《しょうけい》が、無残に砕かれてしまう。それくらいなら、このまま背を向けてしまった方がいい。

「別に名乗るわけじゃないんだから……」

自分で言って、理々子は小さく息を吐いた。やはり会ってみたい。見るだけでいい。実母はいったいどんな人なのか。どんな顔をし、どんな声をし、どんな生き方をしているのか。

それでもやはり店に入るには思い切りが足りず、理々子はウィンドウを眺めるふりをして、中の様子を窺《うかが》った。その時だった。

「何かお気に召されたものがおありですか」

ふいに背後から声を掛けられた。振り向くと、篠と年恰好《かっこう》の似た女性が立っている。薄墨色の江戸小紋を着ていた。

この人だ。

直感的にそう思った。

「よろしかったら、中にお入りになってゆっくりご覧ください」

「いえ……」

「さあ、遠慮なくどうぞ。見ていただくだけでよろしいんですよ。若い方に少しでもこういうものに興味を持っていただければ、それだけで嬉《うれ》しいんですから」

そう言いながら店の中に入ってゆく。つられるように理々子もその後に続いた。

こぢんまりした店内には、帯揚げや帯締め、バッグや色足袋、風呂敷《ふろしき》といった小物が美しく並べられていた。

「もし、お気に召したものがあったら、いつでも声を掛けてくださいね」

その人は穏やかな口調で言い、奥へと引っ込んで行った。そこは事務所のようになっているらしい。そちらを窺いながら、見るともなしに店内をうろついていると、やがて声が聞こえてきた。どうやら電話のようだ。

「あら、今夜も遅くなるが？　ああ、あの注文ね。急ぎだもの仕方ないわね、ご苦労様。こっちは大丈夫やさけ、大変だろうけど頑張って」

金沢弁が聞こえてくる。たぶん、相手は夫に違いない。父と理々子を捨ててまで走った男。年下の加賀友禅の職人。どんな男だろう。

その時、理々子は壁に掛けられた、手描き友禅の袱紗《ふくさ》に目を止めた。加賀鳶《かがとび》の格好をした童が描かれている。

「それ、可愛らしいでしょう」

背後から声が掛かった。

「ええ」

「あんまり可愛いから、つい額に入れて飾ってしまったんです」

理々子は頷《うなず》き、袱紗を見ながら呟《つぶや》いた。

「本当に。加賀人形ってどこか人をほっとさせますよね」

「あら」

その人の声が少し変わった。

「もしかしたら金沢の方？」

理々子は振り返り、改めてその人を見た。

「加賀人形なんておっしゃったから。わかる方はめったにいらっしゃらないんですよ」

「そうですか……」

きまりの悪い気持ちになって、理々子は目に付いた小銭入れを手にした。小物ながらも加賀友禅を使っていて、画《え》には虫喰いや先ぼかしの技法も施されている。

「あの、これをいただいていきます」

その人が苦笑しながら首を振る。

「いいんですよ、無理してお買い上げ下さらなくても。見て下さるだけで結構ですから」

「いえ、記念ですから」

思わず言っていた。

「まあ、何の記念でしょう」

その人が笑顔で問う。

「別に大したことじゃありません、ほんのちょっとした記念です」

その人は、ふと真顔になり理々子を眺めた。その視線から逃れるように理々子は床に目を落とした。その人が小銭入れをレジに持って行き、包装し始める。もう少し何か話したい、いや、話すことなんて何もない。心は揺れる。

「どうもありがとうございました」

その人が包装した小銭入れを差し出した。理々子が代金を払う。その時、受け取るその人の手を見て、思わずはっとした。

理々子の薬指の爪《つめ》は少し形がいびつだ。そこだけ時折二枚爪にもなる。他の指はどうということはないのだが、薬指だけがそうなる。その人もまた、薬指の爪だけがいびつな形をしていた。

これが血の繋がりというものなのだろうか。

理々子は包みを受け取った。

「どうも」

その人が手を止めた。同じように、その人もまた理々子のいびつな爪に気がついたようだった。理々子を見る表情に、静かに驚きが満ちていった。

「あの……」

その人の唇がゆっくりと動いた。

理々子は黙って頭を下げ、包みを手にして店先に向かった。後ろから、切羽詰ったその人の声が追ってきた。

「あなたは」

理々子は足を止めた。けれども、振り向かなかった。

「間違っていたらごめんなさい。もしかしたら、もしかしたら、理々子じゃないの……」

理々子の足は止まったままだ。

「そうなのね」

理々子の前に走り寄ったその人は、すでに目の端を潤《うる》ませていた。

「ああ、本当に理々子なのね、夢じゃないのね」

理々子はその人を眺めた。感情は、過ぎるとむしろ感覚から離れてしまうものなのかもしれない。ふと、醒《さ》めた気持ちに包まれていた。

「こんなに大人になって」

その人の顔に泣き笑いの表情が広がった。

「まさか、こんなところで会えるなんて」

理々子は何と答えていいかわからない。

「どうしてここへ……いいえ、そんなことはどうでもいいの。よく来てくれたわ。よかった、元気そうで。あなたのことを忘れたことはなかったのよ、今どうしているのか、幸せに暮らしているのか、いつもいつもそのことを考えてたのよ」

その人の言葉がまるで小説の一節でも読んでいるように聞こえて、胸の奥底に沈んでいたさまざまな感情の中の、もっとも強張《こわば》ったものが、頭をもたげた。

「でも、あなたは私を捨てました」

自分でもはっきりわかる冷淡な理々子の言葉に、その人は怯《おび》えたように視線をはずした。

「三歳にもならない私を、あっさりと捨てたんです」

その人は苦しげに眉《まゆ》を寄せた。

「あなたが怒りを持つのは当然だわ。許して欲しいなんて、そんなことを言える立場じゃないこともわかっているの。母親として、私は最低の人間だもの……そのこと、あなたにいったいどう償えばいいのか。ずっとずっと考えていた……」

理々子は真《ま》っ直《す》ぐにその人を見た。

「いえ、そのことはもういいんです。ただ、ひとつだけ聞かせてくれますか」

その人が怯えたような目を向ける。

「あなたにとって娘って何だったのですか」

その人の顔が緊張してゆく。しばらく返事はなかった。その人は唇を噛《か》み、必死に言葉を探しているようだった。

「何よりも、誰よりも大切だった」

「でも、男を選んだ」

「違う」

「そんなこと、今さら」

「覚えていないでしょうけど、あの時、あなたの手を引いたのよ。あなたを連れてゆくつもりだったの。置いてゆくなんて考えてもいなかった」

そこで、その人はわずかに呼吸を整えた。

「でも、あの人はあなたを決して手放さなかった。土下座して頼んでも許してもらえなかった。理々子が一緒にいてくれたらどんなに幸せだったかと、今も思うわ。でも、私だけが幸せになることは許されない気がしたのよ。あの人以外の人に、心を動かされてしまった罰を受けなければならないって。それが、私には理々子を失うことだった……」

最後の言葉は、嗚咽《おえつ》が滲《にじ》んでいた。

「私は……」

理々子は慎重に言葉を選んだ。

「その言葉をどう受け止めればいいのか、今はまだわかりません。ただ、あなたを恨んでいるわけでもないんです。父が死んでから、とても幸せに生きてきました。最高の家族にも恵まれました。だから、気にすることなんて何もないですから」

その人は、黙ったまま目じりに滲む涙を指先で素早く拭《ぬぐ》った。

「じゃあ、私はこれで」

自分でも冷たいと感じた。けれども、今さら手を取り合って再会を喜びあう気持ちにもなれるはずがなかった。

理々子は頭を下げ、今度こそその人に背を向けた。目の端に、その人のまだ何か言いたげな表情が見えた。理々子もまた、もどかしい思いを残していた。言いたいことは本当にそれだったのだろうか。このまま別れて悔いは残らないのだろうか。

店を出て、地下鉄に揺られながら、理々子は車窓に映る自分と向き合っていた。

実母は想像していた通りの人だったようにも思えたし、まったく違う誰かのようにも感じられた。過去のことなど何もなかったように幸せに暮らしていたらいやだな、との思いと同時に、平穏に暮らしている姿を見たいとも思っていた。この世でいちばん会いたくない人であり、誰より会いたい人だった。

きっと、これはとても幸運なことなのだと、自分に言い聞かせた。母は美しかったし、薄墨色の江戸小紋もよく似合っていた。呆《あき》れてしまうほど、爪も同じ形をしていた。これでいい、これでよかったのだと、何度も呟いた。


アシスタントの仕事の方は、あまり順調とは言えなかった。

どれだけ頭を絞ってアイデアを出しても、所詮《しょせん》は今野由梨の作品になってしまう。それを考えると、どうにもやる気が削《そ》がれてしまう。

せめて由梨が少しでも感謝の気持ちを示してくれたら気も晴れるのだが、傲慢《ごうまん》さは相変わらずだ。救いの存在だったはずの母親も、先日、まるで脅しのようなことを言われてから、すっかり印象が変わってしまった。ギャップが大きかっただけに、今では不信感のようなものさえ感じている。

と言って、適当に書いて渡すと必ず書き直しを命じられる。由梨と母親の後ろには品田の存在もある。下手なものを書けば、理々子の力がそれだけだと見切りをつけられるかもしれない。やはりこれは由梨の母親の言った通り、チャンスのひとつと割り切るしかないのだろう。

そんな思いを抱えながら、今日も今野由梨の自宅に向かった。チャイムを押すといつもの通り母親が愛想よく出迎えた。

「ご苦労様、今日もよろしくね。さあどうぞ」

ただ、いつもと違っていたのは、リビングの中で由梨が仁王立ちになっていたことだ。

「ママ、まだ話は済んでないわ」

由梨が感情的な声で叫んだ。

「由梨ちゃん、いい加減にしなさい。高久さんがいらっしゃったのよ。もうその話はおしまいにして」

たしなめる母親の言葉など耳に入らないように、由梨の口調はいっそう激しくなった。

「そんなの関係ないわよ」

理々子はリビングのドアの前で立ち尽くした。いつものべったりした母娘《おやこ》とは思えない。このふたりも争うことがあるのだと驚いた。

「あの、私、遠慮しましょうか」

母親に言ってみたが、笑みが返って来ただけだった。

「いいえ、いいんですよ。仕事も遅れ気味でしょう、どうぞすぐ取り掛かってください。さあ、由梨ちゃんはもう二階に行って」

けれども、由梨の気持ちは治まらないらしい。

「私に黙って、こっそり品田さんと会うってどういうことよ」

「由梨、さあ早く」

母親はたまらず由梨の手を引いて、リビングから連れ出した。しかし、廊下で再び言い争いが始まった。もちろん、リビングにいる理々子にも丸聞こえだ。

「何なのよ、こそこそふたりして」

「だから、さっきも言ったでしょう。あなたのことでお話をしたの」

「私のことを話すのにお酒なんか飲む必要ないじゃない。ここですれば済むことじゃない」

「それはね、品田さんが、ママがいつも家にばかりいるからたまには気分転換にって、気を遣ってくださったのよ」

「どうしてママが気分転換しなくちゃいけないの。仕事をしているのは私なのよ。ママなんて、私を散々働かせて、お金を稼がせているだけじゃない」

今度は母親の方が声を荒げた。

「由梨、言っていいことと悪いことがあるのよ」

「どれがよくて、どれが悪いっていうのよ。本当のことじゃない」

「そう、そんなことを言うのだったら、ママはもう知らないわ。スケジュールもお金のこともみんな自分でやりなさい。もうママはいっさいタッチしません」

「え……」

「何でもひとりでやれるなんて、自惚《うぬぼ》れるのもいい加減にしなさい」

わぁっと、甲高く泣く由梨の声と、階段を駆け上る足音が重なる。すぐに二階のドアが閉められた。

母親がリビングに入って来た。その時はもう、いつもの穏やかな表情に戻っていた。

「ごめんなさいね、お恥ずかしいところを見せてしまって」

「いいえ」

理々子は首を振った。それ以外、答えようがなかった。母親はキッチンでコーヒーの用意を始めながら、愚痴ともつかぬ言い方をした。

「由梨はちょっと情緒不安定なところがあるでしょう。それがあの子の才能を支えているところでもあるんだけど、時には私の手に負えなくなってしまって」

確かにそれは理々子も感じていた。二十四歳という年齢の割には、由梨はあまりに子供過ぎる。甘え方や我儘《わがまま》にも幼稚さが感じられる。けれども、これは勘繰り過ぎかもしれないが、母親の方も、そういう由梨を許容し、いつまでも子供のままでいさせようとしているように見えないでもない。

母親のエプロンのポケットの中で、携帯電話が鳴りだした。それを手にして、画面に浮かぶ名前を確認すると、母親の表情がふわりと華やいだ。

「ちょっとごめんなさい。どうぞ、お仕事はじめてらして」

母親がリビングを出てゆく。その足取りがやけに弾んで見える。

「先日はありがとうございました」

廊下から甘やかな声が聞こえた。

相手は品田だろうか。

こんなことを考えるのは悪趣味かもしれないが、もし、母と娘が同じ相手に……まさかと思う。思うが、もしそんなことがあったら、その先に待っているものはいったい何だろう。

けれども、想像すること自体居心地が悪く、理々子は慌《あわ》ててパソコンを開いた。

繋《つな》がり　◇　雪緒

純市と顔を合わせるのは照れ臭かった。

先日の電話でつい弱気になっているところを見せてしまい、純市もさぞかし面食らっただろう。けれど、こうも思う。あの電話の自分こそが、ありのままの自分なのだと。

「少しは元気になったか？」

純市がビールのグラスを口に運んだ。

「うん、少しね」

雪緒も同じくビールを飲んでいる。前に相田の店で飲んだ時は、桜が終わった頃だった。今はもう梅雨の真《ま》っ只中《ただなか》だ。

電話で言った通り、雪緒は週末、金沢に帰って来た。到着時間を少し遅めにしたのは、母と祖母が店に出ているとわかっているからだ。会いたくないわけではないのだが、長峰の妻とのトラブルを引き摺《ず》っての帰省は、ふたりに対してどこか後ろめたい気持ちがあった。

「それで、何があった？」

純市の問いはストレートだ。だからこそ、雪緒もためらいなく答えていた。

「妻子持ちと付き合っていて、その奥さんに乗り込まれた」

「え……」

純市のグラスを持つ手が止まった。

「驚いた？」

「まあな」

「当然よね」

「おまえがそんなに馬鹿《ばか》だとは思ってなかったよ」

「ほんと」

「何だよ、それ」

「何が？」

「反論はないのかよ」

「ないわ。だって、馬鹿だって言ってもらいたくて帰って来たんだもの」

そう、自分の愚かさを言葉にされたかった。呆れ、叱《しか》ってくれる存在が欲しかった。

「わかっていたつもりだったの、自分のしていることぐらい。でも、なかなかふんぎりがつかなかったのよ」

「つまり、それだけ相手に惚れてたってことか？」

「ううん、その逆。本当に好きだったら、もっとちゃんと答えを出していたと思う。男が奥さんと別れるか、私が男と別れるか。でも、そこまでの気持ちじゃなかった。別に本気ってわけじゃないんだから、おいしいところだけ味わえばいいじゃないって思ってたの」

「なるほどな」

「なのに、結局こんなことになって、そういう自分の情けなさにうんざりしたの」

「なぜ、そうなった？」

純市の問いに雪緒は戸惑った。

「なぜって？」

「そんな性格じゃなかったろう。おまえはいつだって、自分にとって本当に必要なものが何なのか、きちんと選べる奴《やつ》だったろう。おっと、おまえって呼んじゃいけなかったんだ」

「いいけど……」

雪緒は口籠《くちご》もった。

「高校の頃から、高久はそうだったろう。あの頃、とにかく彼女とか彼とか欲しくてさ、みんなどうでもいい相手とすぐくっついたりしてたじゃないか。けど、高久は妙に醒《さ》めた目で周りを眺めてたよな。俺、正直言うと、高久のそういうところ、結構かっこいいなって思ってたんだ」

「瀬間くんは、派手に女の子と付き合ってたものね」

「思春期真っ只中のまっとうなガキだったということさ。俺の話はいいんだよ、そういう高久がどうしてそんな羽目に陥ったんだ？」

雪緒は厨房《ちゅうぼう》で肴《さかな》を作っている相田に声を掛けた。

「ウイスキーの水割りいい？」

「俺も。ロックでもらう」

了解、と相田の声が返ってくる。

金曜の夜とあって店はほぼ満席だ。カップルもいれば会社帰りの女性同士と思われる組み合わせもある。みなそれぞれに自分たちの会話に夢中で、他人の話など耳にも入らない様子だ。

「たぶん、本当に好きだった男に裏切られたから」

相田がグラスをそれぞれの前に置いた。

「お待ち」

「ありがとう」

グラスを手にして一口飲む。その時にはもう、自分が何もかも話したがっていることに気づいていた。

「すごく好きな人がいたの。本当に好きだった。愛なんて言葉を使うのは抵抗があるけど、その人のことは、本当に、心から愛していた」

純市が口を開くまで少しの間があった。

「その男が、高久を裏切ったのか？」

「裏切りなんて言葉は使えないかもね。心が変わったの。それって人間にはつきものでしょう」

「でも、約束していたんだろう」

結婚という言葉は出さなかったが、暗に含んでいることぐらいわかる。

「してたわ。誓い合ってた。ふたりとも、そうならない人生なんて考えられなかったから」

「そうか」

純市のグラスを口に運ぶペースがはやくなったような気がする。

「一年ぐらい付き合ってから、彼の両親に紹介されたの。その時はとても好意的に迎え入れてくれてね。みんなで一緒にごはんを食べて、彼の小さい頃のアルバムを見せてくれて、にこにこ笑って、また遊びにいらしてね、なんて言われた。私はもうすっかりその気になって、次はうちに彼を連れて行かなきゃなんて思ってた。そしたら……」

雪緒は言葉を濁した。

「そしたら、どうした？」

今更躊躇《ちゅうちょ》するくらいなら、初めからこんな話はするべきではなかったはずだ。雪緒はわずかに背を反らした。

「ありがちだけれど、私の生い立ちを知って、彼の両親が反対し始めたの」

「そのこと、男は知らなかったのか」

「まさか、付き合い始めてすぐに話したわ。気にする私を、彼は笑ってた。それは君の責任じゃない、どんな事情があるにしろ、君が生まれてきてくれたことに感謝するって言ってくれた」

ふと、雪緒は涙ぐみそうになった。あの時の幸福が、なくしてしまった今だからこそ、鮮明に蘇《よみがえ》ってくる。男の言葉に嘘《うそ》はなかった。そのことは信じている。けれど、真実がいつまでも同じ形をしているとは限らない。その言葉がやがて嘘に成り果てるのを、雪緒はなすすべもなく受け止めなければならなかった。

「私もてっきり彼は両親に話しているものだと思ってたの。彼の言い分はこうよ。両親に先入観を持たれたくなかった、君を会わせればそんなことなど大した問題ではないとわかってくれると思っていたってね。でも、彼の言うようにはうまくはいかなかった」

「つまり、その男は親の反対に屈したわけか」

「すぐじゃないのよ」

言い返してから、この期《ご》に及んで男をかばおうとする自分に呆《あき》れていた。いや、これは言い訳だ。そんな簡単に心を翻《ひるがえ》す男ではなかったと言わなければ、純市に、自分があまりに情けない女のように思われそうな気がした。

「彼は何が何でも両親を説得するって、それでわかってもらえないなら家を出るって言ってくれた」

「そうか」

「その時は却《かえ》って絆《きずな》が深まったような気がしたの。何でもそうだけれど、立ち向かわなければならない対象ができると、結束力が強まるでしょう。私たちもそうだった」

「うん、それはわかる気がする」

「半年くらい、それはもう心中でもしかねないくらいの気持ちでいた。私たちを引き離すものなんて、あとは死しかないのではないかっていうくらい。ううん、死んだって離れられるはずがないって思ってた」

もう純市は言葉を発しない。

「でも、彼の様子が少しずつ変わり始めたの。両親と私の間で、気持ちが揺れているのがわかったわ。彼は見せないよう頑張っていたけど、わかるのよ、そういうことは。だって、この世でいちばん愛《いと》しい男なんだもの。わからなくてもいいことまでわかってしまうの。でも、私は何も言わなかった。彼を信じようと決めていたから。それからしばらくして、彼から少し時間を置かないかと言われた。家を出るとまで言っていた彼が、とにかく今は冷静に考えることが大切だって言うのよ。私、その時、すごく腹が立った。自分でも驚くぐらいすごく」

雪緒は短く息を継いだ。

「だって、その言葉を言うべきなのは本来、私の役割だったはずだから。突っ走ろうとする彼をたしなめる、それをする立場でいることが、自分の不安な気持ちを乗り切るための唯一《ゆいいつ》の方法だったのよ。けれど、彼は自分でそれを口にした。その時、私の中で、何かが壊れてしまったの」

「何かって？」

「恋心と似ているようで対極にある、いろんなことを複雑にしてしまう厄介なもの」

「何だそれ？」

「たぶん、自尊心ってやつだと思う」

「ああ……」

純市は納得したように頷《うなず》いた。

「その時は、すべて恋のせいだと思い込んでいたけれど」

ふたりのグラスがあいている。純市は相田に「同じもの」と、合図を送った。相田が頷き、やがて厨房から出てきて「ばたばたしてて悪いな」と言いながら前にグラスを置いた。相田には悪いが、忙しくしていてくれた方が雪緒は助かる。

「それで？」

純市がグラスを手にすると、やけに大きく氷の崩れる音がした。

「自尊心を失った者がすることと言ったら決まってる」

「何だ？」

「相手をひたすら追い詰める」

　純市はまた黙る。

「彼は必死に、信じて欲しいと言った。でも、それはもう愛じゃなかった。私には男の面子《めんつ》に見えた。誓いを守るんじゃなくて、守れない自分を取り繕おうとしているの。私は、だったら家を出てと答えた。もちろんそれももう愛じゃない。意地ね」

「男の面子と、女の意地か。わかりやすくて、とてつもなく面倒なものだな」

　純市が口の中で呟《つぶや》いた。その通りだと、雪緒は思った。会話が少し息苦しくなり、雪緒はわざと話を逸《そ》らした。

「瀬間くんは、そういう状況に陥ったことある？」

「ないね。ないけど、同じ男として言わせてもらえば、そいつは決断のできない軟弱な奴だったのさ。けれども同時に、それなりに人の好《い》い奴だったとも言える」

「そうかもね。悪役を引き受けられない人だったんだと思う。だから私のことも突き放せないし、両親の反対も押し切れなかった」

「で、高久が業《ごう》を煮やしてそいつを突き放したわけだ」

「ううん、私が突き放されたわ。と言うより自滅したの」

「自滅？」

「今にして思えば、どうしてあんなことをって思うのだけど、あの時は、もうそれしかないように思えたの。精神状態もぐちゃぐちゃで、我を失ってて何がなんだかわからなくなって……」

ふっと、純市の表情が固くなるのがわかった。

「彼と口論の最中、発作的に台所に走って、自分の腕に包丁を当てたのよ」

しばらく純市は何も言わなかった。店のざわめきがぴたりとやんでしまったような、とろりと重い沈黙が流れた。雪緒は小さく息を吐いた。

「切った瞬間、あんまり血が出てびっくりした。彼はもっとびっくりしただろうけど。とにかく必死で私を病院まで連れて行ってくれた。その時、傷口を縫ったの。それがすごく痛くてね。笑っちゃうことに、包丁で切ったよりずっと痛いの。それで我に返ったの。処置が終わってから、廊下で待っていてくれた彼に謝ったわ、ごめんなさい、これで何もかも終わりにしましょうって」

純市がグラスをあけて、相田に「ダブルにしてくれ」と告げた。

「その時、私は一度死んだんだと思う。度を失うような恋をしたことも、包丁を手にするような愚かなことをしたことも、今となるともう他人事みたい」

言ってから、雪緒は純市に顔を向けた。

「驚いた？　驚くわよね、当然よね」

「ああ、正直言って、心底驚いている。俺の知ってる高久とはぜんぜん違うからな」

「今夜は、瀬間くんを驚かすことばかりね」

「つまり、それがきっかけで次は妻子持ちってわけか」

「ありがちだけど、もう誰かを本気で好きになりたくなかったから」

「だったら、誰とも付き合わなければいいじゃないか」

「そうね、そうできればよかったのに、身勝手な言い分だけど、私が好きじゃなくても、私を好いてくれる存在は欲しかったの」

「まったく身勝手だな」

「本当に」

　純市がウイスキーを飲む。ペースが早くなっている。

「驚いていることは、もうひとつある」

　純市が言った。

「なに？」

「高久がどうしてそんな重大なことを俺に話したのかってことだよ」

「そうね、こんな話、聞かされる方はたまったものじゃないわよね」

「そうじゃない、俺みたいな奴《やつ》に話していいのかってことさ。高久にとって、一生胸の奥にしまっておきたいことだろう」

雪緒は長峰の妻の顔を思い出していた。勝ち誇ったように、茶封筒を雪緒に差し出した、あの時の顔だ。

「付き合ってた男の奥さんに乗り込まれた時……」

「ああ」

「その人、私の素行調査をしていたの。それで、そのことも調べ上げてたの」

「そうか」

「私のことを何も知らない人に、私の誰にも知られたくないことを知られている、それってすごく不条理に思えたの。そうしたら、このまま口を噤《つぐ》んでいることが急に重荷に思えてきて、誰かに聞いてもらいたくなったのよ。さすがにおばあちゃんやかあさんには言えないでしょう、もちろん理々子にも」

「どうしてさ。何でもわかりあってる姉妹だろ」

「だって、理々子に話したら、その彼に何をするかわからないもの」

純市がようやく笑った。

「確かにな、あいつにはそういうところがある」

「あの時、タイミングよく、瀬間くんから電話がかかってきたから」

「なんだ、たまたま俺かよ」

「迷惑だろうなとは思ったんだけど」

純市は真顔になり、ゆっくり首を振った。

「それはないさ。むしろ、光栄に思っているよ。聞くことしかできないけれど、話してくれて嬉《うれ》しいよ」

純市がわずかに目を細め、静かな笑みを浮かべた。雪緒は頑《かたく》なに冷え固まっていた胸の奥に、温かなものが流れ込んで来るのを感じた。

春に、思いがけず純市と十年ぶりに再会した。その偶然の再会が、こんな形で繋《つな》がってゆくことの不思議を思った。

「ありがとう、聞いてくれて」

それから、忙しさが一段落した相田と三人で陽気に飲んだ。純市は今までの会話など忘れたように明るく振る舞い、その気遣いが雪緒には嬉しかった。時間が気になりながらも、結局、相田の店が閉まるまで飲み、家に着いたのは午前一時に近かった。

てっきり音羽も篠も寝ているものと思って家に入ると、茶の間にふたりの気配があった。

「ごめんなさい、遅くなって」

叱《しか》られると思い、首をすくめながら顔を覗《のぞ》かせると、ふたりはまだ着替えもせずに茶の間に座っていた。

「ちょっと、友達と盛り上がっちゃって」

言い訳したが、ふたりはわずかに顔を向けただけだった。その時になって、様子がいつもと違うことに気がついた。

「どうしたの？」

二人の前に腰を下ろすと、音羽が困惑した顔を向けた。

「それがね……」

いつになく歯切れの悪い口調だ。

「何かあったの？」

「ほんとに、今になって何でこんなことになるがやら……」

「何なの、悪いこと？」

不安な気持ちで、雪緒は思わず身を乗り出した。

「実は、篠がね」

「いいが、おかあさん、私から話すから」

音羽の言葉を、篠が引き継いだ。

「あのね、山崎さんとの結婚の話やけど、あれ、ないがになったさけ」

「え……」

雪緒は篠の顔を見直した。

「それ、どういうこと？」

「だから、結婚はしないってことや」

雪緒は思わず声を上げた。

「どうして」

「まあ、いろんな事情があるが。今日、山崎さんと話し合って、白紙に戻そうってことになったんや。雪緒ったらそんな深刻にならんといて。もともと結婚なんて、私には向かんと思とったが。こうなって、なんか却ってほっとしたわ」

篠の口調は極めて明るい。けれど、それが強がりだということぐらい、雪緒にもわかる。

「だって、うまくいってたじゃない。理由は何なの、どうしてやめるのよ」

「理由なんてどうでもいいが。もう、決めたことやさけ」

「そんなの、納得できない」

「もう遅いからその話はまた明日にして。ああ、眠い眠い」

篠は唐突に話を打ち切り、自分の部屋へ上がって行った。

「おばあちゃん、どういうことなのよ」

しかし、音羽は首を振るだけだ。

「私にもわからんが。さっき、急にそんなこと言い出して」

息を吐く音羽の様子に、雪緒も困惑するばかりだった。

ためらい◇理々子

今まで、一日をぼんやりと過ごすことなどなかった。いつだって、したいことが山積みにあった。

書きたいのはもちろんだし、積んだままの本を読みたいし、録画したままのビデオも観《み》たい。散歩もしたいし、近所の商店街に買い物にも出掛けたい。

それなのに、週末になっても何もする気が起きず、理々子は窓から空を眺め、煙草《たばこ》ばかりふかしている。

月曜から金曜までの今野由梨の自宅での仕事は、想像よりずっと手が掛かった。

書くことそのものに抵抗はないが、どんなに苦心して作り上げても、すべてが由梨の名前で発表されてしまう。それが仕事と言われればまったくその通りなのだが、だからこそ、いっそうやり場のないイライラ感が募る。

加えて、由梨とその母親の葛藤《かっとう》を毎日のように見せ付けられていることもある。外からは計り知れない家庭の中。あの母娘《おやこ》を繋ぐ愛情は濃くて深く、その上、葛藤と矛盾を孕《はら》んでいて、毎日理々子をぐったりさせる。

とにかく、母親が品田と食事に出掛けたことがバレてから、由梨の情緒不安定はいっそう強まっているようだった。母親は母親で、そんな由梨をなだめ、猫可愛《かわい》がりし、かと思えば、不意に冷たく突き放す。そして、そのたび由梨は癇癪《かんしゃく》を起こす。

たぶん由梨は原稿を一行も、もしかしたら一字も書けないのではないかと思う。以前は、渡した原稿に、ささやかなプライドのように少しの手直しがあったが、今はまるまる理々子のものが台本として使われている。

あとしばらく。もう少しの我慢。

今では、由梨の家の前に立ち、チャイムを押す前にこれを呪文《じゅもん》のように唱えるのが習慣になっていた。

それに加えて、先日、実母の靖子と会ったこともやはり動揺を残していた。

もちろん冷静さはある。これが十年前だったら、もっと強烈な反感を持っただろう。今の自分に、母の犠牲になったなどという気持ちはない。自分がここにいるのは結果であり、その結果すら通過点に過ぎない、ということがわかるくらいには大人になったつもりでいる。

あれから気がついて、指を折って数えてみた。母が家を出たのは、今の理々子と同じ年だった。それがわかった時、胸の奥底からこみ上げるようなため息がもれた。

理々子は自分が突っ走る性格とわかっている。そのせいで、音羽や篠、雪緒にもさまざまな迷惑や心配をかけてきた。申し訳ないと思う気持ちはあるのだが、いったん思い込んだら、どうしてもとどめることができない。

もし今の自分が、母と同じ立場だったら……やはり、母と同じように情熱に突き動かされたかもしれない。これはやはり、血の繋がりというものなのだろうか。これが実の母と娘というものだろうか。

けれどももちろん、血の繋がりですべてを納得させるつもりもない。たとえ血の繋がりがあろうと、母は母で、理々子は理々子だ。別の人格を持ち、別の人生を生きている。

窓から見える東京の空は、一面、梅雨の厚い雲に覆《おお》われていた。理々子はもう一本煙草に火をつけた。ぼんやりしてしまう原因は、もうひとつある。

倉木に言われた言葉のせいだ。

「もう、会わない」

それがずっと、頭から離れないでいる。

倉木の口から、まさかそんな言葉を告げられるとは思ってもいなかった。

理々子に対して、倉木が捨て切れぬ思いを抱いていたことは知っていた。知ってい
て、知らない振りを通してきた。それは無意識の中の計算であったとも言えるだろう。
呼び出せば必ず来てくれる、そういう男がいることの心地よさに、ずるずると倉木を
利用していたのだ。

そうして今、そのしっぺ返しをくらっている。
もう倉木に電話できない。呼び出せない、会えない。話せない。
そのことが、想像以上に理々子にダメージを与えている。
倉木を失いたくないのだろうか。
理々子は自分に問いかけた。
ええ、失いたくない。
どうして？　便利に使える男がいなくなるから？
確かに。
それとも、倉木から別れを切り出されたことに自尊心を傷つけられている？
それもないとは言えない。
けれども、そんなことばかりではない。いたたまれないような喪失感が理々子を包
んでいる。

だからと言って、そんなことを考える資格すら、今の自分にはないように思えた。酔って、思わせぶりな態度をとったことがある。八つ当たりとも言える怒りをぶつけたこともある。ひとつひとつが、思いがけないくらい鮮明に蘇《よみがえ》ってきて、息が苦しくなった。そうやって、今までどんなに倉木に不愉快な思いをさせ、傷つけてきただろう。

理々子にとって、倉木は自分の選択が間違いではないということを確認するための存在だった。倉木のように安全な場所に逃げ込みたくない。それが、先が見えない生活の中で、理々子を支えるひとつの柱のような役割をしていた。そして、今よくわかる。その柱があったからこそ、売れなくても、仕事がなくても、ここまで頑張ってこられたということに。

今ならまだ間に合うかもしれない。

そう思うと、いてもたってもいられなくなった。理々子は携帯電話に手を伸ばした。番号を押しさえすれば、すぐ倉木の声を聞くことができる。謝ってしまえばいい。ごめんなさい。たった六音の短い単語ではないか。いつもの自分らしく。思い込んだら頭で考えるより前に走り出している自分のままに。

けれども、理々子の指は止まったままだ。

もし、冷ややかな声で拒絶されたら？　迷惑と言わんばかりの対応をされたら？

倉木の決心が翻《ひるがえ》らなかったら？

では、メールだけでも。

もし、返事がないまま放置されたら？　着信拒否になっていたら？　さよならと返事が来たら？

想像が躊躇《ちゅうちょ》を増幅させてゆく。躊躇だなんて、と、理々子は口の中で呟《つぶや》いた。そんなもの、いちばん自分から遠くにあったものではないか。いいや怖いのだ、倉木の反応が怖くてたまらない。自分の中に、こんな弱腰の自分がいるなんて、理々子は初めて思い知らされていた。

その時、携帯電話が鳴り出した。

目をやると、雪緒の名前が表示されている。倉木でなかったことに落胆しながら、理々子は通話ボタンを押した。

「今、いい？」

雪緒の声がした。話すのは久しぶりだ。

「もちろん、どうかした？」

気を取り直すかのように、理々子は明るく答えた。

「私、今、金沢にいるの」

「あら、帰ってたんだ。そっち雨は？」

「降ってるわ、大したことないけど」

「庭の額あじさい、咲いてる？」

「きれいよ、ちょうど見ごろ」

と、言ってから、雪緒はわずかに口調を変えた。

「あのね、実はちょっと面倒な問題が持ち上がったの。それで、どうしたらいいか、理々子に相談しようと思って」

雪緒らしくもない言葉だった。雪緒はいつも、ひとりで決めて、ひとりで行動に移す。そして大概のことに間違いはない。

「問題って？」

「実はね、かあさんが結婚をやめるって言い出したのよ」

「ええっ！」

思わず声が高まった。

「そのことゆうべ聞いたの。詳しいことは今日話してくれると思ってたんだけど、何を聞いても、かあさん、もう決めたことだからってそれしか言わないの。おばあちゃんにも事情を言ってないみたいで」

「だって、ついこの間まであんなにうまくいってたじゃない」

百万石行列を眺めながら、幸せそうにほほ笑んでいた篠の様子が蘇った。

「でも、やめるって、そればかり」

「喧嘩《けんか》でもしたのかな」

「そんな感じじゃないの。もっと冷めてるっていうか」

「確かに、かあさんの性格からして、そんな簡単に気が変わるとは思えない」

「でも、何も話してくれない以上、どうすることもできないでしょう。いくら娘だからって、どこまで口出ししていいかわからないし」

「そうよね……」

呟いてから、理々子は言っていた。

「わかったわ、私、今から金沢に帰る」

「いいの？」

「土曜だから席を取るのが難しいかもしれないけど、キャンセル待ちで頑張ってみる。夜には着けると思う」

「よかった、待ってる」

雪緒のほっとしたような声があった。

電話を切って、壁掛け時計に目をやると、昼の十二時を少し過ぎていた。飛行機代は痛いが、今はそんなことを言っていられない。理々子はすぐに支度を整え、アパートを飛び出した。

二時台の飛行機には間に合わなかったが、次のキャンセル待ちで席を確保した。これなら、何とか陽のあるうちに家の玄関に辿《たど》り着くことができそうだ。

六時少し前、理々子は玄関の戸に手を伸ばした。

「ただいま」

声を掛けると、雪緒が飛んで迎えに出てきた。

「おかえり、待ってたわ」

「かあさんは？」

「店に出る支度をしてる」

茶の間に入ると、篠は下ごしらえした煮物や魚が入ったタッパーを風呂敷《ふろしき》に包んでいるところだった。その様子を、音羽が呆《あき》れたように眺めている。

「かあさん、いったい何があったのよ」

篠は理々子をちらりと見上げた。

「あらあら、理々子も帰って来たんかいね、大げさやねえ」

「雪緒から聞いてびっくりして。結婚をやめるって本当なの」

「やめるがやない、やめたんや」

篠はあっさり言った。

「その話は決着がついたことやさけ、今更、何を言われても変わらんが」

「でも、かあさん」

「ほんなら、私、先に店に行ってます。おかあさん、ふたりとゆっくりお茶でも飲んできてください」

篠は風呂敷包みを抱えると、足早に家を出て行った。取り付く島もなかった。

「まったく……」

音羽が息を吐き出した。

「篠ときたら、妙なところで強情やさけ」

音羽の向かいに理々子は腰を下ろした。

「おばあちゃん、ほんとに何も聞いてないの」

「なあんも。ゆうべ、私も初めて知ったが」

雪緒がお茶の用意を持って理々子の隣に座った。ポットから急須《きゅうす》に湯を注ぐ。煎茶《せんちゃ》の香りが部屋に広がってゆく。東京にいる時はいつもコーヒーだが、金沢に帰ると何より煎茶が飲みたくなる。

「確かに、百万石祭りが終わった頃から、少し元気がなかったかもしれんけど」

音羽が雪緒の淹《い》れた茶を啜《すす》る。

「急に、店は私がずっとやっていくから、なんて言い出して、変やなあとは思っとったんや」

「ふたりが結婚したら、お店はどうするつもりだったの」

「もちろん、閉めるつもりやったわね」

「そう……」

そのことに対しては、どこか後ろめたい気持ちがないわけでもない。理々子か雪緒のどちらかが継げばいいのだろうが、ふたりともう自分たちの道を歩き始めている。もちろん音羽も篠も、一度たりともそれを望むようなことを口にしたことはない。継ぐなんて言ったら「この仕事を甘く見たらいかん」と、逆に叱《しか》られるだろう。

ふたりが結婚すれば『高久』は閉店せざるをえなくなる。常連の主計町のおねえさんたちも、それを知れば残念がるに違いない。

「最近、かあさん山崎さんと会ってたの？」

「そうやと思うけど……」

音羽はしばらく考え込み、やがて思い出したように顔を上げた。

「そう言えば、山崎さんの息子さんと娘さんに会うって出掛けて行った時があったわ」

「いつ頃？」

「お祭りのあとや」

「そこで何かあったとか？」

「さあ、どうやろう」

「帰って来た時、どんな感じだった？」

理々子と雪緒が交互に質問する。

「普通やったと思うけど。おみやげにきんつばを買って来てくれて。ただ、思ってたよりちょっと帰りが早かった気がしたかしらね」

「その時、かあさん何か言ってた？」

「ううん、なあも言っとらんかった」

理々子は雪緒と顔を見合わせた。考えていることは同じのように思えた。

「ねえ、おばあちゃん。ふたりの結婚、山崎さんの息子さんと娘さんは賛成してくれてたのよね」

「もちろんそうやろ、そうやないと、結婚なんて話にはならんやろうし……」

音羽の表情にも不安な気配が広がった。軒先に雨があたる。もうすっかり日は暮れて、縁側の向こうに咲く額あじさいの花も見えない。

「ああ、私もそろそろ店に行かんと」

音羽は卓に手をついて立ち上がった。

「あとで、店の方にごはんを食べにおいで」

いつもの言葉だったが、口調には憂《うれ》いが含まれていた。

「うん、そうさせてもらうね」

音羽を見送ってから、ふたりともしばらく黙ったままだった。

「反対されたのかな」

理々子は卓に頬杖《ほおづえ》をつく。

「かもしれないね」

雪緒は湯呑《ゆの》みに残った煎茶を眺めている。

「山崎さんのところの娘と息子は、ふたりとも結婚してるから、何の支障もないって話だったわよね」

「そのはずよ」

「じゃあ何で今頃、こんなことになってしまうのかしら」

言ってから、理々子は自分で首を振った。

「ううん、まだそうと決まったわけじゃないんだもの。理由は別にあるのかもしれない」

「たとえば?」

雪緒にそう言われると、何と答えていいのかわからない。

「そりゃあ、いろいろあるんじゃない、人の気持ちは変わるものだもの。恋をしてる時は、相手の鼻毛さえ愛《いと》しく見えるけど、冷静になったら、鳥肌がたつくらい気持ち悪くなったりすることもあるでしょう。さっきから、山崎さんの方で何かあったんじゃないかって考えてたけど、もしかしたら、かあさんの気持ちが離れてしまったのかもしれない。それなら、結婚はなくなったとしても仕方ないわよね」

理々子の言葉に雪緒はしばらく考え込み「それならいいけど」と、小さく呟いた。

夕食を店に食べに行ったが、篠は何もなかったようにカウンターの中を動き回っていた。近所の商店街の店主や、素顔の芸妓《げいぎ》たちが、いつものようにくつろいだ様子で座っている。ほとんどが理々子や雪緒と顔見知りで「まだ嫁の貰《もら》い手はないのか」というような、愛情あふれるお節介な言葉が飛び交う。

篠はむしろいつもより明るいくらいだった。常連客と冗談を交わし、すでに少し酒も入っているようだ。篠も音羽も酒には強く、好きな方でもあるが、店で飲むのはもっと遅い時間になってからだ。開店そうそう飲むことはめったにない。

背後の戸が引かれて、ふと、理々子と雪緒は振り向いた。夜の隙間《すきま》から現れたのは山崎だった。

あ……と、思わず息を呑んだ。

「いらっしゃい」

と言いかけた篠が、言葉を途切らせた。そして、山崎が何か言う前にたたみかけるように続けた。

「申し訳ありません、満席ですので」

きっぱりした口調だった。

「いや、ここあいてるよ」

時計屋の店主がのんびりと自分の隣の席を指差している。

「そこは予約が入っとるが」

「あれ、この店予約なんかあるんか、初めて知ったなぁ」

篠は聞こえない素振りで、山崎に告げる。

「とにかく、今夜は席がないのでお帰りください」

山崎は何か言いたそうに唇を動かしかけたが、結局は無言のまま頭を下げて、背を向けた。

その姿が戸の向こうに消えると、理々子は雪緒と顔を見合わせた。同じことを考えているのはすぐにわかった。

「私たち、帰るから」

席から立ったのも同時だった。背後で篠が何か言ったような気がしたが、そんなことに構っていられない。店を飛び出し、山崎を追った。

ためらい ◇ 雪緒

呼び掛けると山崎が足を止めた。

振り返った表情に、戸惑いが広がってゆくのが夜目にも見て取れる。

向かい合ったものの、言葉が見つからず、雪緒は「こんばんは」と頭を下げた。隣の理々子ももどかしそうに挨拶《あいさつ》をしたが、本心では、早く核心に触れる話をしたくてたまらないのだろう。

「少し、お話させていただきたいんです」

雪緒の言葉に、山崎はゆっくりとうなずいた。どこかでお茶でも、と思ったが、ここら辺りは顔見知りが多く、誰に会うかわからない。できるなら他人には聞かれたくない。結局、浅野川大橋を渡って目に付いた喫茶店に入った。店の中には女性客が二組と、若いカップルが一組いたが、一目で観光客とわかる。

三人がそれぞれにコーヒーを注文すると、我慢しきれないように、理々子が身を乗り出した。

「いったい母と何があったんですか」

山崎は緊張した面持ちのままだ。

「申し訳ないが、その前に、篠さんが何ておっしゃってるか、お尋ねしてもいいかな」

「母は、結婚しないと言ってます」

「そうか……」

山崎の眉間《みけん》に縦皺《じわ》が刻まれる。

コーヒーが運ばれて来た。それぞれの前にカップが置かれたが、誰も手を伸ばそうとはしない。

「それで何があったか、教えてください」

雪緒の言葉に、山崎が頷《うなず》く。

「実は先日、篠さんに娘と息子に会ってもらった。その時、ふたりが大変失礼なことを言ってしまって」

「失礼なこと？」

「今まで、あなたのような仕事をして来た人に加賀野菜など作れるのか、というようなな……」

それだけで雪緒の胸に怒りが芽生えた。理々子もたぶん同じだろう。あなたのような仕事、その言葉の中には、明らかに篠の生き方を侮辱したニュアンスが感じられた。しかし、それだけで篠が結婚を取りやめるとも思えない。それくらいは覚悟していたはずだ。そういう世間の目に、今まで晒《さら》され続けてきた。

雪緒は続けた。

「それだけではないですよね。そんなことで、母が決心を翻《ひるがえ》すなんて思えません」

山崎はいったん唇をきつく結び、決心したように答えた。

「本当に、何であんなことを言い出したのか私にも理解できないのだが……あなたを母と認める気はない、あなたが期待しているほどうちには財産はない、などと……」

「母が、財産目当てであなたと結婚するって言うんですか！」

理々子が叫んだ。客たちの視線が集まる。もちろん、理々子はそんなものなど目に入らない。

「冗談じゃない、母はそんなみみっちい人間じゃありません」

理々子はすっかり興奮している。

「もちろんだ。そんなことは私がいちばんよく知っている。だいたい財産なんて呼べるほどのものなど、私にはないのだし」

「つまり、お子さんたちは結婚に反対なのですね」

雪緒の問いに、山崎は一瞬、言葉に詰まった。

「いや、結婚に反対というわけでは……」

「つまり、母だから反対だと？」

「………」

「早い話、母がかつて芸妓をしていたとか、小料理屋をやっているとか、そういうことが気に入らないってことですね」

理々子の矢継ぎ早の言葉に、山崎は返答を探しあぐねている。

「申し訳ない。子供らはそれぞれに所帯を持った大人だが、どうも世間を知らないところがある。先入観を捨て切れなかったのだろう。そのことについては、誤解が解けるよう、私が必ず説得するから」

「もし、説得できなかったら？」

山崎は顔を上げ、その時ばかりは強い口調で言った。

「子供らの意見など関係ない。たとえあのふたりが何と言おうと、私の気持ちは変わらない」

ようやく理々子の表情が和らいだ。

「よかった、それを聞いて安心しました。何と言っても母の味方は山崎さんだけなんですから。その気持ちは母に伝えてくださったんでしょう？」

「ええ、もちろん伝えました。何度も」

しかし、山崎は再び言葉を濁した。

「けれども、篠さんの気持ちが変わってしまったようなんだ。その日以来、すっかり距離をおかれてしまって」

「きっとショックが大きかったんです。まさか今になってお子さんたちの反対を受けるとは思ってもいなかったのだと思います。でも山崎さんの強い気持ちがあれば、きっと元の母に戻ります」

「私はいくらでも待つつもりでいる。その間に、子供らのことは必ず解決します」

理々子はほっとしたようにコーヒーカップに手を伸ばした。

「山崎さんの気持ちを確認できて安心したわ、ね、雪緒」

と、理々子は安堵《あんど》の顔を向けたが、雪緒は逆だった。

「山崎さん、生意気な言い方のようですけど」

切り出す口調が堅いのが自分でもわかった。

「ええ」

「その時、山崎さんの態度が曖昧《あいまい》だったんじゃないですか？」

山崎が雪緒を見つめ返す。

「反対するお子さんたちの前で、今の言葉をはっきり宣言してくれたんですか？」

山崎の口調が濁る。

「いや、あの時は、子供らが冷静さを欠いていたので、とにかく、落ち着いてから話そうと……」

「本当は、お子さんたちの言葉に怯《ひる》んだのではないですか」

奥歯を嚙《か》み締めたのか、雪緒を見つめる山崎の頰がわずかに動いた。

「そんなことは決してない」

「母は、ちゃんと人の心の動きを読める人です。その時の山崎さんを見て、考えを変えたのかもしれません」

「どういうことだろう」

「お子さんたちに対して、山崎さんが悪役になれるはずがないって」

雪緒の脳裏に、かつて恋人だった男の途方に暮れた顔が浮かんでいた。

大丈夫、何も心配することはない。みんな僕がうまくやるから。両親を説得するから。

そう言って、最後に自分の言葉に追い詰められ、身動きが取れなくなってしまった男。

「母のことで、娘さんや息子さんと決別することになっても、本当に後悔なさいませんか？」

「もちろんだ」

山崎が強く頷く。雪緒は息を吐いた。

「そうですか、では、それは信じようと思います。でも、気分を害されるかもしれませんが、正直に言わせてもらうと、説得だなんて、何だかすごく悔しい気持ちです。無理に説得しなければならないような人がいるところに、私は母を行かせたくありません」

山崎の顔に落胆の色が広がってゆく。

「雪緒、それは少し言い過ぎじゃないの」

言ったのは理々子だ。雪緒は顔を向けた。

「どこが言い過ぎなのよ」

「確かに、すべての人に祝福されての結婚がいちばんよ。でも、そううまくはいかない。だからって結婚そのものをやめていたら、誰も結婚なんてできやしない」

「そうかしら」

「こういうことは、やみくもに押し通すより、じっくりと説得する方が得策だと思う。山崎さんだって、ちゃんと説得するって言ってくれているんだから、お任せすればいいじゃない」

しかし、雪緒は納得できない。

「たとえ説得できたとしても、これからずっと、かあさんはどこかで山崎さんのお子さんたちに負い目を抱えていかなければならないのよ。どうしてかあさんがそんな目に遭わなくちゃいけないの。そんな気苦労を抱え込むぐらいなら、結婚なんてしない方がいいわよ」

理々子も後には引かない。

「いろいろ問題があっても、それをふたりで背負い、解決してゆくっていうのが結婚なんじゃないの。何もかも揃《そろ》った結婚なんて打算に近い気がする」

「極端な言い方になるけど、今回のことは、かあさんには関係のない話なのよ。山崎さんがかあさんにお子さんたちを会わせる前に、クリアしておかなくちゃいけない問題だったの。その準備がちゃんとできていなかったってことが、私は納得できないの」

「じゃあ、ふたりの結婚に雪緒は反対するのね、山崎さんのお子さんたちと同じように」

「反対してるんじゃない、私はかあさんの思いを尊重したいって言っているの」

「だったら、山崎さんを責めたり、ぶち壊すようなことばかり言わないでよ。もっと建設的なことを言ってよ」

「理々子こそ事なかれ主義みたいな態度を取らないでよ、これは今、しっかり考えるべきことよ」

「私はかあさんのためを思っているの」

「私だってそうだわ」

「待ってくれないか」

山崎が雪緒と理々子の間に割って入った。

「雪緒さんの言い分はもっともだ。これは、私が先に整理しておかなければならなかったことだった。今になって篠さんを傷つけてしまったこと、本当に申し訳なく思っている。そして理々子さんの言葉には励まされた。こんな情けない私だけれど、篠さんと残る人生を共に生きたいという気持ちは本当なんだ」

山崎の言葉にふたりとも黙った。

「私は、もしかしたら自分の幸せばかり考えていたのかもしれない。もっと篠さんにとっての幸せは何なのか、よく考えてみるべきだったということに気がついた。しばらく時間をもらえないだろうか。今の私には、それでも篠さんと結婚したいという気持ちがある。悪いが、もう少しの猶予《ゆうよ》が欲しい」

喫茶店の前で山崎と別れ、ふたりは家に戻った。

帰る途中も、家に着いてからも、まったく口をきかなかった。理々子と言い争うのは久しぶりだ。この家で一緒に暮らしていた頃は、よくやったものだが、離れてからはそんな機会もなくなった。

待っていると、十二時近くに音羽と篠が店を終えて帰って来た。

ふたりが山崎を追って行ったことはわかっているはずだが、篠はそのことには一言も触れず「ああ、今夜は飲み過ぎたわ」と、わざとらしく言いながら、さっさと自分の部屋に上がって行った。けれども、音羽はやはり気になっていたらしく、茶の間に残って、ふたりにいきさつを尋ねた。

「それで、山崎さん、何て言うてらした？」

「お子さんたちの反対があったんだって」

音羽が息を吐き出した。

「ああ、やっぱり……」

「山崎さん、しばらく時間が欲しいって」

理々子の言葉に、音羽は肩を落としている。それから考え込むように自分の手元を眺めながら「私もこの家に残ろうかいね」と、呟《つぶや》いた。

「どうして、おばあちゃんの結婚は反対があるわけじゃないんだから」

「なんやいね、私だけが結婚なんて、それもこんな年になって」

「かあさんのことと、おばあちゃんのことは別よ。私は、先に雪緒が結婚しても平気よ。もし、私のために雪緒が結婚をとりやめたりしたら、そっちの方が怒る」

「やあね、理々子ったら妙な例え方しないでよ」

雪緒は思わず苦笑した。

「だって、そういうことでしょう。かあさんだって、おばあちゃんには結婚してもらいたいって心から思ってるんだから」

「そうかもしれんけど……」

今、こんな質問はあまり適切ではないかもしれないが、雪緒は思い切って尋ねた。

「おばあちゃんはなかったの？　澤木さんの家族の反対。だって澤木さんの家って、金沢でも老舗《しにせ》の器屋でしょう」

「そりゃ、なかったわけやないわ」

「どういう反対？　やっぱりうちの事情とか、商売のこととかが問題になったの？」

「まあ、そういうことやわね。でも、最初からそうなることはわかっとったから、そうならんために、先にふたりで手を打ったんや」

「手を打ったって？」

雪緒と理々子は音羽の顔を改めて見た。

「財産分与から、相続から、生活費のことまで、いろんなことを契約書にしたが」

ふたりとも思わず声を上げた。

「契約書？」

「本当に？」

音羽は頷《うなず》く。

「身も蓋《ふた》もない話やけど、そういうことはきっちりしておいた方が、後々面倒なことにならんやろうと思ってね。私も澤木さんも残り少ない人生をきれいに終わるためにはどうしたらいいかって考えて、それで弁護士さんのところに相談に行ったが。いろいろ契約したわ、たとえば、澤木さんが先に亡《な》くなった時、私はひとつだけ生命保険を受け取って、あとの財産は全部、放棄するとか。澤木さんと一緒に住むことになっている家は先に息子さんに名義変更してしまうけど、そこには私が死ぬまで住んでもいいとか。あと、生活費は澤木さんが出すとかね。生活費は、私も少ないけど年金があるって言ったんやけど、夫らしいことをさせて欲しいって言う澤木さんの言葉に甘えることにしたが」

「おばあちゃん、すごいね」

ふたりはすっかり感心して息を吐いた。

「そこまで考えていたんだ」

「そりゃあ、そうやわいね」

「そういう知識はどこから仕入れたの？」

「新聞にでも何でも、シルバー世代の結婚の難しさがいろいろ載っとるやろう。それくらい、私だって読んどるわ」

「さすがねえ」

もともと置屋の女将《おかみ》だけあって、話題に事欠かないよう新聞は隅々まで読み、情報にも通じている音羽だが、そこまで準備しているとは考えてもいなかった。

「それで、この家はどうするの？」

理々子の問いに、音羽は少し困った顔をした。

「そのことなんやけど、あんたたちのこと考えると処分するのも何やてきなくて。金沢に家がないとなると、帰って来ても寂しいやろうし」

「私たちのことはいいのよ、外で好きなことをさせてもらっているんだもの」

雪緒の言葉に理々子も同調する。

「そうよ、おばあちゃんもかあさんも、これからは自分のことだけ考えてくれていていいんだから」

「うん、あんがとう」

この家がなくなってしまうことを想像すると、やはり寂しい。けれど、家族は家の存在で繋《つな》がっていたわけではない。家がなくなっても、四人の絆《きずな》は変わらない。

「お店は？」

「あれは借りてるから、返すだけや。大家さんには長いことお世話になって、本当に感謝しとるわ」

「式はいつにしたの？」

「まだ、はっきり決めとらんが……秋に、私の七十歳の誕生日があるから、その時にしようかって」

言ってから、音羽はまたふとため息をついた。

「篠がこんなことになるんやったら、私も話の進め方を考えたんやけどねえ。やっぱり再婚っていうのは難しいもんや。私だけが結婚なんて、何かこう、気持ちがすっきりしんわ」

「後のことは、かあさんと山崎さんに任すしかないと思う。どんな結果になるかわからないけど、どちらにしても、私はかあさんの意志を尊重する。それでいいでしょ、理々子」

「もちろんよ。結婚するのはかあさんだもの。かあさんに納得して選んでもらいたい」

理々子もまた深く頷いた。

翌日、昼過ぎにふたりは家を出た。

篠も音羽も、雪緒も理々子も、朝食の時も、玄関で見送られる時も、互いに何もなかったようにいつも通りに振る舞った。

言いたいことは山崎にみんな言った。あとはふたりの結論を待とうと思う。

金沢駅まで路線バスで行き、そこから雪緒は名古屋行きの電車に乗り、理々子は東京までの高速バスに乗る。

「じゃ、ここでね」

駅前で雪緒は理々子と向き合った。

「久しぶりに、雪緒とやりあえて楽しかった。相変わらず現実的なのには呆《あき》れたけど」

もちろん、雪緒も言い返した。

「よく言うわ、理々子のロマンチストぶりも相変わらずなんだから」

「じゃあ」

「うん、脚本の仕事、頑張ってね。また」

ふたりはそれぞれの自分の場所に帰るため、互いに背を向けた。

居場所◇理々子

ドラマの脚本は半分、八話まで完成した。撮影も順調に進んでいると、昨日、品田から電話で聞かされていた。

今まで、品田はそれを由梨に伝えていたが、最近では直接、理々子に言ってくる。もしかしたら品田も由梨を持て余し始めているのかもしれない。

由梨の情緒不安定の様子はますます深まっているように見えた。理々子に対する態度は相変わらず高飛車で生意気だが、時折、向いに座ってぼんやりと焦点の合わない目を向けることもある。二階で静かにしているかと思うと、突然、大音響で音楽を流したり、散歩と言って家を出て、山のように買い物をして帰って来る。はしゃぎ回っている時もあれば、泣きじゃくっている日もある。母親はそんな由梨に振り回されつつ、かいがいしく身の回りの世話をやいている。

今では大分慣れ、そんな由梨を気にしていても仕方ないと割り切り、仕事以外のことは極力、目も耳もふさぐようになっていた。

今日も、いつものように由梨の自宅に出向き、リビングでパソコンを立ち上げた。

苦労しながらも、物語は順調に展開している。出会いがあり、互いに惹《ひ》かれる思いと反発する気持ちに揺れ、友人や家族や仕事や環境に影響されながら、ようやく距離を縮めるふたり。けれどもちろん、そううまくはいかない。視聴者の興味を引き付けるためにも、ここら辺りで恋の成就《じょうじゅ》を焦らす必要がある。そのために、どうすればいいか。今までのドラマにはなかったような、視聴者があっと驚くような、それでいて奇をてらい過ぎず、作為が感じられず、感動と共感を呼ぶような。そして何より、いかにも今野由梨という若き脚本家が手掛けるラブストーリーらしいもの。

ここがいちばん難しい。

なかなかアイデアが思い浮かばず、理々子はキーボードから指を離し、天井を見上げた。頼れるのは自分の想像力だけだ。

ぼんやりしていると、階段を由梨が下りて来た。

「ママ、私の好きなブルーのブラウス、どこにある？」

仕切り戸ごしに由梨の声が聞こえてくる。

「どのブラウスかしら？」

母親が尋ねている。

「ほら、袖《そで》のところにリボンがついている」

「ああ、あれね。クリーニングに出してあるわ」

「どうして！」

由梨が叫んだ。

「どうしてって、あなたがクリーニングに出しておいてって言ったんじゃない」

「じゃあ、すぐ取ってきて、今日はどうしてもあのブラウスが着たいの」

由梨の声が高くなる。また始まった、と、理々子はため息をついた。こんな時、由梨は二十四歳とは思えないくらい幼稚になる。駄々をこね、無茶を言い、ひたすら子供に戻って母親を困らせる。

「ブラウスなら他にもたくさん持ってるでしょう、今日は別のを着てちょうだい」

「いやよ、あのブラウスがいいの」

「だったら、自分でクリーニング屋さんに電話しなさい」

さすがに母親も呆れたように突っぱねた。

「ママ、わざとね」

由梨の声に険が含まれた。

「何がわざとなの？」

「ママは、今日、私が品田さんと一緒に食事に出掛けるのが気に食わないんでしょ。だからわざとブラウスをクリーニングに出したんでしょ」

「何を馬鹿《ばか》なこと言ってるの。あなたが品田さんと出掛けるのを知ったのは今朝じゃない。クリーニングはその前に出したのよ」

「私に嫉妬《しっと》しても無駄よ、品田さんはママを好きになったりしないから。だって、私の方がママよりずっと若くて綺麗《きれい》なんだもの」

「はい、はい、もちろんよ。由梨ちゃんは本当に若くて綺麗。今日は品田さんとゆっくりデートしてらっしゃい。さあ、出掛けるのなら、さっさと用意をしたら」

母親はきつい口調で言った。案の定、由梨は泣き出し、ばたばたと二階に駆け上がって行った。

気にしないでおこう、と思いながら、このあと由梨はどうなるのだろう、との興味もないわけではない。

三十分ほどして、再び由梨が下りてきた。

「ママ、タクシーを呼んで」

声の感触からすると、機嫌は直っているようだ。こんなふうに、由梨の行動は推測ができない。母親がタクシーを呼び、十分ほどでチャイムが鳴った。由梨が出てゆく。

「気をつけてね」

母親がほっとしたように送り出している。

理々子もようやく落ち着いた気持ちになって、再びパソコンに向かった。

母親を恋敵にするのはどうだろう。

ふと、アイデアが浮かんだ。彼が初めて彼女の家に招かれる。そこで彼女の母親と出会う。

母親のいない彼は、彼女の母親にその面影を見る。大人の女性でもある母親は、娘にはない魅力があり、彼の心が微妙に揺れる。態度にも変化が現れる。それに気づいて、彼女はひどく動揺する。母親がまだ「女」であることに嫌悪《けんお》を感じる。母親を母親としてしか見ていなかった娘だけに、強い嫉妬を覚える。

少し大胆かな、という思いもないではなかった。今までは、いかにも今野由梨が手掛ける、明るく爽《さわ》やかなラブストーリーということで書いて来た。それが母親との確執を見せることになるのである。当然、ドラマは違う色を帯びることになる。

この展開を由梨が読んだらどう思うだろう。アイデアの根底に、由梨と母親、そして品田の存在があることに、当然、由梨も気づくはずだ。

けれども、考え始めると想像はどんどん広がっていった。理々子は夢中でパソコンに向かった。

正直をいえば、理々子自身、この展開が少々強引過ぎることはわかっていた。ただ、今までずっと「私が由梨だったら」というフィルターを通して書いて来た。それが理々子に与えられた役目であり、仕事だった。何とか半分まではそれらしく続けて来られたが、少しばかり、自己の存在をアピールしたいという欲求も芽生えていた。一度くらい、自分の思いのままに書いてみたい。それで突っ返されても構わない。とにかく書くだけ書いてみよう。

久しぶりで味わう高揚感だった。

その日はアパートに帰ってからも書き続け、ほとんど徹夜になった。明け方に完成し、一稿という形で由梨にメールで送った。

当然、何かあるだろうとは予想していた。けれども、こんなに激しい反応があるとは思ってもいなかった。

翌日、由梨の自宅に出向くと、まず母親の、

「由梨ったら、何だか今日はいつにも増してピリピリしているのよ」

との言葉に出迎えられた。

母親は理々子が書いたものをまだ読んでいないのだろう。リビングに入ると、ソフ

ァに由梨が座っていた。テーブルの上にはプリントアウトされた原稿が置いてある。

由梨は理々子を見上げ「どういうつもり？」と、強張《こわば》った声で言った。

「駄目ですか？」

理々子は丁寧な口調で答えた。相手が年下でも、こちらはあくまで雇われの身だ。

「当たり前じゃない、今までと流れがぜんぜん違うでしょう。どうして、ああなるの」

「少し、視聴者を驚かすような展開にもって行くのもいいかもしれないと思ったんです」

「あなた勘違いしているんじゃない？　主演のふたりはアイドル路線のタレントなのよ。言ったでしょう、爽やかで共感を呼ぶラブストーリーにしたいって。それがどうして母親との三角関係になるのよ」

「三角関係ではなくて、彼の気持ちが微妙に揺れるというところで止めています」

「でも母親も、娘も、それに気づくのだから心理的には十分に三角関係でしょう。気持ち悪いわ、娘の恋愛に母親が参加するなんて。私はもっと心温まるドラマにしたいの」

「でも、綺麗事ばかりのドラマって、視聴者は退屈すると思うんです。もっと心の奥深くまで足を踏み入れるような……」

「えらそうに私に意見しないでよ！」

由梨はテーブルを両手で叩《たた》いた。

「あなた、何様のつもり。あくまでアシスタントの分際だってことを忘れないで」

喉《のど》もとにこみ上げて来る怒りを、理々子はこらえた。

「私の名前で書かせてあげてるのよ。私の名前がなかったら、あなたなんて何の価値もない存在なの。そのことわかってるの。すぐ書き直して。こんなの、私の脚本じゃない。私のドラマ、私のドラマをめちゃくちゃにしないで」

私のドラマ、由梨はそう言った。しかし、今までの八回分、由梨の書いたところなどほとんどない。全部と言っていいくらい理々子が手がけてきた。

「ちょっと、聞いてんの！」

由梨が原稿を鷲摑《わしづか》みにし、理々子に投げ付けた。それは理々子の胸に当たり、ばさばさと床に舞い落ちた。限界だと思った。いくら仕事でも、いくらアシスタントという立場でも、ここまでされる道理はないはずだ。

理々子は顔を上げて、言い返した。

「言っておきますけど、これはあなたのドラマじゃない。書いているのは私だわ」

キッチンから母親が姿を現した。

「あらあら、どうしたの、ふたりとも」

ここに来るまで、理々子は原稿を書き直す心積もりでいた。この展開では由梨は納得しないだろう、品田の了承も得られないだろう、ということはわかっていた。自分ではよく書けていると思うが、仕事だという割り切りも持っていた。それでも、少しは自己主張がしたかった。

由梨の表情がみるみる強張った。

「あなたなんか、辞めさせる」

「そうですか。じゃあ、辞めます」

こんな仕事、もうたくさんだ。気まぐれで生意気な由梨と付き合うのも、鬱陶《うっとう》しい母親との関係を間近に見せ付けられるのも、うんざりだ。

母親が猫なで声で割って入った。

「いやだわ、高久さんたらどうなさったの。そんなこと言い出すなんて、高久さんらしくないわ。それに、由梨ちゃんも大丈夫、高久さんはちゃんと書き直してくださるから。何も心配要らないのよ。ね、そうでしょう」

母親が理々子を見る。その目にふと圧倒される。

「だって高久さん、約束したでしょう。由梨に力を貸してくださるって。こんな中途半端《はんぱ》な形で投げ出されたら、あなた自身、あとあとお困りになるんじゃないかしら。品田さんの信頼を失うことになれば、これからのお仕事だってやりづらくなるでしょう」

母親の、丁寧な言葉遣いの裏にある脅迫めいた物言いにはいつも迫力を感じる。

「ママ、やめて、引き止めたりしないで。何よ、この人。前から思ってたの、いつも私のこと見下したような目で見るんだから。こんな人は絶対にいや。アシスタントの代わりなんていくらでもいるわ。品田さんがすぐまた紹介してくれるわ。だからもうクビにして」

ここで頭を下げ、母親の言うとおりにすれば丸く収まるのかもしれない。けれども、そんなことをする自分を想像しただけで身震いしそうになった。

これでいい。これが自分には似合いの決着のつけ方だ。品田との縁が切れてもしょうがない。また持ち込みから始めればいいだけのことではないか。

「短い間でしたがお世話になりました」

理々子は言い切り、ふたりに背を向けて玄関に向かった。ドアに手を掛けると、背後から母親の声がした。

「高久さん、明日も待ってますから」

誰が行くものか、と胸の中で呟《つぶや》き、外に出た時には、明日からまたアルバイトの口を探さなくてはならないな、と考えていた。

その夜、久しぶりに飲みに出掛けた。

下北沢につい足が向いてしまったのは、少し、自棄《やけ》になっていたせいもある。ここには、劇団に所属していた頃によく通った飲み屋が何軒もある。この街には大小さまざまの劇団があり、金はなくとも演劇に対する情熱だけで生きられる人間が多く住んでいる。行けば、きっと知り合いと顔を合わすことができるだろう。

今夜は、ひとりでいることが少し重荷に感じられた。飲んで騒いで、議論を戦わす。そんな夜に浸りたかった。

思った通り、懐《なつ》かしい顔と再会した。彼らはかつてと変わらぬ親しみを見せてくれ、互いに近況を報告し、知り合いの消息を聞いたりと、会話が途切れることはなかった。

だが、理々子はどこか疎外感《そがいかん》を感じていた。生の舞台を誇りにしている彼らにとって、映像の世界は対極にある。その世界で脚本を書こうとしている理々子は、もうそこでは仲間とは呼ばれなくなっていた。彼らの演劇論が始まった頃には、理々子はすでに自分の居場所がないことを感じた。

店を出て、このままアパートに帰ればいいとわかっていながら、次の店ならきっと楽しめる、という妙な期待を捨てきれず、別の知っている店に向かった。

もう酔いは相当回っていた。そこは駅からかなり離れた場所にあるカウンターバーだ。十席ほどしかない小さな店だが、以前よく飲みに来た。

もしかしたら倉木がいるのでは……という思いは、気まずさなのか期待なのか。店のマスターが倉木の学生時代の先輩ということもあり、何度もこの店で語り明かしたという思い出があった。

今、倉木がどうしているか、何を考えているか、もしかしたらマスターは知っているかもしれない。いや、そんなことはどうでもいい。知りたくもない。そんな卑屈な思いを持つ自分にうんざりしながら、態度だけは明るく、理々子はドアを押した。

「こんばんは」

「あれ、理々子ちゃんじゃないか、久しぶりだねえ」

マスターと会うのは半年ぶりだ。前にここに来た時は、もちろん倉木と一緒だった。

「マスター、元気そう」

「おかげさまで。何を飲む？」

「ビールをください」

「ＯＫ、大分飲んでるね。何かいいことでもあった？」

「まあね」

客は隅にカップルが一組いるだけだ。理々子は正面の棚を眺めた。恋人だった頃、そこにはいつも倉木と共有のボトルが置いてあった。安いウイスキーだが、ふたりの名前が丸い小さなラベルに書かれて、壜《びん》の首にぶら下がっていた。それを前にして、照れ臭いような愛《いと》しいような気持ちになったものだ。もう、とても遠い昔のことのように思える。

マスターがグラスを差し出した。

「仕事はうまく行ってる？」

理々子はそれを手にする。

「まあまあかな」

これくらい、嘘《うそ》ではないはずだ。

「うん、まあまあがいちばんさ」

マスターの気遣いが胸に染《し》みる。

理々子はカウンターに肘《ひじ》をつき、短く息を吐いた。すでに、来なければよかったと後悔していた。想像以上に倉木のことが胸に広がっていた。ここに倉木がいない分、いっそうその存在が強まっていた。

その時、背後のドアが開いた。理々子はふと振り返り、思いがけずそこに倉木の姿を認めて、息を呑《の》んだ。

倉木もすぐに理々子に気づき、驚いたように足を止めた。今日という夜に、倉木もこの店にやってきた。それは、もしかしたら意味のあることに繋《つな》がるのではないかとも思えた。けれども、それは一瞬のことだった。

「どうしたの、いっぱい？」

倉木の背後から、女性が姿を現した。

「いや……」

「よかった、あいてて」

足を止めたままの倉木より先に、女性が席に腰を下ろす。セミロングの髪に、ストライプのブラウスと黒のパンツというスタイルの、ＯＬふうの女性だった。理々子が正面に向き直ると、マスターのひどく困惑した顔とぶつかった。笑おうとしたが、笑えなかった。

「この間のボトル、まだ残ってます？」

女性がマスターに尋ねた。マスターは「ええ」と頷《うなず》き、棚に手を伸ばした。倉木と女性の前にボトルが置かれる。かつて理々子と一緒にキープしていた安物のウイスキーではなく、有名なシングルモルトだ。壜の首にはラベルが下がり、そこにふたつの名前が並んでいる。ひとつは倉木、そしてもうひとつは、読むことはできなくても理々子の名前でないことだけは確かだ。

昔を思い出し、感傷に浸っていた自分を笑いたくなった。何のことはない、倉木はもうしっかりと新しい生活を始めている。

「こんばんは」

理々子は倉木に向かって笑顔で言った。

「ああ、こんばんは」

倉木が答える。女性がちょっと驚いたように理々子を見る。彼女も「こんばんは」と笑みを浮かべた。とても気持ちのいい笑顔だった。そのことに喜んでいいのか、傷ついていいのか、わからなかった。

「じゃあ、私はこれで」

言うと、マスターは勘定をしながら「ごめんよ」と小声で言った。

「いやね、気にしないで」

外に出ると月も星も見えない、ただのっぺりした墨色の空が広がっていた。理々子はひたすら、駅に向かって足早に歩いた。

居場所◇雪緒

長峰から携帯に何度か着信があり、雪緒は名古屋に戻って連絡を入れた。

本当は、そんなことをするべきではないのかもしれない。けれども、このまま言葉も交わさず別れてしまうのも、どこか不甲斐《ふがい》ない気がした。自分なりのケリをつけたいと思った。

メールで、都合のいい日時を尋ねると、すぐに短く「任すよ」との返事があった。その文面から長峰と妻の間で何らかのやりとりがあったことが察せられた。サービス精神が旺盛《おうせい》な長峰は、メールひとつでも、いつも必ず冗談を交える。たぶん、今はそんな余裕もない状況なのだろう。

こんなことに時間をかけていても仕方ない。雪緒は明日の夜、いつものティールームで待っているとの旨《むね》を送っておいた。

翌日、約束の時間より十分も早く店に入ったが、長峰の方が先に来ていた。灰皿にはすでに三本の煙草《たばこ》が押し付けられている。雪緒を認めると、四本目の煙草を消しながら、長峰は困ったような表情を浮かべた。

「こんばんは」

雪緒は向かい側の席に腰を下ろした。コーヒーを注文し、長峰と目を合わせたものの、最初に口にすべき言葉が見つからない。それは長峰も同じらしく、瞬《まばた》きばかりを繰り返している。この場を、あまり深刻な雰囲気にしたくなかった。もともと、そんなふたりではなかったはずだ。

「悪かった」

長峰が唐突に頭を下げた。

「本当に申し訳ない。君に不愉快な思いをさせてしまった」

「よして。私の不愉快なんて、長峰さんの奥さんに較《くら》べたらどうってことないわ」

「まさか女房があんなことまでやるとは思ってもいなかったんだ。君の素性まで調べ上げたりして、本当に、どう謝っていいか」

雪緒は肩をすくめた。

「自業自得《じごうじとく》ってやつね。みんな本当のことだもの。あの経歴書見たんでしょう?」

「いや……」

長峰が視線を逸《そ》らす。

「怖いと思ったんじゃない？　そんな過去を持つ女なんて」

「いいや、まあ、確かに少し驚いたけど」

「いいのよ、わざわざ言葉を選ばなくても」

「違うよ、本当に驚いたんだ。君にそんな烈《はげ》しいところがあったなんてね。割り切ったタイプだと思ってたから」

雪緒の前にコーヒーを置き、ウェイトレスが去ってゆく。

「そういう女になりたかったの。こんな言い方して怒らないでね、私、長峰さんと会ってどこかほっとした。なんだ私もちゃんと狡《ずる》くやれるんじゃないってわかったから。だから、そういう意味では、長峰さんに感謝してるの」

「複雑な気持ちだけれど、感謝だなんて言うのはよしてくれ」

長峰は居心地悪そうにぬるくなったコーヒーを啜《すす》った。

「嘘じゃないのよ」

「こんなこと、今更言うのも男らしくないと思うけど、僕は、本当に君が好きだったよ」

雪緒はゆっくりと長峰を見直した。

「君という人がいなかったら、むしろ、女房とは駄目になっていたかもしれないって

「気がする」

思いがけず、そこには長峰の穏やかな眼差《まなざ》しがあった。

「僕は結婚して十三年になるんだ。家族のことは何より大切だと思っている。愛しているとと言っていい。それは間違いない。けれど同時に、そこは身も蓋《ふた》もない場所でもあるんだ。何だかんだと揉《も》め事も絶えないしね。ローンとか、嫁姑《よめしゅうとめ》とか、教育とか、とにかく現実的なことで毎日が満ちている。家庭と仕事しかない毎日を過ごしていると、自分の、何て言えばいいんだろう、ちょっと恥ずかしいんだけど、心の中にある柔らかくて繊細な部分がどんどん失われてゆくような気になるんだ。僕はそれが怖かった。そういうものが、なくなっても平気で生きてゆけるようになるのが怖かったんだ。君と一緒にいると、中学生のガキに戻ったみたいにドキドキしたよ。会うたび、まだ大丈夫、僕は大切なものをなくしていない、そんな気になれたんだ」

一気に話してから、長峰はいつも見せるおどけた表情を作った。

「こういうの、僕には似合わないセリフだけど」

「ううん、そんなことない」

雪緒は慌《あわ》てて首を振った。

「だから、君と出会えて本当によかったと思ってる。こんなこと、言える立場じゃないけど、ありがとうって気持ちなんだ」

言葉を返そうとしたが、すぐにふさわしいものが浮かばなかった。所詮《しょせん》は遊び、割り切った関係でしかないと思っていた。けれども、こうして長峰と向き合っていると、そこにはやはり意味というものが存在していたのかもしれないと思えてくる。

いつしか、雪緒の胸の中に温かなものが広がっていた。長峰の妻には申し訳ないが、これもまたひとつの恋だったのかもしれないと思えた。

「お元気で。長峰さんと会えてよかった。私もそう思います」

そして雪緒は席を立った。

その夜、マンションに戻ると、郵便受けに入っていた何通かのダイレクトメールに目を通した。その中に転居案内の葉書があった。最近、結婚したばかりの友人だ。文面は印刷されたものだが、隅に手書きの文字が短く書かれていた。

『結婚っていいものよ。呆《あき》れられるのを覚悟で言うけど、私、すごく幸せ。近いうちに遊びに来てね、待ってます』

文面から、幸福の湯気が上がってきそうだった。

雪緒の友人たちも何人か結婚した。彼女のように幸せに満ちている人もいるし、不満だらけの人もいる。まだ独身の友人たちも、ひとりの生活に満足している人もいれば、孤独と不安に包まれている人もいる。結婚したら幸せになれるなんて、そんなことは誰も思ってはいない。もちろん、独身だから幸せになるとも思っていない。ただ、幸せになりたいという願いだけが、そこにある。

ふと、篠のことが思い浮かんだ。

山崎との結婚を取りやめた意志は尊重するつもりだが、本当にそれでよかったのかという気持ちは今も残っている。あれからどうしているだろう。後悔しているのではないだろうか。やはり、結婚した方がよいのではないだろうか。

雪緒は電話に手を伸ばした。

電話には音羽が出て、どこかほっとした。

「かあさん、どうしてる？」

「それがね、昨日、ひとりでお店の大家さんのところに行って、契約を継続する手続きを取ってきたがや。お店も壁紙を張り替えるとか、メニューを増やすとか、やけに張り切っとるが。本気のようや、困ったもんや」

音羽の声には呆れたような、諦《あきら》めたようなニュアンスが含まれている。

「そう、本当に結婚やめるんだ」

「山崎さん、いい人なんやけどねえ。あれから何度も連絡をくれてるんやけど、篠の決心は変わらんみたいや。私の方が申し訳ない気持ちになるわ。ほんとにあれでよかったんかねえ」

雪緒は、喫茶店で肩を落とす山崎の姿を思い出した。五十を過ぎた大人の男が、娘ほど年下の雪緒と理々子の前で、篠を失うことに怯《おび》える姿を晒《さら》していた。そのことを、切なく思い出した。

恋なんて、大人になったらしないと思っていた。けれども、そうではないと知って、雪緒はため息をつく。自分もまた、性懲《しょうこ》りもなく誰かを好きになってゆくのだろうか。そうして、その人と共に生きてゆきたいなどと望んでしまうのだろうか。ひとりで生きる覚悟を持ちたい。そんなことを考えるのは、ただの強がりなのだろうか。

「まあ、かあさんが元気ならいいけど」

「少しは空元気もあるんやろうけど」

「確かに、そう簡単には切り替えられないわよね」

「あの子も強情やさけ、こうと決めたらてこでも動かん」

雪緒は笑った。

「それはおばあちゃん似ね」

「ほうかいね、困ったもんやね」

「かあさんだけでなく、理々子も私もそっくりだし」

こんな時、四人に血の繋《つな》がりがないことなど、すっかり忘れてしまう。

「じゃあ、また何かあったら電話して」

「ああ、わかったよ」

電話を切ろうとすると、音羽がいつになく改まった口調で続けた。

「そうや、理々子から聞いたんやけど、この間帰って来た時、瀬間さんとこの息子さんと会ったんやって？」

音羽の口から純市の名前が出て驚いた。もちろん隠すつもりはない。隠すことでもない。

「同級生が香林坊でお店をやっていて、そこで一緒に飲んだけど……何かあった？」

「ううん、何でもないが。ほうやわね、同級生なんやし、そりゃあ一緒に飲みに行くことぐらいあるわいね」

音羽にしては、どこか歯切れが悪かった。

純市の父親は金沢でも有数の資産家だ。住まいは隣町で、どんな家なのか、もちろん音羽も知っている。金沢はいい意味でも悪い意味でも狭い町だ。音羽はどんな形であれ素性を気にするような人ではないが、もしかしたら、雪緒がとやかく言われることでもあったら、と、気にしているのかもしれない。

「大丈夫よ、心配することなんて何もないから」

「そうやね、私も年を取ったもんや。取り越し苦労するなんて」

「じゃあ、またね」

「ああ、身体《からだ》にだけは気をつけまっし」

電話を切ってから、しばらくぼんやりした。

子供の頃から、水商売を生業とする音羽や篠に対して、心ない言葉や態度をあらわにする人を何人も見て来た。ふたりとも、それに屈するようなやわな性格ではなかったが、雪緒や理々子がそのことで苛《いじ》められたり、傷つけられたりすることに対しては心を痛めていた。もちろん、雪緒も理々子もふたりに似て十分に気が強く、そんなことで心を歪《ゆが》ませたりすることもなかったが、それは音羽と篠がどれほど真《ま》っ直《す》ぐに、どれほど必死に生きているかを目の前で見てきたからだ。だからこそ、誰に何を言われても、どんな態度をとられても、いつだって胸を張っていられたのだと思う。

寝る前にパソコンを開くと、純市からメールが来ていた。

金沢から帰ってすぐ短くお礼のメールを送っておいた。その返事だった。

『元気そうでよかった。この間のことは、感謝されるほどのことでもないよ。俺はただ話を聞いただけだからな』

あの夜の会話が思い出されて、雪緒はふと、面映《おもは》ゆい気持ちになった。

『それとは別に、こんな言い方をすると気を悪くするかもしれないけれど、とても興味深かったよ。高久の知らなかった面を見たって感じかな。昔は、優等生の高久しか知らなかったから、まあ、新鮮な驚きってやつだな。詮索好きだと思われたくはないが、あれからどうなった？　少し気に掛かっている。高久ならちゃんとケリをつけるだろうと思ってるけれど』

ええ、つけたから大丈夫。

『そうそう、俺は近々、白神山地にブナを見に行くつもりでいるんだ。ブナの大木は耳を当てると、水が流れる音が聞こえる。生きているっていうのが、実感として伝わって来る。金沢にもいい木がいろいろあるけれど、手入れが行き届かなくて枯らしてしまうケースも結構あるんだ。そういうのをちゃんと救ってやれるヒントのようなものが摑《つか》めたらって思ってる。とりあえず、俺は元気だ。じゃ、また』

純市らしい、照れ臭さとぶっきら棒がほどよく混ざり合った文面だった。雪緒はすぐに返事を書いた。

『金沢では本当にありがとう。聞いてもらうだけで、どんなに気持ちが軽くなったかわかりません。それから、例のこと。ちゃんと話をし、さよならをしました。そのことを報告しておきます。白神山地に行くなんて羨《うらや》ましい。行ったことはないけれど、世界遺産の場所だもの、日本の誇りです。気をつけて行ってらっしゃい。またよかったら、こちらの方にも遊びに来てください』

送信してから、雪緒は短く息を吐いた。

純市との距離が、思いがけず近付いている。そのことの心地よさと、同じだけの不安を感じていた。胸の中に広がるこの思いが、単なる懐《なつ》かしさからくる安心感なのか、それとも別の感情が紛れ込んでいるのか、よくわからない。

けれども、今は自分の感情を詮索するようなことはやめようと思った。このままでいい。答えが欲しいわけじゃない。いつだって、答えを望むから迷路に入り込む。答えのないものが世の中にはたくさんあることぐらい、少しはわかるようになっている。今はただ、さりげなくこの状態を受け止めていようと思う。

翌日、午前中はモデルルームで接客し、午後からは区分所有者たちの元に出向き、間取りや内装の相談をした。

雪緒の手助けなど必要ないくらい、自分たちですべてを決定している住人もいれば、散々時間をかけてやっと決まったと思ったものの「やっぱり、ちょっと変えるわ」との連絡を急に入れてくる住人もいる。もちろん、それに対応するのが雪緒の仕事であり、不満を言うつもりはない。

そんな中で、雪緒は川出老人のことが気に掛かった。転居先に何度か連絡を入れたのだが、留守を決めこんでいるのか、なかなか話しができない。

やっと通じて、そろそろ間取りのことを考えてください、と頼んだのだが「みんな任すよ」との、素っ気ない返事をするばかりだ。そう言われても困る。これは直接訪ねるしかないと、雪緒は久しぶりに転居先に出向いた。

チャイムを鳴らしても返答がないのは慣れっこだ。

「川出さん、高久です。川出さん、いらっしゃいますか」

しつこくドアをノックすると、ようやく川出老人が顔を出した。

「あ、こんにちは。お部屋の間取りの件でご相談にあがりました」

努めて明るく雪緒は言った。

「ああ、どうも」

川出老人が困ったような顔で頷《うなず》く。

「お邪魔してよろしいですか」

「うん、まあ、いいよ」

と、川出老人はしぶしぶ雪緒を部屋に招き入れた。

中はダンボールが積まれたままで、ほとんど荷ほどきされていないという状態だった。川出老人も生気を失ったままでいる。まさかと思うが、まだあのことから立ち直っていないのだろうか。あの女が実は詐欺師《さぎし》だったということはわかったはずなのに、転居した今もまだ諦めがつかないのだろうか。

雪緒は奥のリビングに座り、川出老人と向き合った。

「先日お話した間取りの件ですが、お決まりですか?」

川出老人は焦点が合っているとはいえない目を向けた。

「あなたに全部お任せすると言ったはずだが」

「はい、それは伺いました。でも、やはり全部というわけにはいきませんので、せめて1LDKにするとか2DKにするといったぐらいのご希望を伺わせてください。これからの川出さんのライフスタイルに合わせて、私も精一杯考えさせていただきます」

「ライフスタイルね……」

川出老人がわずかに笑った。頬にはどこか皮肉な影が差していた。

「どうせ老い先短い私のことは、考えなくて結構だよ。いずれマンションは、息子たちのものになる。息子は九州に住んでいるから、相続すれば、誰かに貸すことになるだろう。だから、他人に貸しやすい間取りにしてくれればいい」

「でも、それじゃ……」

「それでいいんだ」

川出老人は、短く言った。

縁◇理々子

品田から電話が入った。

アシスタントを辞める件を、由梨の母親から聞かされたと言う。

「本気じゃないんだろう」

品田の声はいつも通り穏やかだ。

「本気です」

理々子はいくらか強張《こわば》った口調で答えた。

「まあ確かに、彼女には手を焼くこともあると思う。とんでもない我儘《わがまま》なお嬢さんだからね。だからこそ、君という人にアシスタントを頼んだんだ。すでに撮影にも入っているし、放映も近い。残りの分はどうなる。正直に言うが、今、君に辞められては困るんだ」

そのことは理々子もじゅうじゅう承知している。

「品田さんには申し訳ないと思っています。けれど限界なんです。だいいち、由梨さん自身がそれを望んでいます。私では、由梨さんの望むストーリーを書くことができません。もっと由梨さんの意向に添うアシスタントを探してください。その方がいいと思います」

「とにかく会おう」

品田は言った。

「会って、ゆっくり話をしよう」

断れなかった。

夕方、銀座のティールームで待ち合わせた。少し遅れて店に入ってきた品田は、席に座りもせず「夕飯でも食うか」と、呑気《のんき》な口調で言った。

「いえ、私は……」

「僕が腹ペコなんだ。付き合ってくれ」

そう言うと、レジに向かいさっさと精算をする。理々子は慌《あわ》てて後を追った。

連れていかれた店は、並木通りに面したビルの四階にある割烹《かっぽう》だ。品田は常連らしく、店主の愛想のいい声に出迎えられ、奥の小部屋へと案内された。

すぐに仲居がやって来ておしぼりを出され、品田は「じゃあ、まずはビール」と言い「それでいいかな」と理々子に尋ねた。

「はい……」

理々子は頷く。

「適当なものを見繕って出してくれ。君は嫌いなものは？」

「いえ、ありません」

「そうか、じゃあよろしく頼む」

仲居が姿を消すと、居心地の悪い気持ちになって理々子は膝《ひざ》に視線を落とした。

「それでだ」

品田が少し口調を変えた。

「さっきの話だが、本当に辞めるつもりなのか？」

「はい」

決して意地になっているわけではなかった。冷静に考えても、これ以上、続けられるとは思えなかった。

「今までの脚本は、とてもよく出来ていると思うよ。展開もいい。会話も洒落《しゃれ》ている。ただ、今回のは、あれはあれで面白いが、彼女の作品という感じではないね。どうして、急に路線を変えたのかな」

「急にってわけではありません。考えた結果です」

「彼女に意地悪をするつもりってわけじゃないんだね」

「そんなこと……」

理々子は否定したが、胸の奥には、そんな自分がいないでもないことは知っていた。今野由梨に対する反発心が、形になってしまったようにも思う。

「約束した仕事を、君はつまり、途中で投げ出してしまうわけだ」

理々子はまっすぐに品田を見た。

「お言葉ですが、品田さんはアシスタントだとおっしゃいました。由梨さんの執筆の補助的な仕事だと。けれども実際には、ほとんど、いえ全部といっていいくらい私が書いています。それは最初の約束とは違います」

「確かにな」

品田は理々子の言葉に頷いた。

「正直なところ、僕もまさか彼女があれほど書けなくなっているとは思わなかった」

品田はため息をつく。

「実は、今、彼女と話をしてきた」

「そうですか」

「彼女は、君とはもうやれない。何がなんでも変えてくれ、そう言っている」

理々子は頷いた。

「そうだと思います」

ビールが運ばれて来た。それに続いて料理も並ぶ。品田は理々子にビールをすすめる。けれども、口をつける気にはなれない。

「本当に、困ったお嬢さんでね。けれども、この連ドラは彼女の脚本で行くと決まっているから、それはどうしようもないんだ」

「わかっています」

品田が自分のグラスに注ぎ足した。

「しかし、君もせっかく半分まで書いてきて、ここで辞めてしまうのは、心残りじゃないか？　最後まで書き上げたいとは思わないかい？」

理々子はいくらか口籠《くちご》もった。

「それは……」

すばやく品田が頷いた。

「そうだろう。書くということは、そういうことだ。最後のピリオドを自分で打ちたくなるものだ」

「でも、由梨さんが承知しないと思います」

「君が、彼女の望む脚本を書いてくれるなら、もちろん僕が説得する」

「書きたくもないストーリーを書けとおっしゃるんですか？」

「プロとはそういうものだろう」

品田がゆっくりと顔を上げた。その目は今までとは違った色をしていた。

「まさか、脚本家なら何でも好きなことを書けると思っているわけではないだろうね。たとえば、化粧品会社がスポンサーなら、化粧で顔がかぶれた、なんてシーンが出せるはずもない。ガス会社なら、ガス漏れ事故も書けないだろう。当然だ。スポンサーあってのドラマなんだ。いつだって制限はある。その制限の中で、最高に面白いものを書くのがプロというものだ」

理々子は膝に視線を落とした。品田の言葉はもっともだ。いつだって、何をしたって、制限というものはある。

「結果として、君に約束以上の仕事を押し付けてしまったことは申し訳なく思っている。しかし、今回は彼女の思い通りの脚本を書いてやってくれないか」

理々子は顔を上げられなかった。

「今、君に下りられると、私が大変困る立場になるんだ。君にはいろいろと目をかけてきたつもりだよ。けれど、それも終わりということかな」

暗に圧力をかけられていることを感じた。つまり、ここで理々子が下りれば、品田は二度と面倒をみないと言っている。テレビ局に繋《つな》がるラインは品田しかない。もしここで切れたら、ツテがなくなってしまう。無名の理々子など誰も相手にしてくれないだろう。もしかしたら、脚本家の夢も消えてしまうかもしれない。覚悟していたはずだったが、理々子は唇を嚙《か》み締めた。

返答を探しあぐねていると、品田は苦笑した。

「なかなか君はしぶといね」

理々子は首を振った。

「そんなことはありません。どうすることがいちばん私らしいのか、考えているだけです」

「何もかも、こちらの都合に合わせてくれとは言わないよ。こちらも譲歩する」

理々子はようやく顔を上げた。

「後半からの放映分に、脚本アシスタントとして君の名前をテロップで流そう」

「本当ですか」

理々子は思わず言っていた。

「大きな扱いは無理だが、必ずそうする。これでどうだろう、丸く収められないか」

これは駆け引きだ。損得勘定だ。名前が出れば立場はまったく違ったものになる。実績のひとつとして残る。次に繋がる可能性は大きい。由梨の影武者だけで終わらなくて済む。何より、書くことに対する意識が変わる。

そのことで意志を翻《ひるがえ》す自分にどこかひっかかりを感じながらも、理々子は決心していた。

「わかりました」

頷《うなず》くと「よし、これで決まりだ」と、品田は上機嫌でビールを追加した。

帰りの電車に揺られながら、理々子は考えていた。

こんな時、倉木に会えたら、と思う。会って、いろんな話を聞いて欲しい。理々子の選択に意見を言って欲しい。けれども、もうそんなことはできない。

恋人関係を終わらせてから、倉木を都合よく利用してきたのは理々子の方だ。そんな自分に何も言えるはずがない。どんな感情も持つ資格はない。

それでも、あの夜、倉木が知らない女性と店に現れた時、自分でも驚くほど動揺した。

本当にこれでよかったのだろうか。自分は大切なものをなくしてしまったのではないだろうか。私は大きな間違いを……。

違うわ。

理々子は首を振った。こんなことを考える自分が悔しかった。いつだって、自分のしでかしたことは、それがたとえ失敗であろうと納得してきたはずだ。そうすることで、却《かえ》って自分を奮い立たせて来た。

これでいい。何も間違ってはいない。結局、これが互いにとっていちばん望ましい結末なのだ。

その夜、めずらしく篠から電話が入った。

「明日、理々子んとこに行っていいかしら。仕事、忙しい？」

「どうしたの、もちろんいいけど、お店は？」

篠が上京して来るなど何年ぶりだろう。今の部屋にはまだ一度も来たことがない。だいたい篠はほとんど金沢から出たことがない。

「ちょっと改装することにしたから、しばらくお休みにしたが。こんなことでもないと、理々子のとこにも行かれんし。いい機会やって思って」

改装するとなると、やはり山崎とは結婚しないと決めたのだろう。そのせいもあって、少し金沢を離れて気分転換したいのかもしれない。

「じゃあ明日、羽田まで迎えに行くわ」

「悪いけど、頼むね」

翌日、理々子は飛行場で篠を出迎えた。いつもと違って、ジーパンにブルゾンという格好の篠は何だか若々しく見えた。

「かあさん、ここ」

理々子は手を上げ、合図を送った。篠がほっとしたように近付いてくる。

「わざわざ、悪かったね」

「何言ってんの、ほら荷物」

理々子はついぶっきらぼうに言ってしまう。家族と、家庭以外の場所で顔を合わす時、どこか照れ臭い。たぶん、篠の方もそうだ。あまり理々子の顔を見ないでいる。

「ちょっと銀座でも寄ってく？」

「そうやね。それもいいけど、久しぶりに飛行機なんか乗ったさけ疲れたわ。このまま理々子の部屋に行きたいわ」

モノレールから地下鉄に乗り換え、アパートに戻った。

「あら、意外ときれいにしとるがないの」

部屋に入ったとたん、篠は感心したように見廻した。

「小さい頃、あんたはいつも、雪緒にばっかり掃除を押し付けとったのに」

理々子は首をすくめた。篠から電話をもらって、慌《あわ》てて整理しただけで、クローゼットの中は押し込められた荷物でひどい状態になっている。

しばらく部屋で過ごし、それから近所に散歩に出ることにした。

「見るとこなんて、何もないよ」

という理々子の言葉に「あんたが暮らしている町を見たいが」という答えがあった。

商店街を通り「このたこ焼きはかなりいける」とか「この豆腐屋の卯《う》の花《はな》はおいしい」とか「ここのクリーニング店は早くて丁寧」など、どうでもいいようなことを話しながら、ぶらぶら歩いた。

陽は傾き、小学生たちが駆けながらふたりを追い越してゆく。店先では、売る側買う側の活気あるやり取りが始まっている。正面から差す西陽に、篠は目を細めた。

「何か不思議な気がするわ、理々子とこんなふうにしてるの。夕方はたいてい店の仕込みで忙しくて、構ってやれんかったさけ」

「家に帰っても、誰もいないのが当たり前だったもの。でも、寂しいなんてぜんぜん思わなかった。雪緒もいたし」

「そうやね、だから私も安心やったわ」

「いい娘がふたりもいてよかったでしょう」

理々子の言葉に篠は声を上げて笑った。

「本当や。おなかを痛めんと、あんたたちみたいないい娘を授かって、神さまに感謝しんとね」

夕食には少し早かったが、蕎麦《そば》屋に入ることにした。座敷に上がって、蕎麦を食べる前に、少し日本酒を飲んだ。肴《さかな》は焼き味噌《みそ》に玉子焼き、それと小海老《こえび》の掻揚《かきあ》げだ。

「いいもんやわね、まだ陽のあるうちに、こうして飲むのも。ちょっと後ろめたい気がするところなんかも」

理々子は篠の杯に日本酒を満たす。いつもは酒に強い篠だが、もう頬が染まり始めている。それだけリラックスしているのだろう。

「かあさん、この間は言えなかったけど、私、日本橋に行ってあの人に会ってきた」

それだけで篠はわかったようだった。

「そう」

篠はわずかに頷いた。

「どうしようか迷ったんだけど」

篠は何も言わない。その表情は穏やかだ。

「何だか、不思議な気がした。この人が本当の母親だなんてぜんぜんピンと来なかった」

「長く別々に暮らしてるさけね」

篠が理々子の杯を満たす。理々子はそれを口にした。

「小さい頃、よくおばあちゃんが使ったでしょう、縁って言葉。あの頃は古臭いこと言ってるぐらいにしか思わなかったけど、今、改めてわかったわ。縁って血よりも濃いのね。私、あの人と会って思ったもの。どう考えても私はかあさんの娘だし、おばあちゃんの孫だし、雪緒とは姉妹だって」

篠は相好《そうごう》を崩した。

「理々子と初めて会った時のこと、思い出したわ」

「何かあった？」

「私を見て、お久しぶりですって言ったが」

「私が？　子供らしくない言葉ねえ」

「そう、びっくりした」

「覚えてないな。でも、どうしてだろう、初対面だったんでしょう」

「そうや。まあ、たまたまそんな言葉が出ただけやろうけど、私、その時、この子のおかあさんになることはきっとずっと前から決まってたんやって思ったが」

「ふうん……」

不意に胸の中に温かいものが流れ込んで来た。それが何なのか言葉にできなくても、日本酒のせいでないことだけは確かだった。

「お銚子《ちょうし》、もう一本頼もうか」

「ほうやね」

すぐに新しい銚子が運ばれて来て、二人は互いに注ぎあった。このまま、昔話を肴に飲むのもいい夜になるだろう。けれども、東京に来た篠の胸の中にくすぶるものを、黙って見過ごすこともできない。

「かあさん、本当に山崎さんと結婚しないの？」

篠はふと眉《まゆ》の辺りを曇らせた。

「もうその話は済んだが」

篠は話題を逸《そ》らそうとする。

「私はかあさんの決めたことに反対はしないつもり。でも、何かすっきりしないの。本当にこれでいいのかって、つい同じ質問を自分に何度も繰り返してしまうのよ」

「もう店も改装してるし、これからばりばり働くわ」

「そういうかあさんもいいなって思うのね。働くのは大賛成。でも、働くだけのかあさんでいいのかって気もするの」

篠は呆《あき》れたように笑った。

「まさか理々子は、結婚は女の幸せなんて考えてるわけやないやろね。あんたたちの世代は、結婚なんかしなくていいって思っとるがんないの？」

「もちろんよ、結婚イコール幸せなんて、考えてもない。もしそうなら、あんなに多くの夫婦が離婚するはずないもの。でも、好きな人と一緒に生きることは幸せだと思う。私はね、かあさんに結婚して欲しいわけじゃないの、幸せになってもらいたいの」

篠は黙ったまま杯を傾けている。理々子は少し不安になった。

「生意気だった？」

「ううん」

篠がゆっくり首を振る。

「いつの間に、こんな大人になったがやろうって、びっくりしたわ」

理々子は照れて肩をすくめた。

「もう二十八よ、巷《ちまた》じゃトウが立ってきたって言われる年よ。でも、自分のこととなるとからっきし」

「そう、もう二十八になったんやね、理々子も雪緒も」

篠は自分に言い聞かすかのように、何度も小さく頷《うなず》いた。

翌日は銀座に出て、音羽のみやげにするといって帯締めを一本買い、その後、一幕だけ歌舞伎《かぶき》を見た。夕食はデパートのレストラン街で鰻《うなぎ》を食べた。本当はもう少し洒落《しゃれ》たフレンチかイタリアンに案内したかったのだが、篠はそっちの方が気楽でいいからと言った。篠はずっと楽しそうだった。

そして、その翌日「体にだけは気をつけるんやよ」という言葉と「押し入れの中はもっときれいにしなさい」という言葉を残して、金沢に帰って行った。

緑◇雪緒

東京に行って来たと、篠から電話が入った。

「あら、こっちにも寄ってくれたらよかったのに」

「そうしたかったんやけど、ほら、雪緒のとこにはこの間おばあちゃんが行ったさけ、私は理々子のとこにしたが。また改めて行かせてもらうわ」

話の中で店を改装していることを聞いた。メニューも新しいものをいくつか加えると言う。秋になれば音羽は澤木の元に嫁いでゆく。手伝いの人も頼まなければならない。忙しくてしょうがない。そんなことを、篠は弾んだ声で語った。

何はともあれ、元気でいてくれるのは有難かった。山崎とのことに気持ちの整理がついた証《あかし》だろう。

ただ、これで本当によかったのか、ということを考えると、むしろ、雪緒の方が整理はついていない。あの時は、篠の肩を持ったが、結婚そのものに反対する気持ちはない。血の繋《つな》がらない娘をふたり抱え、ひとり身を通して育て上げた。ようやく、本当にようやく、人生を共にしたいと思える人が現れたはずだった。うまくいかないものだと、雪緒はため息をつく。結婚だけが幸福の終着点でないことはわかっていても、篠の思いが叶《かな》わなかったことに対する遣《や》り切れなさは残っていた。

翌日、川出老人を訪ねた。

雪緒なりにいくつかの間取りを考え、その図面を届けに行ったのだ。チャイムを押しても、どうせすぐには出てくれないだろうと思っていたのだが、驚いたことに、川出老人はすんなりドアを開けた。

「あ、どうも、こんにちは」

「ご苦労さん」

雪緒を出迎えたその表情も、いつになく穏やかだ。

「今日は図面を見ていただこうと思って持参しました」

「どうぞ、上がって」

「失礼します」

部屋の中もずいぶんと整えられていた。

「今、お茶をいれるから」

「どうぞお構いなく」

どうやら、ようやく気持ちが吹っ切れたらしい。これで話もスムーズに進むだろう。

やがて川出老人が茶を持ってやって来た。雪緒は笑顔を向けた。

「こちらにも大分落ち着かれたようですね」

「うん、まあ、ようやくね」

「よかったです、お元気になられて」

川出老人は曖昧《あいまい》な表情で頷いた。

「早速ですが、これを」

雪緒は机に図面を広げた。用意して来たのは１ＬＤＫと２ＤＫの間取りだ。水回りについての変更にも対応できるようになっている。部屋はすべてバリアフリーにし、風呂《ふろ》やトイレは少し広めに取り、いざという時には介助人と共に利用できるように考えた。

入社したての頃は、介護のことを前面に押し出すと、時には気を悪くされてしまったが、今では、まだ早過ぎるのではないかと感じる世代でも、老後のことを視野に入れて家を考えている。

川出老人はざっと図面に目を通した。

「あなたは、どれがいいと思うかな」

雪緒は1LDKの図面を手にした。

「おひとり住まいと考えると、こまかい間仕切りがあるより、広々とした部屋の方が暮し易《やす》いのではないかと思います。それでもワンルームにしてしまうと、やはり落ち着かないと思いますので、寝室だけは別の部屋にしました。その壁も、簡単に取り外しができるようになっています」

「私のことはいいんだ」

川出老人が言った。

「前にもお話ししたが、この部屋は賃貸にする予定でいるからね、貸しやすい間取りにしたいと思っている」

「じゃあ、川出さんは九州に住む息子さんのところにいらっしゃるんですか」

「いや、そうじゃないが、老い先短い私のために、わざわざ部屋を造ることはないと思ってね。それより、その後のことを考えて造った方が得策だろう」

まるで、すぐに寿命が尽きてしまうような言い方だった。

「そんなことおっしゃらないでください」

雪緒が困惑していると、川出老人はかすかに笑った。

「いいんだよ、本当のことなんだから」

「でも……」

「あなたには感謝しているんだ。いろいろとよくやってくれた。ここのところ、誰とも顔を合わす気になれなくて、あなたが時折訪ねて来てくれることだけが、私と外とを繋げてくれた。本当に世話になったね、ありがとう」

雪緒は慌《あわ》てて首を振った。

「お礼なんて、とんでもないです。これからますますお邪魔させていただきます。間取りが決まれば、床やら壁紙やら、ご相談させていただくことはもっと増えるんですから」

「私の希望は、今伝えた通りだ。あとはみんな、あなたに任せるよ」

川出老人はそれですべてを打ち切るように言った。

その夜、部屋に戻ってパソコンを開くと、純市からメールが来ていた。

『今週末、白神山地に行く。豊かなブナの木に直接触れられるのかと思うと、今からわくわくするよ。それで、帰りにそっちに足を伸ばそうかと思っているんだ。日曜の夕方、五時ごろになると思うけど、都合はどうかな。あの手羽先の味が忘れられなくてね。ビールもますますうまい季節になったし。熱々の手羽先を肴《さかな》にぜひグーッとやりたい。帰りはこの間と同じ最終で金沢に戻る予定だ。急な誘いだから、都合が悪いなら遠慮なく断ってくれ。気にすることはないから』

雪緒はすぐに返事を書いた。

『よほど手羽先が気に入ったみたいね。もちろん私は大丈夫。到着の時間が決まったら携帯に連絡をください。待っています』

メールを送信してから、雪緒は手帳に予定を書き込んだ。

長峰と付き合っていた頃、会う日にはいつも小さなマークを付けていた。もし誰かに見られたら、という思いからどうしても名前を書けなかったのだ。けれども、純市のことは大きく書ける。それだけで気持ちが軽かった。

日曜日。

電話が鳴ったのは四時過ぎで、五時には駅に着くという。改札口から出てくる純市を見た時、雪緒は少し驚いた。ますますいい表情をしていた。白神のブナを見てきたせいもあるのかもしれないが、好きなことを存分に堪能《たんのう》しているという満足感と好奇心とに溢《あふ》れていた。

純市は雪緒を見るなり「早く、手羽先が食いたい」と、せっつくような口調で言った。

「昼飯を食べ損ねて、新幹線で弁当を食おうと思ったんだけど、手羽先のために我慢したんだ」

実際、店に着くと純市はカウンターの前に座るや三人前の手羽先を注文した。

「俺、大人になって本当によかったと思うよ」

ビールと手羽先を交互に口に運びながら、純市はしみじみ言った。

「どうして？」

「だって、好きなものを好きなだけ食えるんだから」

「なあんだ」

雪緒は思わず笑ってしまう。

「そう言うけど、これは重大だよ。ほら、春と秋に久保市《くぼいち》神社の祭りがあるじゃないか。あれは子供にとってかなりのイベントだっていうのに、俺、焼きそばもラムネも綿飴《わたあめ》も禁止されてたんだ」

「どうして？」

「おふくろがそんなものは体によくないってうるさくてさ」

「へえ、で、瀬間くんはちゃんとそれを守ってたんだ。さすがお坊ちゃま」

雪緒は皮肉を込めて言った。

「守るって言うより、ま、母親への一種の思いやりだな」

純市がおしぼりで、油に光る指先を拭《ぬぐ》った。

「思いやり？」

雪緒は顔を向けた。

「うちの両親さ、ずっとうまくいってなかったんだ。親父《おやじ》がいろいろ外で遊んでて、母親はいつもぴりぴりしてた。今でこそ、穏やかに暮らしているけど、あの頃は喧嘩《けんか》もたえなくてさ。そんなこんなで、せめて俺くらい母親の言うことをきいてやらなきゃって、幼心にも気を遣っていたわけだ」

意外だった。恵まれた家庭で、何の不自由もなく暮らしているとばかり思っていた。

「そう……外からは見えないけれど、それぞれの家にはいろんな事情があるのね」

「あるさ、そりゃあ」

「うちはもしかしたら逆かもしれない」

「逆？」

「外から見たら、ものすごく事情のある家に見えるじゃない？」

「まあ、そうだな」

「でも、中ではちっともそんなことはなかった。もちろん喧嘩もしたけど、のんびりしていて居心地がよかったわ。私、学校に行くより家にいる方が好きだったもの」

純市がわずかに目を細めた。

「羨《うらや》ましいよ、そういうのを聞くと」

それから話題を変えて、純市は見てきたばかりの白神のブナの話をした。木のことになると、純市は言葉が止まらなくなるようだ。いずれ長期の休みを取って世界各国にも足を伸ばすつもりでいることを、子供のような目で告げた。

携帯電話が鳴り出したのはそんな時だ。

「ちょっと、ごめん」

雪緒は店の外に出て、通話ボタンを押した。

「はい、高久です」

「あ、あの、私は……」

「もしもし、どちらさまですか?」

「……川出です」

「あら、川出さん、どうかなさいました?」

「いや、別に大した用ではないんだが……」

川出老人の声は細く、聞き取りにくい。

「何でしょう」

「できたら、今からちょっとこっちに来てもらえないかと思って」

「今からですか？」

困ったな、と思った。そんな雪緒の思いを見透かしたように、川出老人はすぐに自分の言葉を撤回した。

「いや、いいんだ。悪かったね、妙な電話をしたりして」

「申し訳ありません。明日の朝いちばんに伺います。それでもよろしいですか」

「いいんだ、いいんだ。それじゃ」

それきり電話は切れてしまった。

店に戻って、雪緒はビールのグラスを手にした。

「ごめん、お客さまからだった」

「日曜も仕事の電話があるなんて大変だな」

「今、建て替え中のマンションがあるから……たぶん、間取りの相談だと思うけど」

雪緒の表情に純市は目を止めた。

「どうした、何か気に掛かることでもあるのか？」

「あのね、その方八十歳くらいでひとり暮らしをされてるの。少し前にいろいろあって、ずっと落ち込んでいたの。以前はとても元気で行動的だったのに、何もかもやる気を失ってしまって」

「ふうん」

「もしかしたら自殺でもするんじゃないかって、そんな噂《うわさ》が出てたくらい」

　ふと、嫌な言葉を使ってしまったな、と思った。

「最近は心の病気が蔓延《まんえん》しているからな」

「でもね、この間訪ねたらとても元気になっててびっくりした。ようやく立ち直ってくれたんだって安心したところ。なのに今の声は、また元に戻ったみたいだった」

「そうか」

と頷《うなず》いてから、純市はぼそりと付け加えた。

「ちょっと元気が出て来た時が、いちばん危ないって聞くこともあるからな」

　雪緒は思わず顔を向けた。

「ああ、ごめん、脅かすつもりじゃないんだ」

　雪緒の胸に不安な影が広がった。確かに少し変かもしれない。今まで川出老人から連絡が来たことは一度もない。いつだって、雪緒が何回も掛けて、やっと繋《つな》がるという具合だった。あの落ち込みから、急に元気になったことも、勘繰れば不自然さがあるように思う。何かあったのだろうか。

「ごめん、ちょっと連絡してみる」

雪緒は再び外に出て、川出老人の自宅に電話した。コールしているが受話器は上げられない。電話を取らないのはいつものことだが、雪緒に掛けてきてから五分ほどしかたっていない。気になる。どうしようかと思う。純市と一緒に飲みたい気持ちはあるが、このまま飲んでも、気掛かりは膨らむばかりだろう。

席に戻った雪緒がよほど硬い表情をしていたらしい、純市が不安げな顔つきで尋ねた。

「どうだった?」

「出てくれない」

「そうか」

「瀬間くん、せっかく来てくれたのに申し訳ないけど、私、今からちょっと行ってくる」

「うん、いいよ。俺のことは気にするな」

勘定を済ませ、ふたりは外に出た。

「何でもないと思うのよ」

「ああ、きっとそうさ、何でもないさ」

それから、何を思ったか、純市も一緒に行くと言い出した。

「どうして」

「だって電車までまだ時間もあるし、もし何でもないことがわかったら、また飲み直せるだろう。実を言うと、俺、ひつまぶしも食いたかったんだ」

冗談めかして言っているが、純市が雪緒の不安を察していることは感じられた。

タクシーを止め、川出老人の元へと急いだ。その間も何度か電話を入れてみたが、やはり繋がることはなかった。部屋に到着し、チャイムを押したが反応はない。居留守なのか、それとも本当にいないのか。

その時、純市がドアの新聞受けに顔を近づけた。

「これ、ガスの臭《にお》いじゃないか」

「え……」

雪緒の頬が強張《こわば》った。

「間違いない、ガスだ。すぐ管理人から鍵《かぎ》を貰《もら》って来てくれ」

純市の言葉に雪緒は首を振った。

「ここは夜になると管理人が帰ってしまうの」

心臓の鼓動が早まる。足が震えている。純市は緊張のためか無表情になっている。

「わかった」

純市はそう言うと、隣の部屋のチャイムを押した。

「すみません、隣の部屋の知り合いの者なんですが、ちょっといいですか」

じきに住人が顔を出した。四十代と思われる男性だ。

「突然すみません。何か様子が変なんです。いることはわかっているんですが、呼んでも返事がなくて。申し訳ないですが、お宅のベランダから入らせてもらえませんか」

「え、そんなこと急に言われても……」

男性が戸惑っている。

「すみません、急いでるんです。失礼します」

純市は強引に部屋に入って行った。

「ちょっと、あんた」

男性が叫ぶ。雪緒は後を追った。

その夜のことを、たぶん一生忘れることはできないだろう。

仕切りを越えて川出老人のベランダに出た純市は、ガラスを割って部屋に入った。元栓を締め、窓やドアを全開にし、それと同時に「救急車」と叫んだ。雪緒は慌《あわ》てて携帯電話で119を押した。

ガス栓をひねってからあまり時間がたっていないことが幸いだった。爆発することもなく、その時には朦朧《もうろう》としていた川出老人も、病院に運ばれる途中、救急隊員の処置によって意識を取り戻した。

病院での検査も、ガスをそれほど吸い込んではいなかったということで、集中治療室に入ることもなく、処置の後は病室に運ばれた。身内の代わりに雪緒が医師から容態の説明を受け、関係者ということで事情聴取に来た警察官から経緯を聞かれた。それらすべてが一段落した時にはもう真夜中で、ふたりともぐったり疲れ果てていた。

誰もいない待合室のベンチに座り込んでいると、純市が缶コーヒーを持ってきた。

「ありがとう……」

純市が隣に腰を下ろす。

「よかったな、助かって」

「うん」

さまざまな思いが雪緒の胸の中を去来した。なぜ、どうしてこんなことに。けれども、それを受け止めるにはまだ時間が必要だった。

「息子さんに連絡はついた？」

「ええ、明日の朝いちばんの飛行機に乗るって」

「驚いていただろう」

「すごく……瀬間くん、ごめん、こんな時間まで」

もう午前二時に近い。当然、電車はない。

「いいさ、朝いちばんのに乗るから。ここで夜明かししよう」

「すっかり巻き込んでしまって」

「気にすることはないって」

純市がプルタブを引く。ひっそりしたフロアに、それはやけに大きく響いた。

「瀬間くん、落ち着いてたわね。正直言って驚いた」

「経験があるからな」

純市はさらりと答えた。雪緒は瞬《まばた》きしながら顔を向けた。

「そうなの？」

「おふくろが同じようなことをしたことがあるんだ。もうずっと前のことだけど」

返す言葉がなかった。

「そんなことがあったの……」

「あれには参ったよ。おふくろがそこまで神経を参らせていたなんて、ぜんぜん気がつかなかった。まあ、俺もまだガキだったけど」

誰もがみな、重い荷物を背負っている。そのことを雪緒は哀《かな》しく思った。

「私、川出さんの何を見ていたのかしら。あんなに顔を合わせていたのに。そんなことするなんて、考えてもみなかった……」

「本人だってきっとそうさ。自分がそんなことをするなんて想像してなかったと思うよ。魔が差す瞬間っていうのかな、そういうことって本当にあると思うんだ。高久ならわかるだろう。だからきっと、あの人も、平静さを取り戻したら、きっと死ななくてよかったと思うさ」

「そうね……」

雪緒はあの時の自分を思い出した。死ななくてよかったと、心から思う。死が解決してくれることより、生が与えてくれるものの方がどれだけ貴重か、身をもって知っている。

「思うさ、絶対に思う。そう思うと信じることが、助けた者の責任でもあるはずだ」

雪緒の気持ちの中にようやく安堵《あんど》が広がっていった。とてもひとりでは対処できなかっただろう。何もかも、純市がいてくれたおかげだ。その幸運に雪緒は感謝した。すると、不意をつかれたように、涙がこみ上げてきた。雪緒は両手で顔を覆《おお》った。それは指の隙間《すきま》からこぼれ落ちるほどに溢《あふ》れてくる。

「やだ、私ったら……」

「気にするなよ、泣けばいいのさ、こんな時は」

肩に純市の腕が回された。その柔らかな重さが雪緒を包み込んでゆく。同時に、この重さは、純市の存在そのものの重さだと、雪緒は思った。

祝杯◇理々子

いよいよドラマの放映が始まった。

タイトルは『ピュア・マインド』。これは今野由梨がつけたものだ。シンプルだが、想像をかきたてる雰囲気がある。悔しいけれど、うまいなあと思う。

月曜から木曜までの午後十一時から十一時半。ドラマ放送枠としては若い女性の視聴率を狙《ねら》い易《やす》い時間帯である。理々子はビデオをセットし、いくらか緊張した面持ちでテレビの前に座った。

テーマソングは、売り出し中の女性ボーカリスト。すぐにオープニングタイトルが現れ、それから出演者の名前、そして脚本家の今野由梨の名が流れた。これは仕方ない。後半からは理々子の名前も流れることになっているのだから、今はそのことは気にしないでおこう。

脚本はいくらか手直しされていたが、それも仕方ない。一回目は由梨も手を入れているし、プロデューサーやディレクター、監督、出演者によって、リハーサルや現場で変わることもある。もちろんストーリーそのものが変更されるようなことがあれば、理々子も展開を考え直さなければならないが、今のところそれはない。つまり、それだけ理々子の脚本が認められているということだ。

三十分は、あっという間だった。エンディングが流れ、理々子はふうっと息を吐き出した。肩に力が入っていたことがわかる。何だか気が抜けてしまった。それからゆっくり、ふふ……と笑みをこぼした。

「いいじゃない、悪くないじゃない、面白いじゃない」

自分の書いたものが映像になる。それが脚本家を目指してからの夢だった。名前は出ないにしろ、とにかく夢の第一歩は叶《かな》ったのだ。やはり嬉《うれ》しい。心から嬉しい。

ひとりでそれを噛《か》み締めていると、電話が鳴った。品田からだった。

「どうだった？　なかなかいい仕上がりだったろう」

品田の声もどこか弾んでいる。

「はい、とてもよかったです」

「これなら視聴率も期待できそうだ」

何といっても、ドラマは視聴率が重要課題だ。それが高ければスポンサーはより高額な制作費を出してくれる。

「最終回まで頼むよ」

「はい、頑張ります」

「いつ頃、書き上げられるかな」

「もう、構想はできているので、そうはかからないと思います」

「そうか、早いところ頼む。楽しみに待ってるよ」

品田の言葉が心地よく耳に響く。楽しみに待っている、そんなセリフをプロデューサーから聞かされるなんて夢のようだ。

電話を切って、理々子はひとりで祝杯をあげることにした。本当は音羽や篠、雪緒にも報告し、一緒に喜んでもらいたいのだが、それは実際に自分の名前がテロップで流れる時にしようと思っている。その時の三人の驚く様子を思い浮かべて、またひとり、小さく笑った。

理々子はキッチンに行き、冷蔵庫からシャンパンを取り出した。今夜のために、夕方、酒屋で買って来たものだ。栓を抜いて、グラスに注ぐ。細かな気泡が立ち上ってゆく。「乾杯」理々子はグラスを高く持ち上げた。

脚本コンクールの佳作を受賞してから、鳴かず飛ばずの三年だった。食べるために、さまざまなアルバイトをした。ホステスもやったし、ゴーストライターもやった。時にはきわどいビデオに出演したこともある。自分を支えて来たのは、いつか脚本家としてひとり立ちしてみせるという思いだけだった。

正直を言えば、諦《あきら》めようと思ったこともある。努力すれば報われる、そんな甘いものではないこともわかっていた。努力なんて当然だ。みんながしていることだ。脚本を書く、それが好きというだけで、ただ夢中でやって来た。

シャンパンの酔いが回ってゆく。

私は倉木とは違うんだから。

小さく呟《つぶや》いた。

安定した生活と夢を引き換えになんかしなかった。逃げ出したりもしなかった。倉木が家業の写真館を継いだ頃、理々子によく言ったものだ。「応援しているよ」けれども内心ではどうだったのだろう。「どうせ挫折《ざせつ》する」との思いを持っていたのではないか。結婚を断った時も「いずれは泣きついてくるはず」と、高をくくっていたのではないか。ふと、そんな思いが湧《わ》いて、そうするとその通りのような気がしてきた。きっと倉木はそう思っていたに違いない。でも、私はそうはならなかった。ちゃんと夢を叶えようとしている。

こんな自分を、倉木に見せてやりたい。

理々子は酔った頭で考えた。

倉木が下北沢で一緒だった感じのいいあの人と、堅実で穏やかで、けれどもありふれた人生を送るのなら、それでいい。そんな生き方を選ぶなら、おめでとうと言おう。今なら、自分の作品が形になった今なら、心から祝福の言葉を贈れそうな気がした。

理々子は電話に手を伸ばした。

コールが二度ほどで「もしもし」と、懐《なつ》かしい声がした。

「私」

「うん、わかってる。観《み》たよ、ドラマ」

「そう、どうだった？」

「面白かった」

「ほんとに？」

思わず声のトーンが高くなる。

「正直な感想だよ。とてもよかった。あれはどこまで理々子が書いたんだ？」

「ほぼ全部」

「そうなのか」

「今野由梨は書ける状態じゃないの。アシスタントに行ってみて、びっくりした。最初に聞いた話とはぜんぜん違うんだもの」

「じゃあ、あれは理々子の作品と思っていいわけだ」

「そうよ、名前は違うけれど、あれは私の作品よ」

「そうか、やったな」

「ええ、やったわ」

それから酔いに任せて口にした。

「ねえ、祝い酒をご馳走《ちそう》してくれるっていうのはどう?」

「いいよ、俺の方はいつでも」

倉木の気安い答えに、理々子は皮肉にならないよう注意しながら言った。

「でも、この間の彼女に叱《しか》られるんじゃない?」

その問いかけには答えず「それで、理々子はいつがいいんだ?」とさらりと言った。

倉木が答えなかったことに、理々子は少し腹を立てていた。そんなつもりはないが、口先だけでも「彼女じゃない」というような、否定の答えを期待していた自分に気づいたからだ。だから、腹を立てたのは倉木にじゃない、自分に対してだ。

「今から」

理々子は言っていた。

倉木にもっと自慢したい。羨《うらや》ましがらせたい。倉木が新しい恋人と幸せに過ごしていても、私は少しも嫉妬《しっと》なんかしていない。私はあなたとは違う。私の前途は開けたのだ。そのことを、倉木に見せ付けてやりたい。

「いいよ、どこで待ち合わせる？」

「前に会った下北沢の店は？」

「わかった」

あっさり倉木は答えた。

「いいの？」

思わず拍子抜けした。彼女と行く店だというのに、倉木は気にならないのだろうか。

「いいさ、じゃあ一時間後に」

——そして、きっかり一時間後。ふたりはカウンターに座っていた。

さすがに、彼女と名前が並んだプレートがかかるボトルは出さず、倉木は注文した。

「この店で一番高いウイスキーは？」

マスターが苦笑する。

「マッカランの二十五年ものかな」

「じゃあそれ」

「そんな高いお酒なんて」

理々子は思わず言っていた。ふたりで会う時はいつも安い酒ばかり飲んでいた。

「せっかくの祝い酒なんだ、今日は特別だよ」

すぐにふたりの前にグラスが出された。

「じゃあ、理々子のデビューを祝って乾杯」

倉木がグラスを理々子に差し出す。

「ありがとう」

理々子はそれにグラスの縁を小さく当てた。

倉木が心から祝ってくれていることはわかっていた。けれども、その様子がとても落ち着いていることが歯痒《はがゆ》かった。倉木にもっと動揺して欲しい。後悔して欲しい。自分の夢を諦めてしまったことに。そして、他に恋人を作って、つつましやかな生活に身をおこうとしていることに。

「本当に面白かったよ。次がどうなるか、今から楽しみだ」

「期待してて、もっと面白くなるから」

「脚本はどの辺りまで進んでいるんだ？」

「あと少しよ。もう、結末も決めてあるの」

「さっき、今野由梨は書ける状態じゃないって言ってたけど」

「情緒不安定っていうのかな、もうぜんぜん原稿が手につかないって感じ。顔を合わせるたびにぶつかったけど、こうして思うと、ちょっと痛々しい感じがする」

「そうか……あまり若いうちに注目を浴びると、ストレスやプレッシャーも大きいんだろうな。そのこともあって、理々子にアシスタントを頼んで来たわけだ」

理々子はウイスキーを口にした。醒《さ》めかかったシャンパンの酔いが戻って来る。頭の芯《しん》がくらくらする。

「言っておくけど、私はもうアシスタントじゃないから」

ふと倉木が顔を向けた。

「プロデューサーがきちんと私を認めてくれたの。だから、彼女の家に通う必要もなくなったし、後半からは私の名前も脚本家としてテロップで流れることになったの」

「すごいじゃないか」

倉木が目を見開いて理々子を見る。

「おかげさまで、何とか脚本家として一歩を踏み出せるってわけ」

「そうか、うん、理々子ならきっとやると思ってたよ。本当によかったな」

理々子はますます嬉しくなる。

「少し時間がかかったけど」

「大した時間じゃないさ。もっと長く下積みを重ねている人はゴマンといる」

「そうね、こうして考えると、三年ぐらいどうってことなかったように思える」

「理々子は俺と違って、意志も才能もあるからな。俺なんか、完全に挫折組だ。夢を諦めた臆病《おくびょう》な人間だ」

それこそ倉木に言わせたい言葉だった。そのために、祝い酒を名目に呼び出したのだ。それなのにどうしてだろう、少しも嬉しくない。それどころか、気持ちが塞《ふさ》ぎ込んでゆく。

「どうした？」

倉木が理々子の顔を覗《のぞ》きこむ。

「ううん、何でも」

理々子はグラスを口に運んだ。

「俺の分まで、なんて言ったら理々子に叱られそうだけれど、これから夢をどんどん叶えていってくれよ。楽しみにしてるよ」

「ええ、頑張る」

そんな自分を奮い立たせるかのように、理々子は喋《しゃべ》った。これからどんな脚本を書いてゆきたいか。恋愛ものでもサスペンスものでも時代物でも、頭の中にはさまざまなアイデアが詰まっている。そのことを思いのたけをぶつけるように口にした。

どれくらい時間がたったろう。倉木がちらりと腕時計に目をやった。もう午前二時近くになっていた。

「ごめん、すっかりつき合わせて。明日、仕事なんでしょう」

「うん、朝イチで結婚式の撮影が入ってる」

「そう」

映画のスチール写真を撮っていた頃、倉木はいつも独自のスタイルにこだわっていた。「にっこり笑った女優や俳優なんか撮っても意味がない」そう言っていたのに、今では結婚式の記念撮影をしている。

「理々子の言いたいことはわかるよ」

倉木が洩《も》らした。

「俺も最初は思ったよ、何て退屈な写真を撮っているんだろうって。うんざりして、投げ出したいこともあった」

理々子は黙った。

「でも今は楽しんでる。負け惜しみじゃない、本当にそう思ってるんだ。どんなありきたりな記念撮影にも、そこに納まる人たちには、それぞれドラマがある。以前、六十年目の同窓会の記念撮影を頼まれたことがあってね。集まった人たちは八十歳を過ぎているんだけど、みんなすごくいい顔をしていた。その人たちがどんなふうに生きて来たか、ファインダーを通して見えるような気がしたよ」

「そう」

理々子は小さく頷《うなず》いた。

「写真って、見えないものも写し出すんだって、初めて知った。それからかな、今の仕事を楽しく感じ始めたのは」

決して虚勢を張っているのではない、と、その口調から察せられた。倉木は心から楽しそうだった。けれども、そんなことは聞きたくなかった。ここに来たのは倉木を後悔させるためのはずだ。理々子の胸に苦いものが広がっていった。

「じゃあ、そろそろ」

店を出て、タクシーが拾える通りまで一緒に歩いた。月も星も見えない。都会の夜空はいつも孤独だ。

「あの人だけど」

言ってから、理々子は自分の言い方が、何か特別な意味を含んでいるように受け取られることを怖《おそ》れて、明るく言い直した。

「ほら、以前、あの店で一緒だった人。彼女、恋人なんでしょう?」

倉木が口籠《くちご》もる。理々子はいっそう声音を高くした。

「いやだ、今更隠さなくてもいいじゃない。まさか、私に気を遣ってるんじゃないでしょうね」

倉木は苦笑し、頷いた。

「うん、実は付き合っている」

ちくり、と、胸に棘《とげ》が刺さった。

「やっぱりね。二人の雰囲気、とてもいい感じだったもの。それで結婚するの?」

「ああ、来年の春を予定してる」

倉木はさらりと、まるで足元を吹き抜ける夜風のように答えた。

「おめでとう」

間髪入れず、理々子は言った。その言い方に少しも不自然さはなかったはずである。

「ああ、ありがとう」

「じゃあ」

倉木の言葉を振り切るように、理々子は車道に出て空車に手を上げた。タクシーが止まり、ドアが開く。

「今夜はすっかりご馳走になって悪かったわ。このお返しは、結婚祝いにさせてね。リクエストがあったら先に言ってよ。でないと、夫婦茶碗《めおとぢゃわん》なんて贈っちゃうから。じゃあ、おやすみなさい。彼女によろしく」

開いたドアの中に、理々子は素早く身体《からだ》を滑り込ませた。もう倉木を見なかった。運転手に行き先を告げ、理々子はシートに深くもたれた。目は閉じなかった。今、目を閉じたら、きっと目の端から自分の認めたくないものが零《こぼ》れ落ちてしまう。だから理々子は目を見開き、フロントガラスを睨《にら》みつけた。

私は傷ついたりしていない。そんなことになるわけがない。私には脚本家という輝く未来が待っている。私には前途がある。


翌日から、理々子は残りの脚本に、それこそ寝食を忘れて没頭した。もう後戻りはできない。前に進むしかない。その思いがエネルギーになっていた。

最後のピリオドを打った時は、身体が空洞になったようだった。完成というのは、嬉《うれ》しさよりも、脱力感に包まれるものらしい。

とにかく原稿を品田にメールで送り、倒れるようにベッドに潜り込んだ。

眠ってしまいたかった。目が覚めた時にはきっと何もかも納得できる。理々子は脚本家になり、倉木は幸福な結婚をする。大団円の結末ではないか。こんなよく出来たドラマは他にない。

眠ろう、眠りたい。

その思い通り、やがて理々子は溶けてゆくような眠りにおちていった。

祝杯　◇　雪緒

金沢に帰省しようか、雪緒は迷っていた。

今週末、改装を終えた店が新装開店となる。店を見たいし、お祝いもしたい。けれども、本当はそれだけではない、ということもわかっていた。

あの朝、始発に乗る純市が、改札口で振り向きざま言った。

「金沢に帰る予定はあるのか？」

「まだ決めてない」

「決まったら知らせろよ」

その時から、雪緒は「いつ帰ろうか」そのことばかりを考えていた。

今では毎日のようにメールを交換している。内容はとりとめのないものだが、いつの間にか、部屋に戻るとすぐにパソコンを開くのが習慣になっていた。

川出老人の件では心から感謝している。もしあの時、純市がいなかったら。そう思うと今も身が竦《すく》む。そして、あの夜から何かが変わったことは確かだ。

だからと言って、純市が自分にとってどんな存在なのか、突き詰めたくない思いもあった。ふたりの関係を何らかの形に納めてしまうことを不安に思う。それなのに、部屋でぼんやり過ごしていると、ふと、純市のことを考えている自分に気づく。

長峰との痛い経験を終えたばかりではないか。しばらくひとりの時間を過ごそう、仕事に没頭し、気持ちをニュートラルな状態に戻そう、そう決めたはずではないか。そんな自分に呆《あき》れ、雪緒は納まりの悪い気持ちを持て余すことになる。

金沢へは帰りたい。でも、それは改装された店を見たいからであって、純市に会うためではない。言い訳じみている気もするが、帰省のためのもっともらしい理由があるかないかは、とても重要なことに思えた。それに念を押すように、雪緒は理々子に連絡を入れた。

「いいわよ。私もちょうど仕事が終わったところだから、帰ろうかなって思ってたの。お店もどうなってるか見たいし」

あっさり話はまとまり、今週末の帰省を約束した。金沢に電話をすると、音羽も篠も「楽しみに待っとるさけ」と言ってくれた。その後、純市にメールを送った。

『週末、理々子と帰省することになりました。お店が改装されたので、その見物とお祝いです。土曜日の夜、九時頃、もしかしたら理々子と一緒に相田くんのところに飲みに行くかもしれません。時間があったら、覗いてみてください』

読み返して、簡潔過ぎる文章が気に掛かったが、直さないまま送信した。これくらいの素っ気なさが今はちょうどいいように思えた。

翌日、雪緒は名古屋空港にいた。

川出老人が九州に住む息子夫婦の元へ越すことになり、その見送りだった。

「あなたにはすっかりご迷惑をおかけしてしまって」

川出老人の息子夫婦は、そう言って何度も頭を下げた。

「どうかお気になさらないでください」

雪緒は首を振る。ふたりが今回のことをどう受け止めているかはわからない。川出老人をそこまで追い詰めたものが何だったのか、そのことをふたりが知っているかもわからない。それでも、今は一緒に暮らすのが最良の方法だと雪緒も思う。奥さんは優しそうな人だった。僭越《せんえつ》かもしれないが、それを見て心からほっとした。

立場上、雪緒は経過を会社に報告せねばならず、その時は「事故」として上司に告げた。そして、あれは確かに事故だったのだと、今は思っている。自分以外の何者かに操られてしまう瞬間がある。雪緒にも経験があるからこそわかる。あの時、川出老人は、いつもの川出老人ではなかった。それだけで、十分に事故ではないか。

「川出さん、マンションが完成したら、すぐに連絡しますから」

雪緒は腰を屈《かが》めて、車椅子《いす》に座る川出老人に話しかけた。後遺症の心配はないが、ここしばらくの生活や入院で、川出老人の体力はすっかり落ちてしまったようだ。

「きっと素敵な、住みやすいマンションにしますから」

返ってくる言葉はない。

「じゃあ、そろそろ時間なのでここで失礼します。父さん、行こうか」

息子さんが言うと、ようやく川出老人が雪緒に顔を向けた。

「高久さん」

「はい」

「いろいろありがとう。ここにあるのは君にもらった命だね」

言葉が胸に染《し》みた。雪緒は思わず唇を嚙《か》み締めた。

三人の姿がゲートの奥に消えてゆく。

「どうぞお元気で」

小さく呟《つぶや》いて、雪緒は深く頭を下げた。

金沢へは土曜日の午後に到着した。

家に入ると、理々子が待ちかねた顔を向けた。

「遅い遅い、一緒に見ようと思って、行くのを我慢してたのよ」

「ちょっと、待って」

とりあえず台所に顔を覗《のぞ》かすと、音羽と篠がいつものように料理の下ごしらえをしていた。醤油《しょうゆ》やみりんや鰹《かつお》だしの匂《にお》いが家中に広がり、こんな時、金沢に帰って来たことを実感する。

「ただいま」

「ああ、おかえり」

音羽と篠の声が重なる。

「早速だけど、理々子とお店を見てくるね」

雪緒は理々子と連れ立って家を出た。

確かに、店は見違えるほどきれいになっていた。玄関を入ったところには坪庭が作られ、流しは新しいシンクが入り、壁紙は張り替えられ、椅子も変えてある。考えてみれば、この店を始めてから二十五年ほどもたっている。音羽と篠が手入れを怠らなかったせいで、古くとも味のある雰囲気ではあったが、使い勝手は悪かったに違いない。

「いい感じじゃない、前より高級な店になったみたい」

「ほんと。これならお客さんも増えるかも」

雪緒はカウンターの向こうに回った。

「結構費用かかったと思うな」

不動産会社に勤めているせいで、だいたいの想像はつく。三百万は下らないだろう。

「どうやら、山崎さんとの結婚資金に予定していたの、全部使ったらしいわ」

「そういうことか……」

けれども、さっき台所で見た篠の表情は明るかった。たぶん、人は生き方を変える時、環境を変えることも必要なのだろう。今は店も母も、新しい意気込みに満ちている。

「ねえ、私たちで何かお祝いしない？」

理々子が言った。

「いいわね。でも、何がいいかしら。お花っていうのもありきたりだし」

「私、『高久』の名前を染め抜いた前掛けなんかどうかなって思ってるんだけど」

「ふうん」

「いつもの割烹着《かっぽうぎ》もいいけど、もうちょっとお洒落《しゃれ》にするのも悪くないんじゃないかなって」

「いいんじゃない、賛成よ」

「じゃあ、それは私に任せてくれる？」

「あら、アテがあるの？」

「まあね」

言ってから、理々子は付け加えた。

「実は、私の生みの親っていうのが、東京で和装小物の店をやってるんだ。その人にちょっと頼んでみようかなって」

雪緒は思わず理々子を見た。

「そうなの？」

「知ったのは最近なんだけど。この間、会いに行って来たの。大して話もしなかったし、その時はちょっと冷たい接し方をしてしまって少し後悔してる。私ってほら、気持ちと態度が逆に出るところがあるから。後から考えたら、結構いい感じの人だったなって。小物もセンスのいいのが置いてあったし、前掛けを頼むのもいいかな、なんて」

「理々子がいいなら、私もいいわよ」

しつこく詮索《せんさく》する気はなかった。詳しいことは理々子が話したくなったら話せばいい。水臭いのではなく、そういう距離感は、むしろ身内ならではの安心から来るものだ。

雪緒はカウンターから外に出た。

「ねえ、今夜、夕ごはんを食べた後、ちょっと相田くんのところに飲みに行かない？」

「もちろん、いいわよ」

答えてから、理々子は改めて顔を向けた。

「もしかして、瀬間くん？」

「そうじゃないけど」

「でも、約束してるんだ」

雪緒は少し返答に困る。

「約束じゃなくて、理々子と行くかもって伝えただけ」

「雪緒、瀬間くんと付き合っているの？」

「まさか、違うわよ」

雪緒は顔の前で手を振った。

「いいじゃない、瀬間くん。小さい頃は鼻持ちならない奴《やつ》だったけど、何だか最近、大人になったなぁって感じ」

「そうかしら、そうでもないんじゃない」

理々子が笑いをこらえている。まるで見透かしているような表情に、雪緒は思わず肩をすくめた。

しばらくすると、音羽と篠が料理を持って店にやって来た。タッパーから煮物や漬物を取り出してゆく。今夜も、商店街の店主や、近所の顔見知りや、主計町《かずえまち》のおねえさんたちが集まり、賑《にぎ》やかな夜になるだろう。

夕食後、理々子と共に相田の店へ向かった。

土曜日の片町や香林坊は、都会の派手さはないが、金沢らしい賑やかさに包まれている。まだ八時を少し過ぎたところだというのに、純市はすでに来ていて、いつもの笑顔で雪緒と理々子を出迎えた。

「久しぶり、瀬間くん」

理々子は気軽に声を掛けている。

「おう、久しぶりだな」

「雪緒、何してるのよ、ほらここ座って」

理々子はさっさとカウンター席に座り、純市と自分の間の席を指差した。仕方なく、雪緒はそこに腰を下ろした。

「相田くんも久しぶり、年上女房とはうまくいってる？」

「おかげさまで」

四人で水割りで乾杯してからも、理々子はテンポよく相田と軽口を叩《たた》き合っている。本人はこれで、気を利《き》かしているつもりなのかもしれない。このまま黙っているのも居心地が悪く、雪緒は口火を切った。

「この間、川出さんを見送って来たわ。九州の息子さんのところに行くことになったの」

「そうかぁ」

純市は短く息を吐き出した。

「やっぱり、そうするしかないよな。どんな様子だった？」

「元気とは言えないけど、でも、もらった命だねって言ってくれた」

「十分じゃないか、よかったな」

「うん」

「きっと立ち直ってくれるさ」

「そうね」

「そう信じたいよ、俺は」

「私も」

突然、理々子が話に割り込んできた。

「ちょっと、ふたりで何こそこそ話してるの、怪しいなあ」

目がからかっている。

「別にこそこそなんかしてないわよ」

雪緒はむきになって否定した。

「してる、してる。ねえ、相田くん」

相田は困ったように頷《うなず》き、純市が呆《あき》れたように答えた。

「こそこそじゃなくて、堂々と話してるんだよ。おまえは相変わらず声がでかいなあ」

「よく言うわ、瀬間くんは態度がでかい」

そのやりとりに、雪緒と相田は同時に吹き出した。

そんな調子で、そこで三時間ばかり過ごし、雪緒は理々子と連れ立って店を出た。

「いいの？　瀬間くんを残していっても」

「いいのよ」

　無理をしているつもりはなかった。十分に楽しかったし、会えたことにも満足していた。純市との付き合いを、この先どんな形になるとしても、急ぎたくはない。大切なものを築き上げるにはいつだって時間がかかる。そして、その時間の分だけ、きっと成果も深い。たぶん、純市も同じことを感じているのではないか、と雪緒は思う。

　翌日の昼食は、食卓にやけに豪勢な料理が並んだ。散らし寿司《ずし》に紅白なます、はまぐりの潮汁《うしおじる》に鯛《たい》の唐蒸しまで並んでいる。

「さ、早く座るまっし」

　篠に促されて、それぞれに腰を下ろした。

「どうしたの、新装開店のお祝い？」

　雪緒が言うと、篠は「まあ、そんなもんや」と、取り皿に寿司を盛り始めた。

「今日はね、篠からあんたたちに報告があるが」

　音羽がゆったりした口調で言った。

「報告？」

「まずはお箸《はし》とお皿を分けて。理々子はお醤油持って来て」

ようやく用意が整い、四人は卓の前に座った。

「で、報告って？」

せっかちな理々子の言葉に、篠が神妙な顔つきで居住まいを正した。

「まずは、最初の報告ね。おばあちゃんの結婚式の日が正式に決まったが。おばあちゃんの七十歳の誕生日」

「あら、私のことはいいがに」

音羽が照れている。澤木との結婚が決まってから、時折、音羽はまるで少女のような表情を見せるようになった。雪緒がそんなふうに感じるのも何だが、恋の力は偉大だと思う。

「おめでとう、おばあちゃん」

「おばあちゃんの花嫁姿、楽しみにしてるから」

それから篠は続けた。

「それと、あんたたちにはいろいろと騒がせてしまったけど、私、山崎さんとこれからもお付き合いを続けてゆくことにしたの」

さすがに驚いて、篠に顔を向けた。

「それってどういうこと？　やっぱり結婚するってこと？」

「ううん、そうやないが。結婚はしんが。今まで通りにお付き合いするだけや。私は店をやるし、山崎さんは加賀野菜を作る。それで、時間が合えば、一緒にごはんを食べたり、どこかに出掛けたりしようと思うの」

雪緒も理々子もすぐには言葉が出ない。

「あれから、山崎さんとゆっくり話したが。せっかく出会ったのに、結婚するか別れるか、それしか方法がないのかって。確かに、そのふたつしか結論がないっていうのもおかしな話やって気がついたんや。考えてみれば、私たちはふたりとも独身なんやし、そういうお付き合いをしたって、誰に批難されるわけでもないしね」

「かあさん、すごい」

手を叩いたのは理々子だ。

「そうよ、形なんてどうでもいいのよ。問題はふたりの気持ちだもの。何だか、時代を先取りしてるって感じ。これから、結婚という形を取らないカップルもすごく増えると思うな。私は大賛成よ」

「そうか。雪緒はどうや?」

あの時、雪緒が山崎に対して批判めいたことを口にしたのを篠は山崎から聞いたのだろう、不安げな目を向けた。

「私も賛成よ。あれからずっと引っ掛かっていたの。本当にそれでよかったのかって。これはかあさんらしい選択だと思う」

篠はほっとしたように頷いた。

「何だか、いいことずくめの話になったわね。じゃあついでに私も、言っちゃおうかな」

理々子の言葉に、三人が顔を向けた。

「えっ、理々子まで誰か……」

篠が目を丸くする。

「そうじゃないの、仕事のこと。本当はもう少し先に話すつもりだったんだけど、おばあちゃんとかあさんの話を聞いたら、私も喋《しゃべ》りたくなっちゃった」

「仕事のことって？」

「月曜から木曜、夜十一時から十一時半でやってるドラマ『ピュア・マインド』って知ってる？　あの脚本、実は私が書いているの」

雪緒は思わず身を乗り出した。

「ええっ、そうなの。見てるわよ」

「どう？」

「すごく面白い。あれを理々子が？」

「メインの脚本家のアシスタントについたんだけど、その脚本家がぜんぜん書けなくて、結局みんな私が書いているの。それでね、ドラマの後半からは、私の名前もテロップで流れるのよ」

「すごいじゃない、いよいよ脚本家デビューってわけね」

「まあ、そういうことになるかな」

「おめでとう、理々子、ついにやったわね」

雪緒の声も思わず高くなる。

「そうかいそうかい、よかったよかった」

「ほんとに、いいことって続くんやね」

音羽と篠が目を細めている。三人の顔を見ながら、雪緒は思わず息を吐き出した。

「じゃあ私だけじゃない、ここで報告するいいことが何もないのは」

「何言ってるの、雪緒もいいことがあるじゃない」

理々子が肘《ひじ》で雪緒の脇腹《わきばら》をつついた。

「何のこと？」

「ほら、瀬間くん」

音羽と篠の視線が向けられるのを感じ、雪緒は慌《あわ》てて否定した。

「やだ、何言ってるの、そういうのじゃないんだって」

「ま、いいけどね。うまくやってね。じゃあ、とりあえず乾杯しようよ。昼だけど、ビールぐらいいいよね」

そう言って、理々子はさっさと冷蔵庫にビールを取りに行った。

夕方、高速バスの時間の都合で理々子が先に家を後にし、それを見送ってから、雪緒はのんびりとバッグに着替えを詰め込んでいた。

こうしていてもつい顔がほころんでくる。音羽の結婚、篠の選択、理々子の脚本家デビュー。そのすべてを心から祝福できる。そういう自分でいられることが嬉《うれ》しかった。

「雪緒、ちょっといい？」

篠が襖《ふすま》を開けて、顔を覗《のぞ》かせた。

「もちろんいいわよ」

雪緒は手を止め、顔を上げた。篠は雪緒の前に座ったものの、らしくもなく口籠《くちご》もっている。

「どうかした？」

「あのね、さっき理々子が言ったことなんやけど……」

「何だったっけ」

「瀬間さんの坊ちゃんのこと」

「ああ、あれね」

「そうながか？」

篠の問いに、雪緒は首を振った。

「違うわよ、理々子が勝手に勘違いしてるだけよ。付き合ってなんかないわ」

あっさり答えると、篠の表情にほっとしたものが広がった。

「それならいいがやけど」

雪緒は改めて顔を向けた。

「でも、どうして？」

「何が？」

「どうしてそんなことを聞くのかなって？」

「何でもないが、ただ、ちょっと聞いてみただけや」

篠が立ち上がった。

「散らし寿司を包んでおいたから、帰りに持っていくまっし」

そう言った篠は、いつもの篠だった。

母娘《おやこ》◇理々子

東京に戻って、理々子は実母、靖子の和装小物店『華や』を訪ねた。靖子は店に入ると「いらっしゃいませ」と奥から声が聞こえ、靖子が姿を現した。

理々子の顔を見ると、息を呑《の》むように立ち尽くした。

「こんにちは。先日は失礼しました」

理々子が頭を下げる。靖子は驚きの表情を、戸惑いながら笑顔に変えた。

「いえ、こちらこそ……」

「あの、こちらで和服用の前掛けを作ってもらえないかと思って。母が主計町で小料理屋をやってるんです。お店を改装して、そのお祝いにしたいんです」

「ええ、もちろんできますとも」

靖子が頷《うなず》く。

「店の名前も染め抜いてもらえますか」

「はい、それもさせていただきます。色や文字柄がたくさんありますから、見本を見てくださいね。今、お出ししますね」

すぐに靖子は奥から分厚い見本帳を持って来た。それをレジ台の上に広げて、顔を寄せ合いながら、ふたりで一枚一枚めくってゆく。距離があまりに近くて、少し息苦しくなる。

「お店で使う前掛けとなれば、木綿の生地がいいかもしれないですね」

「毎日使うものなので、洗濯機で気楽に洗えるものの方がきっと便利だと思います」

「もしよろしかったら、生地は私に任せていただけませんか。しっかりした木綿地を探しておきます」

「じゃあ、そうしていただけますか」

「お色ですけど、どういたしましょう」

そう言われても理々子は困ってしまう。

「どんな色がいいのか、まったくわからなくて。母はいつも紬《つむぎ》や絣《かすり》を着ることが多いんですけど、それに似合うとなるとどんなものがありますか？」

着物を見る機会が多い環境で育っていながら、理々子はあまり詳しい方ではない。

そのことを今、少し恥ずかしいと思う。

「どんな着物にも合うとなると、やっぱり紺系統がいいかもしれませんね」

「紺ですか」

ちょっと面白味がないような気もする。

「紺と言っても、いろんな紺があるんですよ。ほら、これなんか」

靖子は色見本のページをめくった。

「この藍《あい》は浴衣《ゆかた》によく染められるもので、清潔で凛《りん》としているでしょう。こっちは少し紫がかっている茄子《なす》紺。この褐《かち》っていうのも味わい深い色ですけど、少し色目が重めかもしれません。だったら、紫も……こっちに紫があるんです」

靖子は分厚い見本を必死にめくる。

「そうそう、これです。この濃紫《こむらさき》もいい色でしょう。こっちは紫紺、それに江戸紫。紫と言っても落ち着いた色ですから、品よく染め上がると思います」

その必死に選ぶ靖子の様子に、理々子はふと胸が熱くなった。

不意に、おずおずとした口調で靖子が尋ねた。

「お母さま、お店をなさっていらっしゃるんですね……」

「ええ。昔、芸妓《げいぎ》をしていたんですけど、父と結婚して辞めて、でも、じきに父が亡《な》くなってしまったので、置屋をしていた祖母とふたりで小料理屋を始めたんです」

「そうだったんですか……」

今、靖子の胸には過去が去来しているに違いない。かつての夫、置いてきた子供。二十五年という月日が、ふたりの前に横たわる。

「この茄子紺、いい色ですね」

理々子は色見本のひとつを指差した。

「お気に召しましたか?」

「ええ、これなら母に似合いそうです」

靖子が目を細めた。

「これ、私も大好きな色なんですよ」

高久の名は裾《すそ》に染め抜いてもらうことにした。枚数は六枚。それだけあれば替えにも便利だろう。

「申し訳ありませんが、仕上がりにはたぶん、ひと月ぐらいかかってしまうと思います」

「結構です。それで、お値段なんですけど」

すると、靖子はまるで悪いことを口にするかのように、遠慮がちに言った。

「それはできましたら、私からのお祝いということにさせてください」

「いいえ、それは困ります」

理々子ははっきりと首を振った。

「ほんの気持ちですから、これくらいさせてください」

靖子は懇願するような目を向けている。残してきた娘と、その娘を育てた母親。そのふたりに対して、何かしたいという靖子の思いはわからないでもなかったが、やはりその申し出を受けるわけにはいかない。

「お気持ちは嬉しいです。でも、この前掛けは娘ふたりで贈るつもりなんです。ですから、代金を受け取ってもらわないと、私たちの贈り物でなくなってしまいます」

靖子はうなだれるように目を伏せた。

「そうですか……ごめんなさいね、余計なことを言ってしまって。では、出来上がりました時にいただくことにさせてください」

「それでいいんですか」

「もちろんです。ありがとうございます」

「じゃあ、ひと月後にまた伺います」

「ええ、お待ちしてますから」

靖子は丁寧に頭を下げた。ただ、申し出を断ったせいか、その表情がどこか寂しげに見えて、理々子はそれが気掛かりだった。

「いつか」振り向きざまに言った。

「いつか、一緒に母の店に行きませんか」

靖子が目を丸くする。

「そんな、私なんてとんでもない。とてもお会いできる立場じゃありません」

首を振り、目を伏せた。

「こうしてあなたに会えただけで、私はもう、それだけで……」

「母は、少しも気にしないと思います。あなたのことを教えてくれたのも母です。そういう人なんです、母って」

「………」

「母は、どこかあなたに似てます。いえ、あなたが母に似ているというか……変ですね、こんな言い方。じゃあ、ひと月後にまた来ます」

理々子は『華や』を後にした。

『ピュア・マインド』が始まって三週目、今夜は第九回の放映だ。

ドラマは全十六回。後半から理々子の名前も出すということだから、今夜がその日になる。いつものようにビデオをセットし、理々子は胸を高鳴らせながらテレビの前に座った。今頃、音羽と篠、雪緒、そして倉木も画面を見詰めていることだろう。オープニングタイトルが流れた。続いて出演者と今野由梨の名前。いよいよだ。

しかし、そこに理々子の名前はなかった。もしかしたら終了後に流すのだろうか。怪訝《けげん》な思いでドラマ終了を辛抱強く待ったが、そこにも理々子の名前はなかった。

「どうして……」

理々子は口の中で呟《つぶや》いた。

品田は確かに約束したはずだ。それが脚本を書き上げるための条件だった。

理々子はすぐに品田の携帯電話に連絡を入れた。しかし留守番電話のそらぞらしい機械音が聞こえるばかりだ。品田が約束を破った？　まさか、そんなはずはない。あんなにしっかりと約束したではないか。でも、だったらどうして理々子の名前が出ないのだ。とにかく確かめなければ、事情を聞かなければ。

結局、品田が捕まったのは、もう真夜中と呼んでいい時間だった。疑問と腹立たしさで混乱した理々子は、電話口で詰め寄るような口調になった。

「品田さん、どういうことですか。どうして私の名前が流れないんですか。約束が違うじゃないですか」

そんな理々子の興奮をはぐらかすかのように品田はのんびりした声で答えた。

「ああ、そのことなんだけど、ちょうど説明しようと思っていたところだったんだ」

「じゃあ、説明してください」

「ちょっと電話じゃなんだから」

「私は電話で構いません」

「込み入った話だから、明日、飯でも食いながらゆっくり話そう。この間の銀座の店、覚えているかな」

「ええ……」

「じゃあ、そこで七時に会おう」

食い下がりたい気持ちはあったが、品田の柔らかい物言いの陰には有無を言わさぬ強引さがあり、理々子は引き下がるしかなかった。

その夜、なかなか寝付けなかった。

名前が出なかったことはもちろんショックを受けていたが、期待していたはずであろう音羽や篠、雪緒が、どんな気持ちでドラマを見終えたか、それを思うと面目ない思いでいっぱいになる。そして、倉木は何を思っているだろう。もしかしたら嘲笑《ちょうしょう》を、もしかしたら同情しているだろうか。それを想像しただけで、情けなさのあまり、身体《からだ》が絞り上げられそうだった。

翌日。

約束通り、七時に店に入った。品田はなかなか現れない。結局、一時間近くも待たされることになった。

「いや、悪かったね。ちょっと会議が長引いて」

ようやく品田がやって来た。

「ビールでいいかな」

「それより、話を聞かせてください」

理々子の言葉など無視して、品田は仲居を呼び、ビールを注文した。

「名前が出ないのは昨夜だけですよね、今夜には出るんですよね？」

ビールが運ばれて来た。品田が自分と理々子のグラスにビールを注ぐ。とても飲む気にはなれない。

「だって品田さん、約束しましたよね」

品田はグラスを口にし、ようやく顔を向けた。

「今夜も出ない」

「え……」

「最終回まで、君の名前は出ない」

あまりに唐突で、理々子は返す言葉も見つからない。

「約束をホゴにしてしまったことは謝る。けれど、どうしようもない。君の名前は出さない」

「どうしてですか」

問う理々子の声は擦《かす》れている。

「今回のドラマは、健康的で清潔感のあるラブストーリーだ。実際、いいドラマに仕上がったと思うよ。視聴率もいいし、スポンサーも喜んでくれている」

「だったら、どうして……」

品田が静かにグラスを置いた。

「今野由梨が脚本を書く。それが前提だからだ。だからこそ、スポンサーもついてくれた。今更、違う誰かの作品にはできない」

「だって……」

「そういう契約をしている。スポンサーとも、今野由梨の母親とも」

「じゃあ、最初から私の名前なんて出す気はなかったんですね」

品田は表情ひとつ変えないで頷《うなず》いた。

「そうだ」

「騙《だま》したってことじゃないですか」

理々子は声を上げた。

「どう受け取られても仕方ない」

「そんな」

「チャンスはこれからだってある。君には才能があるとわかっただけでよかったじゃないか。とにかく、今回はすべて金で解決させてもらう。通常のギャラにかなりの色をつける。それで納得して欲しい」

納得なんてできるはずがない。しかし、品田は話を締め括《くく》るかのようにビールを飲み干した。

「君がどう思おうと、君の名前は出ない。結論はひとつしかないんだ」

アパートに戻って、理々子は床に座り込んだ。

契約と言っていたが、何も由梨の名前を外せと要求したわけではない。脚本家の名前に理々子が小さく加わる、ただそれだけではないか。由梨にいったいどれほどのデメリットがあると言うのだ。何より、品田は最初からその気などなかった。それを口にすれば残りの脚本を理々子が書かなくなると見込んで、書き終えるまで口を噤《つぐ》んでいた。もともと仕組まれていたのだ。それに気づかず、有頂天になって必死に書いていた自分がこっけいだった。

私は、品田と由梨の母親に利用されただけだったのだ。おとなしく受け入れれば、次の仕事が貰《もら》えるかもしれない。けれども怒りは治まらなかった。泡のようにふつふつと胸の奥底から立ち上って来て、理々子は唇を噛《か》み締めた。

このまま黙って引き下がるわけにはいかない。

理々子は顔を上げた。

『理々子は、川の向こうに行きたいと思ったら、たとえ橋が途中で崩れ落ちていても、走り出してしまう子やさけ』

音羽と篠の言葉が、頭の隅にちらりと蘇《よみがえ》った。

翌日、久しぶりに今野由梨の家を訪ねた。

玄関先には花が咲き誇り、白壁とテラコッタに包まれた家は、童話の中の愛らしい城のようにも見える。チャイムを押して名前を告げると、由梨の母親の硬い声がした。

「どうぞ、お入りください」

けれども、玄関に入った時にはもう、母親はさっきの声とは打って変わって明るく出迎えた。

「いらっしゃい、高久さん。お久しぶりね。どうしていらっしゃるかしらって、ずっと気になってたのよ。さあ、どうぞ、お上がりになって」

理々子は黙って従った。リビングに通され、ソファに座るよう勧められた。

「いま、お茶をいれますね」

あくまで由梨の母親は愛想がいい。

「どうぞお構いなく。今日は脚本の件でお話させていただくために来ました」

理々子が言うと「そう」とあっさり頷き、由梨の母親がソファの向かいに腰を下ろした。その時はもう、表情から笑みは消えていた。

「じゃあ、そのお話とやらを伺いましょうか」

見方によっては、すでに開き直っているようにも感じられる。

「品田さんと組んで、私を騙したんですね」

「何のことかしら」

「私の名前を、脚本家として出すのがそんなにお嫌ですか」

由梨の母親が声を立てて笑った。

「何をおっしゃってるの、あなたはまだ脚本家じゃないでしょう」

言葉に詰まった。

「もともと、あなたは単なるアシスタントとして由梨に雇われた身なんですから、名前を出すこと自体、約束が違います」

「確かに、最初はアシスタントということでした。でも、由梨さんはまったく書けなくて、私がすべて仕上げたものです。それはアシスタントの仕事を超えています。それは、あなたも知っているはずです」

「そんなことは、こちらには何の関係もないことです。誰が何を書こうと、由梨の名前で発表される以上、それは由梨の作品なんですから」

由梨の母親は強い意志を見せる。ここで言い負かされてしまったら、何のために訪ねて来たのかわからない。

「視聴率を取ったのを、あなたはまさか、自分の力だなんて思ってないでしょうね。由梨の名前があったからこその視聴率なんです。人気タレントのキャスティングだって大手のスポンサーだって、由梨が書くからこそついてくれたの。あなたの名前でいったい何ができたかしら。そのこと、勘違いされちゃ困るわ」

「黙ってろってことですか、私にこのまま引っ込んでいろって」

「それ相応のお金が入るでしょう」

「お金なんて」

「受け取らないつもりなの?」

「もちろんです」

「受け取りなさい」

由梨の母親は語尾に力を込めた。

「そんなこと」

「受け取らなくて、どうするの。もしかしたら、自分が書いたって業界に触れ回るなんてことを考えていらっしゃるのかしら。だとしたら、おやめなさい。そんなことをしたら、由梨だけじゃない、品田の面子《めんつ》は丸潰《まるつぶ》れよ。あなたはわかってるの? この業界がどんなに冷酷なものか。そんなことをすれば、あなたも由梨も、ふたりとも潰されてしまう」

理々子は思わず息を呑《の》んだ。

「品田は、それくらいはやる男よ。一番大切なのは自分の立場だけ。そういう男よ」

意外だった。由梨の母親と品田は手を組んでいると思っていた。品田へのあの親しげな態度は、計算の上でのことだったのか。

ふと、母親の口調が変わった。

「確かに、由梨はもう書けないかもしれません。そんな精神状態でないことは、私もわかっています。でも、由梨の経歴に傷をつけるようなことだけはさせません。今のドラマが視聴率を取り、惜しまれながら由梨は引退する。若き天才脚本家という華やかな経歴を残して。それだけが、きっと由梨を支えてくれるはずです。私は由梨を守りますから。何があっても、どんなことをしてでも、由梨を守りますから」

理々子は黙った。そんな身勝手になぜ自分が犠牲にならなければならないのか、その腹立たしさはある。けれども、母が娘を守るための必死な姿に、理々子はもう何も言えなくなっていた。

母娘《おやこ》◇雪緒

理々子に連絡しようか、雪緒は迷っていた。

ドラマのテロップに名前が流れなかったことには、たぶん、さまざまな事情があるのだろう。理々子の携わる世界が、どんな形で成り立っているのかはわからないが、想像はつく。

あの時、あんなに嬉《うれ》しそうに宣言しただけに、きっと顔向けできないと思っているに違いない。雪緒にすれば、そんな今の理々子の気持ちの方が気になっている。

真《ま》っ直《す》ぐな分、融通の利《き》かないところのある理々子には、生きにくい面もあるだろう。このまま放っておくのは心配だが、雪緒から連絡をすれば、却《かえ》って理々子を追い詰めてしまうようにも思えた。音羽と篠も、今頃きっと同じことを思って、気を揉《も》んでいることだろう。

だから、理々子から電話があって、本当にホッとした。

「ああ、かっこ悪い」

理々子の声はから元気だとすぐにわかる。雪緒は気づかないふりで答えた。

「いろいろ大変そうね」

「最初は、騙されたも同じって気持ちがあったから、出るところに出てやろうかなんて思ったんだけど、いろいろ考えて、今回はゴーストに徹することに決めたの。ほんとはすごく腹を立ててるのよ」

「そりゃそうよ。でも実力はあるってわかったんだから、またチャンスはあるって」

「そうね、そうだといいんだけど」

ふと、声にいくらか弱気が混ざった。

「大丈夫だって、実際にあんなに面白いんだもの。理々子の才能がこのまま終わるわけがないじゃない」

雪緒が力を込めて言うと、電話の向こうで理々子が苦笑した。

「雪緒に言われてもなあ」

「だって、テレビドラマは一般人が観《み》るものでしょう。こういう素人《しろうと》の意見ってとっても大事だと思うわよ」

「そうね、確かに」

「金沢には電話した？」

「うん、さっき」

「何か言ってた？」

「それがさ、おばあちゃんもかあさんも、自分の話ばっかりよ。おばあちゃんは新婚旅行を温泉にしようかハワイにしようか迷ってるっていうし、かあさんは山崎さんとの惚気話《のろけばなし》ばかりだし。少しは娘の挫折《ざせつ》に心を痛めてよって呆《あき》れたわ」

もちろん、そうやって話をはぐらかすことが、音羽と篠の精一杯の気遣いの現われだということは、理々子もわかっているだろう。

「ああ、そうそう、お祝いの前掛けのことだけど、頼んでおいたわ。出来上がるまで一か月ぐらいかかるらしいけど。いい色があったの。あれならきっとかあさん、気に入ってくれると思う」

「楽しみだわ」

それから雪緒は改めて尋ねた。

「ねえ、実の母親と対面するってどんな感じだった？」

「そうだなぁ、でも、思ってたより動揺しなかった。人にはいろんな事情があるんだってことぐらい、私もわかる年になったってことかもね。ただね、その人、どこかかあさんと似てるの。雰囲気っていうのかな。弱そうなのに強くて、しっかりしていそうで涙もろいとこなんか。何だか、父親の好みのタイプがわかって笑っちゃった」

「そういうのを聞くと、ちょっと羨《うらや》ましい気もする」

雪緒は小さく息を吐いた。

「あ、ごめん」

理々子の声が翳《かげ》る。

「そんなんじゃなくて、ほら、私の母親はもう死んでるし、父親の方なんて存在そのものがまったく実感できないじゃない。どんなものかなって想像しただけ。別に口にするほど、懐《なつ》かしさも寂しさもないんだけどね」

「私だって父親っていったって五歳までの記憶だから、頭に浮かぶのが実像なのかもよくわからない。そういう意味で、うちに父親の存在はなかったけど、おばあちゃんとかあさんで十分って感じだったし」

雪緒は笑ってしまう。

「ああ、それ、わかるわ」

「世間的には、芸妓《げいぎ》をしてて、今は小料理屋なんてやっているから、女を売りにして来たみたいに思ってる人もいるけど、ああいう商売は女の意識じゃやれないのよね」

「まったくだわ。時々、うちにはおじいちゃんと親父《おやじ》がいるんじゃないのって思ったもの。澤木さんも山崎さんも、そのこと、知ってるのかしら」

「これからが見ものね」

電話を切った頃には、すっかり気持ちも軽くなっていた。理々子なら、きっとまたチャンスはやって来る。そういう逞《たくま》しさをちゃんと持っていると信じている。

理々子から実母の話を聞いたせいか、雪緒は思い立って、母の写真を取り出した。雪緒を胸に抱いた母は、この世の中に不幸など存在しないような無垢《むく》な笑みを浮かべている。好きで好きでたまらない男の子供を産んだという満足感が表情からこぼれ落ちている。それを見ただけで、決して意地や執着からの決心ではなかったとわかる。

ただ、とやかく言う人間が周りにいることは仕方ないと、雪緒は子供の頃から受け入れていた。優等生を通したのは、そういう悪意に付け込まれる隙《すき》を与えたくないという思いもあったからだ。実際、雪緒はうまくそれらをかわして来られたと思う。どんな時でも、雪緒は自分の立場を卑下するような態度をとったことは一度もない。それは虚勢というより、音羽と篠の強く逞しい生き方を目の当《ま》《あ》たりにして来たからだ。

だからこそ、雪緒は先日の篠の言葉を理解しがたく感じていた。篠が純市のことを口にした時、いつもの鷹揚《おうよう》さはなかった。まさかと思うが、旧家の息子である純市とでは釣り合いが取れない、などという思いがあるのだろうか。

こんなことを考えてしまうのも、名古屋に戻ってすぐ、純市からメールが来たからだ。

『会えて楽しかったよ。元気そうな姿を見てほっとした。川出さんのことも聞けて安心した。こうして考えてみると、高久と春に会ってから、何だかいろんなことがあったような気がするよ。何があったのかと訊《き》かれたら、うまく答えられないのだけど、少なくとも、俺の気持ちの中に何かがあったことは確かだ。あったというより、起こった、気がついた、変化した、そんな言い方がふさわしいかもしれない』

純市のメールは続く。

『実は、海外の樹木も見てみたいと思っているんだ。日本の木々も素晴らしいが、木を守る、自然を残すという意味で、海外の充実した国立公園なども見学しておきたい。今、考えているのはカナダのヨーホー公園だ。ロッキー山脈の大自然を宝と考えている国や人々の意識を感じてみたい。それでだ、よかったら一緒に行かないか。唐突な誘いで、驚くだろうな。当然だ。不躾《ぶしつけ》だったらごめん。ただ、高久と一緒に行けたら楽しいだろうなと、まあ、俺のちょっとひとりよがりな希望というわけだ。チケットは俺に任せてくれ。なあに、それぐらいの貯《たくわ》えはあるさ。返事は急《せ》かさない。それだけの休暇を取るのもそう簡単には行かないだろう。ゆっくり考えて答えてくれたらいいよ』

純市の誘いを受ければ、その時から、ふたりの関係は今までとは違ったものになる。そうなることだけはわかる。

それを自分は嫌がっているだろうか。

雪緒はストレートに自分に問うた。答えは「NO」だ。純市と共に、自然の中を歩き、新鮮な空気を吸い込みたいと思う。それは、純市と今までとは違う形の関係を築いてゆきたいということに他ならない。

だったら何を迷うことがあるだろう。すぐに承諾の返事を書けばいい。

けれども、やはり篠の言葉が引っ掛かっていた。なぜあの時、篠は戸惑うように純市とのことを尋ねたのか。理々子に対しても、雪緒にも、ずっと「自分の思うがままに生きなさい」という姿勢でいてくれた、進学も就職も、みな、雪緒の希望を聞き入れてくれた。

純市に返事を出す前に、どうしても、その疑問に答えを出しておきたかった。そうでなければ、自分自身に決着をつけることができないような気がした。

週末、雪緒は昼過ぎに金沢に電話を入れた。

日中は雪緒が仕事で、夜は音羽も篠も店が忙しい。ゆっくり話ができるとなると、休みの日曜日ぐらいだ。

「あ、かあさん、私。雪緒」

「あら、どうしたが」

「うん、ちょっとね……そうそう、理々子のことだけど、残念だったね」

「ほんとやねえ、私も期待してビデオに録《と》っておいたんやけど」

「私も同じよ、見逃したんじゃないかって、もう一度、ビデオを最初から見直したくらい」

「でも、私らのがっかりより、理々子の方がどれほどがっかりしたかと思うと、なんかてきなくてね」

「電話では強がり言ってたけど、やっぱり相当ショックだっただろうな。でも、理々子ならきっとやってくれる。理々子はいつだって、叶《かな》えられない夢はないって宣言しているような子だもの」

篠が笑った。

「ほんとや、あの子ははしかいから、私も大丈夫やって思っとるけど」

そんな話をしながらも、雪緒はどう切り出そうか、頭の中で考えていた。それはどこかで、聞くのが怖いという思いがあるからかもしれない。篠に反対されたら、どう説得すればいいのか。今まで、そんな経験がないだけに、どんな言葉を口にしていいのかわからない。けれども、このまま無意味な会話を続けていてもしょうがない。篠の方も怪訝《けげん》に感じ始めているのがわかる。

「あのね」

雪緒は口調を変えた。

「うん？　どうしたが」

「この間、かあさんが言ったことなんだけど」

「何やったかいね」

心なしか、篠の声に強張《こわば》ったものが含まれる。

「瀬間くんのこと」

母は黙った。

「もしかしたら、私の勘繰り過ぎかもしれないけれど、何だか、付き合っちゃいけないみたいに聞こえたの」

短い沈黙の後、母が尋ねた。

「雪緒はこの間、お付き合いしてないって言っとったわね」

「うん、付き合ってない。付き合ってはいないけれど、かあさん、今まで一度だってそんなこと言ったことないでしょう。瀬間くんのことだけ、どうしてかなって不思議に思ったから」

しばらく返事がなかった。

「かあさん、聞こえてる？」

「雪緒、悪いけれど、後から電話するわ。それでもいい？」

篠が唐突に言った。

「え……いいけど」

「ごめんね。ほんなら、後でね」

電話が掛かってきたのは、それから一時間ほどしてからだった。それも、母ではなく音羽からだ。

「あら、おばあちゃん、どうかしたの？」

「篠から聞いたわ」

「そう」

「いつかはあんたに話さんといかんと思とったが」

「何を？」

「何となく言いそびれているうちにこんなに時間がたってしまって。もっと早く話せばよかったと、今、とても後悔しとるわ」

雪緒は緊張した。今から音羽が口にすることは、たぶん、自分の一生を変える。そんな気がした。


その夜、一睡もできなかった。

朝になって、会社には休む連絡を入れたが、昼が来ても、太陽が翳り始めても、雪緒はぼんやり宙ばかりを見つめていた。

玄関のチャイムが鳴っている。

聞こえてはいるのだが、雪緒はそれを実感できずにいた。音羽から聞かされた言葉が、頭の中で、濁った液体のように揺れている。今はそれを持ちこたえているだけで精一杯だった。やがてドアがノックされた。

「雪緒、私よ、理々子。いるんでしょう、ここ開けてよ」

「理々子……？」

ようやく意識が目覚め、雪緒は立ってドアに近付いた。ロックをはずすと、切羽詰まった顔つきの理々子が立っていた。

「よかった、いてくれて」

言いながら、安堵《あんど》したように肩から力を抜いた。

「どうしたの、理々子」

「かあさんから電話をもらって、すぐに雪緒に掛けたのに全然でないから、もう、いても立ってもいられなくて新幹線に飛び乗ったの」

もう外は薄暗い。

「大丈夫？」

「とにかく上がって」

雪緒は理々子を部屋に招き入れた。

「まさか、こんなことになるなんて、かあさんから聞いて本当にびっくりして……ほんとに、何て言ったらいいのか」

「コーヒー、いれるね」

「いいのよ、そんなの。とにかく座って」

理々子に言われ、雪緒は床に座り込んだ。自分が今、どういう状態でいるのかよくわからなかった。

「雪緒、ごめん。私ったら無責任にふたりを煽《あお》るようなこと言って」

「いいのよ、理々子は何にも知らなかったんだもの。私だって、まさかこんな事情があるなんて、考えてもみなかった」

「おばあちゃんもかあさんも、ものすごく心配してた。すべては自分たちの責任だって」

雪緒は静かに首を振った。

「ううん、ふたりのせいじゃない。このことは、誰かのせいにできることじゃないから」

泣くつもりなど毛頭なかった。もっとひんやりしたものが身体《からだ》を支配していた。純市と異母兄妹だなんて、そんなこと、誰が想像できただろう。

「雪緒……」

理々子が雪緒を胸に抱く。ふっと、タガがはずれたように涙が溢《あふ》れた。理々子の前では泣いていい、どれだけ弱くなっても構わないんだと、雪緒は思った。

皮肉な運命。そんなものが、これ以上、自分の人生に関わってくるなど考えてもいなかった。ただ、ひとつの救いは、純市と始まる前だったということだ。特別な感情を持ったのは確かだ。けれど、それはまだ答えを形作ってはいなかった。言ってみれば、とば口に立ったところだった。

ひとしきり泣いた後、雪緒は少しずつ冷静さが戻ってくるのを感じた。後戻りできる、そう思う。理性が勝つ、それを信じられる。雪緒は涙を拭《ぬぐ》って、理々子から離れた。

「やだ、ちょっと恥ずかしい」

「馬鹿《ばか》ね、姉妹じゃないの」

そう言う理々子の目の縁も赤く染まっている。

「わざわざ東京から来てくれるなんて」

「雪緒には今までたくさん助けてもらった、こういう時に役に立てなくてどうするのよ」

交わす言葉は少なかった。理々子は雪緒を案じ、雪緒はその心遣いに安堵する。

「ねえ雪緒、小さい時、ふたりで内灘《うちなだ》海岸に家出したの、覚えてる？」

唐突に理々子が言った。

「もちろん、覚えてる」

雪緒は頷《うなず》く。

「今まで、私にもいろんなことがあった。こんな私だけど、ほんとにつらくて、もう死んでしまいたいって思ったこともあったのよ。でもね、その時いつも思い出すの。雪緒と内灘海岸で見た夕陽のことよ。太陽が帰る場所を持っているように、私にも、金沢の家と、おばあちゃんとかあさんと雪緒がいるんだって。そのことが、どんなに私を助けてくれたかわからない」

雪緒はただ黙って頷いた。

それから一晩中、ふたりでどうでもいいようなことを話した。小さい頃の失敗や冒険。そこにはいつも浅野川があり、卯辰山《うたつやま》があり、雨があり、雪があり、風があった。それらが脳裏に浮かぶたび、雪緒の胸の中の無数の亀裂《きれつ》が、ひとつずつ埋まってゆくようだった。

翌日、理々子は朝一番の新幹線で東京に帰って行った。駅まで見送ってから、雪緒は会社に行き、するべき仕事をこなし、八時近くにひとり部屋に戻って来た。

してておかなければならないことがある。

雪緒はパソコンを開いた。

『瀬間くん、メールをありがとう。残念だけれど、ヨーホーには一緒に行けません』

そこまで書いて、少し、文字が滲《にじ》んだ。

『勝手な言い分だけれども、私たちは、ありがちではない、違う形の信頼を築けるような気がします。私はそれを信じたいと思います』

いつか、純市も本当のことを知る時が来るだろう。その時、何を思うか。傷つき、悩み、怒るだろうか。ただいつか、どんな遠いいつかでも構わない、自分たちの背負ったものものもひとつの巡り合わせだったのだと、懐《なつ》かしく語り合うことができるようになりたい。そのためにも、今、十分に胸を痛めておくことが必要なのだ。

『ありがとう、瀬間くん。お元気で』

雪緒の指が、ゆっくりと最後の文字を打ち込んだ。

望み ◇ 理々子

「笑ってくれていいのよ」

理々子が言うと、向かいに座る倉木は困惑したように眉《まゆ》を顰《ひそ》めた。

「これで脚本家として認められるなんて、調子に乗ってた私を馬鹿だと思ってるんでしょう」

「やめろよ」

倉木の口調は硬い。

「そんなこと、思うはずがないじゃないか」

「私は思ってる。まったくもって馬鹿みたいって」

新宿の居酒屋は混んでいた。客はサラリーマンが多く、ずいぶんと賑《にぎ》やかだが、
理々子の気持ちは頑《かたく》なままだ。

「いろいろあるさ。いろいろあって当たり前の世界なんだから。それぐらい、俺も知ってる」

倉木はビールを、理々子は焼酎《しょうちゅう》を飲んでいる。

やはり連絡などしなければよかったと、理々子は臍《ほぞ》を噛《か》んだ。けれども、何もしなければ「連絡できないくらいショックを受けている」と、同情されてしまいそうにも思えた。同情されるくらいなら、呆《あき》れられた方がずっとマシだ。そう思って来たはずなのに、こうして倉木と向かい合っていると、やはり気持ちが塞《ふさ》いでくる。どんなに虚勢を張っても、倉木の目に浮かんでいるのは同情でしかないように見えてくる。

「だからって、私は諦《あきら》めたりしないから」

理々子は語調を強めた。

「ああ、理々子ならやるさ」

「だって、ここで諦めたら、今までやってきたことは何だったのってことになるもの」

「うん、その通りだ」

「たとえ、芽がでなかったとしても、やりたいことをやってるんだから、悔やんだりもしない」

「それはとても大切なことだと思う」

「安全な道を選んで、退屈に生きたくないの」

「ああ、人生は一度しかないんだからな」

理々子はテーブルを拳《こぶし》で叩《たた》いた。

「やめて」

自分でも、険が含まれているのがわかった。

「まるで子供をあやすみたいに、うまく話を合わせないで」

倉木の表情が曇る。

「そんなつもりはない。でも、そんなふうに聞こえたなら謝る」

その言葉に、理々子の気持ちはさらに逆撫《さかな》でされた。

「何なのいったい、私を哀れんでいるの？ 優越感に浸っているの？」

倉木は深く息を吐き出し、ビールを飲んだ。

「どうして俺がそんなことを思うんだ？」

「そう思って当然の状況だからよ」

理々子は顔をそむけた。

「理々子はいったい俺にどうして欲しいんだ？ 何をどう言われたいんだ⁇ 理々子の前で、どういう俺であれば気が済むのか言ってくれ、その通りにするから」

顔をそむけたまま、理々子は首を振る。

「そんなこと、わからない」

「理々子がわからないのに、どうして俺がわかるんだ」

それから、倉木は穏やかな口調で続けた。

「理々子に結婚を断られた時、言われたことをよく覚えてるよ。逃げ出すために私を利用するなって言ったんだ。あれはショックだった。断られたこともそうだけど、言い当てられたことの方が大きかったんだ。俺は確かに、自分の夢を諦めるために結婚って言葉を持ち出した。情けない話だけれど、理々子に指摘されるまで、自分ではまったく気づかなかったよ。むしろ、男らしいだろう、ぐらいの気分でいたんだ」

理々子は黙って焼酎のグラスに手を伸ばした。

「あれから、俺たちの関係は違ったものになった。なった、と言うのは違うな。少なくとも俺は、そうなろうと頑張ったよ。理々子と結婚できなくても、理々子という存在は失いたくないと思ったから。でも、それは結構きつい作業だったな。そういう俺の気持ちを、理々子は知っていたんだろう？」

知っていたと言えば、自分の狡《ずる》さを認めることになる。けれど確かに、理々子は倉木の気持ちを知っていた。知っていて、知らないふりを通した。

「いやな女だと自分でも思う」

理々子はようやく口を開いた。

「そんなことはないさ。俺は、理々子を利用して夢を諦めた。だから、理々子には俺を利用して夢を諦めないで欲しいと思った。おあいこさ」

「……おあいこ」

「あまりいい言葉じゃないかな」

「いいのよ。あなたはもう、私にも自分にも、後ろめたい思いなんて持つ必要はないの。自分の仕事を楽しんでいるんだから」

「確かにそうだ。それでも、時々思うんだ。もし、スチールカメラマンの夢を捨てていなかったらって。これからも、いや、たぶん一生、記念写真を撮りながら、これでよかったのかって立ち止まるんだろうな。今からその想像がつくことが怖いよ」

「でも、スチールカメラマンになっていたって、きっと思うはずだわ、本当にこれでよかったのかって」

「そうかもしれない」

倉木は自嘲《じちょう》した。それから、唐突にこんなことを言い出した。

「もし、理々子が望むなら、結婚はやめたっていいんだ」

理々子は倉木を見つめ直した。

「何を言ってるの？」

「家業を継いだら、次は見合いだった。婚約したら、二世帯住宅に住みたい、孫の顔が見たいと来た。親の欲求は終わりがない。まあ、それでもいいと思った。俺には似合いの人生だ。結婚して、子供を作って、年賀状には子供の写真を載せる、そんな生き方も悪くないってね。彼女も申し分のない結婚相手だ」

理々子は、下北沢のバーで見た彼女のことを思い出した。気持ちのいい印象があった。賢そうで明るそうで、理々子に向けた笑顔はそのまま彼女の人柄を現していたように思う。

「だから、もう理々子には会わないでおこうと決めたんだ。それなのに、結局、こうして出て来てしまう」

「私が強引だから」

「そうじゃないさ、俺が会いたいからだよ」

正面から倉木の視線をまともに受けて、理々子は返す言葉を探しあぐねた。

「言ってくれないか、理々子はいったいどうしたいんだ。俺はどうすればいいんだ」

胸に溢《あふ》れる言葉の中から、いちばんふさわしいものを選ぼうとするのだが、理々子にはそれが見つけられない。自分はいったい倉木に何を望んでいるのだろう。どうなりたいのだろう。答えはどこに隠れているのだろう。

望み◇雪緒

雪緒は仕事に没頭していた。

時折、胸が締め付けられるような息苦しさに包まれることもあったが、そんな時は、目を閉じ、ゆっくり呼吸して気持ちを整える。そんなコツも少しずつ摑《つか》めるようになっていた。

純市から、その後連絡はない。それはしょうがないことだと思っている。雪緒のメールをどんな気持ちで純市が読んだか、それを考えると気持ちが塞ぐ。どんな形であれ、拒否を受け入れるには抵抗があるだろう。

結局、こんな形で縁が切れてしまうことになったが、自分たちにはやはり長い時間が必要なのだと思う。

そんなことを考えていると、オフィスの交換台から「三番に瀬間さんという方からです」と電話が回ってきた。

どうして。

雪緒は緊張しながら三番のボタンを押した。

「はい、高久です」

「瀬間と言います」

純市と似ているが、本人の声でないことはわかる。

「純市の父親です」

雪緒の受話器を持つ手がわずかに震えた。

「突然、申し訳ないのだけれど、退社後に時間を取ってもらえないだろうか」

迷った。会いたくない気持ちと、会いたい気持ちが半々に雪緒を揺らす。返事に迷っていると、瀬間はホテルのティールームの名を言った。

「何時でも構わない。私は五時からずっとそこにいる」

それから退社までの間、雪緒は迷い続けていた。同じ金沢の、隣町に住みながら、純市の父親と顔を合わせたことは一度もない。

会って、何を話せばいいのだろう。どんな顔をすればいいのだろう。過去に何があったかはわからなくても、結局のところ、母と雪緒を捨てた男だ。母は未婚のまま雪緒を産み、雪緒は認知されることもなく、そして、やがて母は死んだ。

もう、とうに忘れていたはずの怒りが、静かに頭をもたげてきた。わざわざ会うことはない。けれども、避ける必要もない。雪緒には、会えない理由など、ただのひとつもない。

仕事が終わったのは六時を過ぎていた。七時少し前、ティールームのドアを押すと、奥の席から、中年の男が立ち上がった。瀬間に違いない。雪緒はゆっくりと近付いて行った。二時間も待たせたことになるが、勝手に待っていたのは純市の父親の方だ。

「わざわざ悪かった」

瀬間が言った。

「いいえ」

雪緒は軽く頭を下げ、向かいの席に腰を下ろした。コーヒーを頼み、それが出て来るまで互いに口を開かなかった。瀬間は言葉を選びあぐねているようであり、雪緒は自分から口火を切る気にはなれなかった。

ウェイターが姿を消して、ようやく瀬間も決心したようだった。

「済まないと思っている……こんな言葉で解決できる問題ではないことはよくわかっている。本当に、君には何て言って謝ればいいのかわからない。申し訳ない、心から謝る」

実際に、瀬間は膝《ひざ》に手をつき、うなだれるように頭を下げた。

「私は、あなたに謝ってもらいたくてここに来たわけではありません」

「そうか」

瀬間が頷《うなず》く。

「いったい何からどう話せばいいのか……先日、音羽さんから連絡をもらって、それで初めて事情を知った。言い訳がましく聞こえるかもしれないが、君が私の娘だったなんて、その連絡を貰《もら》うまでまったく知らなかった」

雪緒は驚いて顔を上げた。

「まさか」

「本当のことだ」

「でも、そんなこと」

「みつ子……いや、君のお母さんと出会って、私たちは、何て言うか、離れがたい間柄になった。その気持ちに嘘《うそ》はない。そのことだけは今もはっきり言える。もう三十年も前の話だ。私は一生、彼女の面倒をみるつもりだったし、生活に困らないだけのことをするつもりでもいた。けれども、どうしても与えられないものがあった。結婚だ。そして、子供も困る。そのことを彼女も納得してくれているとばかり思っていた」

瀬間はようやく顔を上げた。

「それがある日、彼女から突然、芸妓《げいぎ》を辞めて金沢を離れると言われた。理由を聞いたら、結婚すると言うんだ。正直言って驚いたよ。まさか、そんな簡単に心が変わるとは思ってもいなかったからね。そんなに結婚がいいのか。結婚さえできれば誰でもいいのか。今思うと、見当違いもはなはだしいんだが、あの時の私は裏切られたような気持ちだった」

「母の言葉をそのまま信じたんですね」

「妻が、少し不安定な状態になっていた。発作的に何をするかわからなくて、私も相当参っていた時期だった」

ふと、純市の言葉を思い出した。川出老人が運ばれた病院の待合室で聞いた話だ。もしかしたら、すべては雪緒の母がきっかけとなっていたのかもしれない。

「しばらくして、彼女は本当に芸妓を辞めてどこかに行ってしまった。行方を調べるような真似《まね》は、男としてしたくなかった。彼女が選んだのならそれでいい。あの時は、自分に必死にそれを言い聞かせた」

瀬間はそこで大きく息を継いだ。

「亡《な》くなったのは、噂《うわさ》で知った。しばらくして、音羽さんのところに君がやって来たと聞いた時、胸に引っ掛かるものはあった。しかし、まさかと思った。君は彼女が結婚した相手との間の子だとばかり思っていた。音羽さんにも聞いたが、きっぱりとそうだと言われた」

「さぞかし安堵《あんど》されたでしょうね」

どうしても咎《とが》める口調になってしまう。

「確かに、そういう自分がいたことは否《いな》めない……これでいいんだ、私とはもう何の関係もないんだ、そう考えているうちに、いつか何もかもが過去になっていった。かつて主計町であれほど愛した芸妓がいたことさえもおぼろげな記憶になってしまった。先日、音羽さんに聞かされた時、愕然《がくぜん》としたよ。まさか、君が私の娘だとは……その娘と息子の純市が……」

「違います」

雪緒はきっぱりと首を振った。

「私と純市さんにご心配いただくようなことは何もありません。いい友人です。それだけです」

「そうか……」

瀬間の頬に安堵の色が浮かぶ。

しばらく言葉が途切れた。窓の向こうはすでに華やかなネオンに包まれている。

瀬間が口籠《くちご》もりがちに言った。

「純市にもいつかこのことは話さなくてはならないと思っている」

「それは」

雪緒は顔を上げた。

「それは、急がないでくれますか」

「どうして」

「純市さんは私と違って真っすぐだから」

「君はそれでいいのかい？」

「はい」

「わかった、じゃあそうさせてもらおう。それよりも、どうしたら君に償えるか、今はその方が大切だ」

「償いですか」

「君に対して、今まで父親としてやるべきことを何もしていない。そのことを強く悔やんでいる。だから、何でも言ってくれないか。今までできなかった分も含めて、私にできることは何でもするつもりでいる」

雪緒はしばらく黙った。自分は何を望んでいるだろう。お金？　認知？　権利？　どれも当てはまらない。考えても何も思い浮かばなかった。

「今までのままで」

雪緒は言った。

「私は、今までのままでいいんです。母は、あなたに最後まで私の存在を明かさなかった。母は、ひとりで産んで、ひとりで育てる決心をしていたんです。私は、その母の決心を尊重したいと思います。母もきっとそれを望むはずです。だから、償いなど何もいりません。私には今、祖母も母も妹もいます。大切な私の家族です。あなたに何か与えられなくても、十分、満ち足りているんです。だから、あなたにしてもらうことなど、何もありません」

母の愛した男は、純市の父だった。そのことで母や、目の前にいる瀬間を恨んでも、今更、どうしようもない。雪緒が純市に惹《ひ》かれるよりずっと前に、母は純市の父に恋をした。愛して愛して、雪緒という子供を産んだ。そこには雪緒の知らない、若い母の、激しい恋の物語があったのだ。それでいいではないか。それですべて完結している。

ため息◇理々子

『ピュア・マインド』は終了した。

善戦したものの、結果としてドラマ部門では第五位の視聴率となった。

番組批評では「前半の新鮮さに較《くら》べ、後半はありふれた展開になってしまった」と書かれたが、それはもっともだと、理々子も思う。勢いを味方にして突っ走った前半に較べ、後半はセオリー通り無難にまとめたという感がある。今野由梨のイメージを損なわないように、という枷《かせ》はあったにしても、アイデアをもうひとひねりするべきだったとの悔いは今も残っている。

けれども、それと同時に、よくやったという思いがあるのも確かだ。初めて書いた脚本が、それなりの視聴率を取ることができたのだ。自分にもやれる。その自信を持つことができた。

ただ、次の仕事に繋《つな》がらない、という現実はどうしようもなかった。当然だが、理々子が書いたことは公開されないのだから、どこからも脚本の依頼などあるはずがない。ここしばらくは今回のギャラで暮らせるが、また、ゴーストライターやアルバイトに明け暮れる毎日を始めるしかないようだ。

今野由梨は「しばらく充電します」という休業宣言をした。微笑《ほほえ》みながら女性誌のインタビューに答える由梨の顔は、自宅で見ていた彼女とは別人のようににこやかだ。いや、本当に別人なのだろう。外に向ける顔と、内にこもる顔。たぶん、由梨自身がそのギャップに喘《あえ》いでいるに違いない。

今はもう、由梨に対してこだわりはない。そんなものなど持ってもしょうがないと思っている。あの母娘が、これからどんなふうに生きてゆくのか、それはあのふたりが決めることだ。

とにかく、何か仕事をしなくては、という思いから、よくゴーストライターの仕事を回してくれる編集者を訪ねてみたが、アテははずれ「悪いわねえ、今はちょっとないのよ」と、あっさり断られた。

「何かあったら連絡するから」

「そうですか。じゃあまたよろしくお願いします」

そう言われると引き下がるしかなかった。ここしばらくは『ピュア・マインド』に没頭していて、編集部から頼まれた仕事を断ったこともある。そう簡単に次の仕事を回してもらえないのも仕方ないだろう。

帰りに、コンビニでアルバイト情報誌を買い、家に帰って夕食を食べながらめくっていった。

もうすぐ二十九歳になる。もうさほど若くはなく、学歴も資格もないとなると、なかなか好条件の仕事は見つからない。水商売をやることに抵抗はないが、その欄にも二十五歳まで、などという年齢制限があって、理々子は現実を思いしらされた。

このままで私、大丈夫だろうか。

胸の中に墨のような不安が広がってゆく。

脚本を書いてもずっと売れなくて、他に仕事もなくなって、食べるにも困って、病気でもしたら……そうしたら、フリーで何の保障もない私はどうなるのだろう。

ふと、倉木から言われた言葉を思い出した。

「理々子が望むなら、結婚はやめたっていいんだ」

理々子さえ承知すれば、倉木は今も、理々子と結婚したいと思っている。

もし、倉木と結婚したら……。

つい、そんなことを想像している自分に気づいて、いっそう気が滅入《めい》った。

ぼんやりしていると、電話が鳴り始めた。

「ああ、僕だ。品田だよ」

いつもながら、品田は穏やかな声をしている。以前はそれを大人と感じた。けれども今は、この人にはもしかしたら感情というものがないのではないかと感じるようになっている。

「ご無沙汰《ぶさた》しています」

理々子は短く答えた。

「視聴率は五位だったけれど、新人としては健闘したと思うよ。いや、よくやってくれた。君には本当に感謝しているんだ」

「そうですか、ありがとうございます」

褒め言葉もどこかそらぞらしく聞こえる。

「それで、相談だが、仕事を頼めないかと思ってね」

それを聞いて、思わず声が弾んだ。

「本当ですか」

「もちろん」

「どんな仕事ですか。書きたいものならたくさんあります」

「二時間もののサスペンスドラマの脚本なんだ」

胸が躍った。

「サスペンスですか、一度書いてみたいと思っていました」

すでに頭の中には、いくつか持っているアイデアが浮かび上がっている。どれにしようか。いや、やはり新しいものを書いてみようか。

「それはよかった。君に頼めたら、脚本家の先生も喜んでくれるだろう」

「え……」

理々子の表情が止まった。

「忙しい先生でね、なかなかひとりじゃ手が回らないんだ。こちらはすぐにでも仕事に取り掛かってもらいたいんだが、いつからなら……」

「待ってください」

理々子は品田の言葉を遮った。

「それはアシスタントということですか？」

「ああ、そうだ。だけど心配することはない。前のようなことにはならないから。それは僕が保証する」

品田の保証なんて、当てになるとは思えない。

「それで、いつからアシスタントに入れる？」

理々子は胸の底から湧《わ》き上がるものを抑えながら答えた。

「もうアシスタントはしません」

「え、何て言ったのかな？」

品田が聞き返した。

「ですから、アシスタントはもうしないって言ったんです」

しばらく品田は黙った。

「それはあまり賢い選択とは言えないな」

品田の声に皮肉が混じっている。

「どういう意味でしょうか」

「君はまだ無名の新人だ。仕事を選んでいられる立場じゃない。チャンスはどこに転がっているかわからないんだ。とにかくやってみる。そこから道が開けてゆくものだよ」

悔しいが、品田の言葉には説得力がある。理々子はすぐに反論できなかった。

「それに、僕を敵に回すようなことがあっては、これから君もいろいろと困ることがあるかもしれないよ。君はこの業界で生きてゆきたいんだろう」

この人は……理々子は息を吐き出した。

「品田さん」

「ああ」

「アシスタントをやらないと言ったのは撤回します。下積みの仕事も一生懸命やろうと思います」

「そうか、それはよかった」

「ただ、信用できない人と仕事はしない。それに言い換えます」

「君……」

一瞬、品田は絶句した。

「品田さんは約束を果たさない人です。そのことに新人もベテランも関係ありません。約束は約束です」

品田は呆《あき》れた声を返してきた。

「仕事には、すべて事情がついて回るものだ。青臭いことを言っていたら、本当に食えなくなるよ。それでもいいのか」

「それで食えなくなるなら本望です。でも、私はいつか必ず脚本家として成功してみせます。ヒットを飛ばして、視聴率も一位を取ってみせます。その時に、品田さんが頭を下げて来ても、私は決してお受けしません。今、それを決心しました」

「はは……」

品田が笑った。

「まあ、いいだろう。意気込みだけは買わせてもらうよ。そんなことを言って、消えていった新人をゴマンと知っているがね」

「そうですか。でも、好きにします。私の人生ですから。では、失礼します」

電話を切って、しばらくぼんやりした。

よくぞ言ったと、褒めたい自分と、あんなことを言ってしまったと、ため息をつく自分がいた。けれどこうなった以上、どうしても脚本家として成功したい。その意志はいっそう強固なものになっていた。もう一度コンクールに挑戦するのもいい、他のテレビ局や映画会社に持ち込むという手もある。どちらにしても、書いて書いて書きまくらなければならない。

そのためにも時間と収入が必要だった。

また電話が鳴り始めた。品田だったら今度はどう言い返してやろうかと、意気込んで出てみると、相手は篠だった。

「理々子、大変なことになったが」

ため息◇雪緒

雪緒は栄《さかえ》地下街の居酒屋で、上司や同僚たちと乾杯をしていた。

マンションが完売になったのだ。

これで、ようやく肩の荷が下りる。当然だが、物件は完売を前提に建て直したものであり、もし売れ残れば、その負担は社が背負うことになる。残ったからと言って値を下げれば、今度は先に買った住人から不満が出る。こじれれば訴訟にも発展しかねない。とにかくマンション完成までに、モデルルームに張ってある表のすべての部屋に赤いバラをつけること。ぎりぎりではあったが、とにかくそれを達成できたということで、打ち上げも賑《にぎ》やかだった。

ただ、その中にいて、雪緒はどこか寛《くつろ》げない気持ちでいた。

会社を出る時、上司から「高久くんには、次、どこに行ってもらおうか」と言われたからだ。

社が行けという場所に行き、そこにマンションを建てるか改築するなどして報酬を得る。簡単に言えばこれが雪緒の仕事だ。そうやって日本全国を回る。転勤が当たり前の仕事ということは最初から覚悟していた。それがキャリアの道であることもわかっていた。

ついこの間まで、金沢もいいな、という思いを持っていた。二、三年くらい地元で音羽や篠のそばで暮らしたい。もちろん、そこには純市という存在もあったことは否《いな》めない。

けれども、今となっては帰れるはずがない。まだ驚きと失望は色濃過ぎて、純市と顔を合わせる勇気もない。純市が事実を知らないでいるとすれば、どんな付き合いをしていいのかわからないし、知ったのだとしたら、それはそれで互いに息が詰まりそうな気遣いをしなければならないだろう。

金沢でないなら、どこでもいいように思えた。北でも南でも、何なら日本を離れても。

その日は十時過ぎにお開きになり、部屋に到着したのは、もう十一時に近かった。ドアを開けると、留守番電話の点滅が目に入った。

「理々子だけど、帰ったら電話して。遅くても、私は平気だから」

雪緒は着替えもせずに、すぐに電話を掛けた。

コールが二度で繋《つな》がったということは、理々子はずっと連絡を待っていたのだろう。

「遅くなってごめん、何かあった？」

尋ねると、前置きもなく、理々子は言った。

「夕方、かあさんから電話があったのよ。雪緒の携帯にも掛けてみたけど、繋がらなかったって言ってたわ」

「ああ、地下街にいたから。それで？」

理々子は、理々子らしくもなく声を潜めた。

「あのね、澤木さん、倒れたんですって」

雪緒は思わず声を上げた。

「え……」

「今朝のことだから、まだ詳しいことはよくわからないらしいんだけど、どうも脳出血か脳梗塞《のうこうそく》じゃないかって」

「そんな」

音羽の顔が浮かんだ。結婚式までもう少しというのに、まさかこんなことになるなんて。

「それで、おばあちゃんは？」

「朝からずっと、澤木さんに付きっ切りで看病しているらしいわ」

「そう……」

　神さまは何て意地悪なんだろう。ついこの間まで、家族は幸福な前途に浮かれていた。音羽と篠の結婚、理々子の脚本家デビュー、そして、雪緒も始まりつつある新しい恋の予感に胸を弾ませていた。なのに、それらは形を変え、姿を崩し、失意に見舞われている。最後に残った音羽にだけは幸せになってもらいたいと、誰もが心の底から願っていた。

「それでね、お店の人手が足りなくなったのよ。新しい人は来月からじゃないと来られないって言うし、それで急遽《きゅうきょ》、私が手伝いに帰ることになって」

「仕事はいいの？」

「それは大丈夫、任せておいて」

「ごめん、理々子にばっかり」

「いいのよ。雪緒は私と違って会社員なんだし、無理をすることはないの。とにかく、私は明日から金沢に行くわ。よかったら、週末にでも顔を出してよ」

「うん、わかった、そうする」

翌日、雪緒は金沢のことが気に掛かりながらも、いつも通りに仕事をしていた。マンションは完売はしたものの、残務整理は山のようにある。

朝からパソコンの前に座りっきりだが、仕事はなかなかはかどらず、少し苛々《いらいら》した。今頃、理々子は家に着いただろうか。音羽はどうしているだろう。結婚直前にこんなことになり、どんなに気落ちしていることだろう。芯《しん》のしっかりした音羽も、さすがに参っているのではないだろうか。

そんなことを考えていると、つい、キーを打つ手が止まってしまう。

少し気持ちを変えようと、雪緒は社の新規プロジェクトの概要について何件か目を通した。

転勤先は、どこになるかわからない。それでも、興味の引かれるプロジェクトがあれば、それとなく上司に伝えておくと、叶《かな》う場合もある。日本ではここ十年で、築三十年を超えるマンションが百万棟に達するという社内データもある。建て替えや改築の需要も伸び、雪緒の仕事も増す一方だ。

ふと、目についたプロジェクトがあった。

東南アジアのリゾートに建つホテルの改築工事である。その地名に目が止まったのは、かつて、純市が木材輸入のために出向いた国だったからだ。その国の山で、純市は木の精に出会ったと言った。純市はそれがきっかけとなって商社を辞め、今は造園業に、そして、いずれは木々を守る職業につきたいという希望を持っている。

七〇年代の、海外旅行ブームの中で建てられたホテルは、海に近い立地ということもあり、写真を見ても、相当傷《いた》みが目立っている。

木の精たちとも共存できるようなリゾートホテル……もし、そんな仕事に携われたら。

雪緒は資料に見入った。

金曜日、雪緒は仕事を終えて電車に飛び乗った。

『高久』ののれんをくぐったのは、そろそろ九時になろうとしていた頃だった。カウンターの中には、篠と理々子がいて、雪緒はふたりの声に出迎えられた。

「おかえり」

「うん、ただいま」

理々子はTシャツにジーパンという格好の上から、音羽の割烹着《かっぽうぎ》を着ている。似合っているとは言えないが、不思議なことに、どことなく音羽と似ているようにも感じられた。顔も背丈もまったく違うのに、いつもの音羽の場所にぴたりと納まっている。

夫婦がいつの間にか似ると言われるように、家族というものも、血の繋がりとは関係なく、長く生活しているうちに共通する何かを持つようになるらしい。

カウンターに座る客は、雪緒も顔馴染《なじ》みの、商店街の店主たち三人だ。

「やあ、雪緒ちゃん、おかえり」

「こんばんは。いつもありがとうございます」

雪緒はカウンターの隅に腰を下ろした。

「ほら、理々子。井上さんに豆腐の蓮《はす》蒸しお出しして」

篠の声が飛ぶ。

「はぁい」

理々子は、手伝っていることに少し照れているようだ。

そんな理々子を、小さい頃から知っている店主たちが「理々ちゃんも、もしかしたら、結構いい女将《おかみ》になれるがんないか」などと、冷やかしている。「もしかしたらだけ余計」理々子もうまく応戦している。

小さい頃は、遊び半分に店の手伝いを買って出たものだが、大人になってからは、手を貸す機会はほとんどなくなっていた。いつも席に座って、音羽と篠の料理を食べるばかりだ。

「おばあちゃんはどうしてる？」

「それがさ」

篠が客たちの相手をしているのを確認してから、理々子はいくらか声を潜めた。

「今日も、朝から看病に付きっ切りなの」

「具合はどうなの？」

「危険な状態からは脱して、今は落ち着いたようよ。意識もはっきりしてるし、それなりにコミュニケーションもとれるんだって」

雪緒は思わず息をついた。

「ああ、よかった」

「でも、大変なのはこれかららしいわ。後遺症があるっていうから」

「え……」

瞬《また》く間に気持ちが曇ってゆく。

「詳しいことは後で話すけど、とにかくそういうことだから、澤木さん側としてもいろいろ考えがあるみたいなのよ」

「おばあちゃんとの結婚のこと？」

「まあね」

それから理々子はちらりと壁の時計に目をやった。

「そろそろおばあちゃんが病院から帰って来るから、雪緒、先に家に戻っててくれない？」

「いいわ、そうする」

「私たちも、なるべく早く店仕舞いして帰るから」

家で待っていると、十時を少し過ぎた頃に音羽が帰って来た。茶の間にいた雪緒は、玄関戸が開く音で、慌《あわ》てて出迎えに立ち上がった。

「おばあちゃん、おかえり」

三和土《たたき》で草履を脱ぎながら、音羽はゆっくり顔を上げ、ほんの少し頬を緩めた。

「ああ、雪緒。帰っとったがかいね」

音羽は疲れた顔をしていた。普段、七十歳に近い年齢を感じたことはないが、この時ばかりは、表情や身体《からだ》の動きから、老いが鮮明に見て取れて、胸を衝《つ》かれた。

こんな時、どんな言葉をかけていいのかわからない。

「大変だったね、澤木さん」

「ああ、まさかこんなことになるなんて、私も思いもよらんかったわ」

音羽の声も、疲れのせいか少し擦《かす》れている。

茶の間に入ると、音羽が改めて顔を向けた。

「それよりか、雪緒。あんたにまだちゃんと謝っとらんかったね。あんな大事な話を、電話で済ましてしまったこと、ずっと気になっとったがや」

雪緒の出生のことについての話だ。

「もっと早く、本当のことを伝えるべきやった。いつか、なんて一日延ばしにしているうちに、あんなことになってしまって。雪緒には、何て謝ったらいいか、ほんとに堪忍《かんにん》してや」

雪緒は慌てて首を振った。

「いいのよ、おばあちゃんのせいじゃない。私だって、自分にいろいろ事情があることぐらい小さい時からわかってたもの。それに、瀬間くんとは本当にただの友達だから、そのことも心配しないで」

純市の名を耳にして、音羽の表情がいっそう沈んでゆく。きっと、雪緒の胸のうちなど何もかも見抜いているのだろう。

「ほんとにね、まさかこんなことになるなんて」

と、うなだれるように膝《ひざ》に視線を落とした。

「おばあちゃん、私は高久の娘よ。そんなことでくじけたりしないから大丈夫。いろんな面倒な事情なんて、みんな忘れる。そう決めたの。だから、おばあちゃんも忘れて」

それを聞いて、ようやくホッとしたように音羽が呟《つぶや》いた。

「そうか、雪緒がそう思ってくれるなら、少しは肩の荷が下りるけれど」

純市とのことに、今更、迷いなどあるはずもない。泣こうと迷おうと、答えに選択の余地はなく、事実を現実として受け入れるしか術《すべ》はない。今の雪緒にとって、いいや、純市にとっても、必要なのは時間だけだ。

ただ、雪緒には、そのこと以上に目の前の音羽が心配だった。

「ごはんは食べた？　何か作ろうか？」

「病院で食べたさけ」

澤木が倒れてから四日。ずいぶん音羽も憔悴《しょうすい》したように見える。食べたとは思えなかったが、そう言うなら仕方ない。

「だったらお茶でもいれようか。そうだ、名古屋駅でういろう買ってきたの、一緒に食べよう」

「悪いけど」

音羽は首を振った。

「もう寝させてもらうわ」

雪緒はポットに伸ばした手を止めた。

「そうね。そうした方がいいわよね。疲れてるんだものね」

「ほんなら、お先にね」

音羽が自室に入って少ししてから、雪緒はシャワーを浴びようと着替えを持って廊下に出た。そこで足が止まった。音羽の部屋から、震えるようなかすかな嗚咽《おえつ》が漏れていた。

雪緒は立ち尽くした。小さい頃から気丈な姿しか見たことがなかった。どんな時でも、凛《りん》と背筋を伸ばし、金沢弁で啖呵《たんか》を切る。音羽ほど強い人はいないと思っていた。その音羽が、愛する男の身を案じて泣いている。そのことに、雪緒は胸が締め付けられるような切なさと、そして、感動を覚えた。

翌日、少し遅めの朝食の卓で四人は顔を合わせた。

いつものお喋《しゃべ》りに満ちた食卓とはほど遠く、寡黙《かもく》な時間が過ぎ、食事を終えたのを見計らったように、篠が口籠《くちご》もりながら言った。

「おかあさん、実は昨日、澤木さんの息子さんから連絡をいただきました」

「そう、何かおっしゃっとった？」

音羽はほうじ茶を口にした。

「それが……」

「遠慮せんと、何でも言うまっし」

促されるまま、篠は口にした。

「息子さんは、澤木さんがあんなことになってしまった以上、結婚は白紙に戻したいと言ってらして……」

昨夜のうちに、理々子からだいたいの経緯は聞いていた。澤木は脳梗塞《のうこうそく》を起こし、命に別状はないものの、右半身の麻痺《まひ》と、少々だが言語障害も残るという。すぐにリハビリを始めるようだが、年齢のこともあり、どこまで回復するか今の段階では予測できない。けれども、たとえ相応の回復がみられたとしても、介護が必要となる生活になることは否《いな》めないという。

「あちらは、不自由な父親の面倒を看《み》させるためだけに、おかあさんに来てもらうようなことはできないとおっしゃって」

音羽は黙って聞いている。

「何て言うか、おかあさんの身も案じて下さっていて……それに、これは澤木さんの意向でもあるからと念を押されて……おかあさん、澤木さんからそんなこと言われたんですか？」

「ああ、言われたわ。もう病院には来ないで欲しいって」

雪緒は音羽を見つめた。音羽は今、何を考えているのだろう。

結婚すれば、これからの音羽の生活は介護に明け暮れることになるかもしれない。楽しみにしていた、ふたりでの旅行や温泉も難しくなるだろう。ふたりが描いていた生活は、一瞬にして、根底から覆《くつがえ》されてしまった。

「それで、おかあさんは……」

「そんな申し出、はいそうですかと、受けられるはずないがいね。笑って、突っぱねたわ。何と言われても、私はそばにいますって」

音羽はさらりと言った。それから湯飲み茶碗《ぢやわん》を置いて、篠と理々子と雪緒の顔を、均等に眺めた。

「私たち、正式な結婚はまだやけど、私はね、澤木さんと結婚の約束をした時から夫婦になったと思っとるが。夫婦なら、助け合って生きてゆくのは当たり前や。私は、澤木さんに何かしてもらおうと思って結婚する気になったがやない。私が澤木さんに何かしてあげたいから決心したが。澤木さんが助かって、私はどれだけ神さまに感謝したかわからんわ。澤木さんがいてくれるから、私も生きてゆける。澤木さんのためじゃない、犠牲になるなんて考えてもいない。私のために、澤木さんのそばにいたいがや。ただ、それだけなんや」

音羽の表情に迷いはなかった。

そこにいるのは、一途《いちず》な思いで決心した者だけが持つ潔《いさぎよ》さに満ちた、ひとりの人間だった。

朱色の空

午後、理々子は縁側に腰を下ろして、庭を眺めていた。

狭い庭だが、秋海棠《しゅうかいどう》の赤い花が愛らしく開いている。いつの間にか金沢はすっかり秋の気配に包まれていた。

音羽の言葉がずっと耳から離れなかった。

結婚というものの重みが、いや、誰かを愛するということの深さが、そこには確かにあった。

自分はどうだろう。どんな思いで、倉木のことを考えていただろう。

さまざまなことが思い出された。

倉木と初めて会った頃。夢中になって恋をした頃。朝まで語り合い、抱きあった、いくつもの夜。倉木から、夢を諦《あきら》めたと聞かされたこと。反発から、倉木をひどく詰《なじ》ったこともある。そして、不自然な形で続いたその後の倉木との付き合い。

いつだって、理々子のそばには倉木がいた。そこにいなくても、確かにいつも、そこにいた。

　理々子はやがて携帯電話を手にした。

「もしもし、私、理々子」

「ああ、どうした」

　聞き慣れた倉木の声が、静かに胸に流れ込んでくる。

「今、大丈夫？」

「うん、いいよ」

「私ね、金沢にいるの。ちょっと人手が足りなくて、しばらくこっちに戻って店を手伝ってるの」

「そうか、親孝行ってわけだ」

「いつも、好き勝手にさせてもらってるから。ほんのちょっと恩返し」

「いいじゃないか。せいぜい恩を返して来いよ」

　そこで理々子は言葉を途切らせた。今から話そうとすることに、自分の思いがうまく伝えられるか、少し不安になった。

「どうした？」

「あのね、この間、話したことだけど、私、間違ってた」

「え？」

「私ったら、何て自分勝手で、ひとりよがりだったんだろうって、ようやく気がついたの」

「どういうことだ？」

倉木の声に怪訝《けげん》なものが含まれる。

「あの時、私の望み通りにするって、言ってくれたわよね」

「今もその気持ちは変わらないよ」

「すごく嬉《うれ》しかった。私ったら、ひどいことばっかり言ってたけど、それを聞いて、どんなに心強く思ったかしれない」

「理々子」

「でも今、そんな自分をとても恥じてる」

理々子は静かに息を吐いた。

「あなたと結婚したら、もうアルバイトに明け暮れる必要もなくなる。生活はあなたに面倒をみてもらって、私は好きなだけ脚本に没頭できる。こんな気楽なことはないって思ったのよ」

「そうしてくれても、俺は構わない」

「でも、そんなのは結婚じゃない」

倉木は黙った。

「私は、あなたと結婚したら、自分がどんな得をするか、そればかり考えてた。何をしてもらえるか、どんな楽ができるかって。でも、私はあなたにしてあげられることは何もない。正直に言うと、してあげるなんてこと考えてもいなかった。私はただ、自分の抱えている不安を解消したかっただけ。そのことだけを考えていたの」

秋の風が、理々子の素足を冷たくなぶる。

「最低ね。私は賢くはないけれど、狡《ずる》いことはしなかった。そういう自分であることが、自分を肯定できる唯一《ゆいいつ》の自信だったのに……」

「理々子、そんなに律儀《りちぎ》に考えることはない。誰だって、不安を解消するためにいろんな手段を考えるものだよ」

「私、あなたにしてもらうことばかり望むんじゃなくて、ちゃんとしてあげられるようになりたい。でも、今の私は、その余裕がないの。自分のことで精一杯なの。いったい、いつになったらそんな気持ちが持てるのかもわからない。だから、あなたに、彼女とは結婚しないで欲しい、なんてとても言えない」

「そうか」

しばらく言葉を選ぶように、倉木は口籠もった。

「そのこと、あなたに伝えたかったの」

言ってしまうと、身体《からだ》から力が抜けるのを感じた。

「理々子、俺は確かに夢を諦めた。ひとつ諦めると、次を諦めることも簡単になる。そうやって不甲斐《ふがい》無《な》い男になってゆくことも、難なく受け入れるようになっていた。だから、今度は諦めないでおこうと思う。理々子、君のことだよ。急ぐ必要なんか何もないんだ。理々子が、俺に何かしてくれたくなる、そんな余裕ができるまで、俺は待つから」

「いいの、それで？」

「俺が今、理々子にしてやれることは、それだけだ」

言葉が出なかった。何か言おうとすると、その前にきっと違うものが溢《あふ》れ落ちてしまう。それでも、理々子の思いは確かに倉木に伝わったと信じられた。

いつの間にか、秋の空にはうっすらと朱色が滲《にじ》み始めていた。

雪緒はティッシュペーパーの箱を持って、理々子に近付いた。

「はい、これ」

「えっ、ああ、サンキュ」

顔を向けた理々子は、箱ごと受け取り、三枚ほど引き抜いて鼻をかんだ。

雪緒は縁側に並んで腰を下ろした。

「聞くつもりはなかったんだけど、ちょっと聞こえちゃった。でも、ほんとに、ちょっとだけ」

「いいのよ」

「いい話と思っていいのよね。聞こえた限りは、そんな感じがしたけれど」

理々子が照れたように肩をすくめる。

「うん、いい話だった」

「よかった、じゃあカメラマンの彼とうまくいったんだ」

「今はカメラマンじゃなくて、写真屋のおやじ」

「いやね、おやじだなんて」

理々子が肩をすくめている。

「いい話なんて言ったけれど、そうとは言い切れないな。答えが出るにはまだ時間がかかると思うから」

「時間なんてどれだけかかっても、過ぎてしまえばあっと言う間よ。特に、理々子みたいにやりたいことが詰まってる時間はね」

雪緒の言葉に、理々子はひとつため息をつく。

「そううまく行けばいいけど。やりたいことと、報われることは、イコールになるとは限らないって今はそれを痛感してる」

「やっぱり、脚本家への道は険しい？」

「先はぜんぜん見えない。遠い道のりだなぁって思うわ」

「ねえ、絶対に脚本家なの？」

雪緒の言葉に理々子は顔を向けた。

「どういう意味？」

「まったく素人《しろうと》の私だから、無責任な言葉に聞こえるかもしれないけれど、いろいろ道はあるんじゃない？　理々子は、小さい時からお話を作るのがうまかったわよね。夏休みの林間学校の夜なんて、理々子の作ったお化けの話を聞かされて、みんな眠れなくなったもの」

「ああ、そんなこともあったわよね」

理々子はくすりと笑った。

「小学生の頃は、童話を書いたり、絵の上手な子と組んで、マンガを作ったりしたこともあったじゃない。中学には夏休みの自由研究で小説を書いたこともあったでしょう。そういう道だってあると思うの。それじゃ駄目なの？」

「別に、駄目ってことはないけど……」

「理々子の基本は、みんなを驚かせたり、泣かせたり、怖がらせたり、面白がらせたりすることでしょう。それは何も脚本家じゃなければできないことでもないと思うの」

言ってから、雪緒は少し心配になった。

「ごめん、余計なお世話だった？」

「ううん、そんなことない。今ね、何だか少し霧が晴れた感じ。夢は脚本家になることだって宣言したから、もうそれしかないように思ってたけど、もともとそういうところから始まったんだってことを思い出した」

「でしょう」

「そうね……うん、今度そのこともゆっくり考えてみる」

「よかった」

それから雪緒は空を仰ぎ見た。

「ああ、もう秋ねえ」

「ほんと、空の色が夏とはぜんぜん違う。こういうひんやりした青もいいなあ」

「金沢に似合ってる」

それから理々子がいくらか口調を変えた。

「ねえ、雪緒」

「なに？」

「大丈夫？　なんて、つまんない聞き方をしてしまうけど」

理々子が何を言いたいのか、雪緒はもちろんわかっている。

「ええ、大丈夫」

「いろんなことがあるね、世の中って」

「本当にそう……でも、何が起こっても、どんと大きく受け止められるようになりたい、おばあちゃんみたいに」

「さっきのセリフは効いたなぁ」

「ほんと、もう参ったって感じ」

「雪緒ならなれるわよ。おばあちゃんの血は受け継いでないけど、気持ちはしっかり受け継いでるから」

「あら、理々子だって」

「だったら、かあさんも」

「ほんと、何だか年をとるにつれて、私たち四人、似ているところがどんどん増えてゆくみたい」

秋海棠《しゅうかいどう》の陰から、ちりちりと虫の音が聞こえてくる。まだ遠慮がちだが、これから呆《あき》れるくらい賑《にぎ》やかになるだろう。

金沢の秋は短い。だからこそ、虫たちは燃えるように恋をする。


翌日の午後、雪緒は金沢駅行きのバスに乗った。

今度帰省するのは、音羽の結婚式になるだろう。澤木の病状を考えると、どんな形の式になるかはわからないが、音羽はすべてを予定通りに行うつもりでいるようだ。それが音羽の決心の現われでもあるのだろう。

バスが武蔵《むさし》が辻《つじ》の交差点で信号待ちのために止まった時、ふと、反対側の歩道に目が行った。そこに純市の姿を見つけ、はっとした。

胸の奥で痛みがぶり返す。けれども、それはもう雪緒を追い詰めたりはしなかった。むしろ、どこか懐《なつ》かしさを伴う痛みに感じられた。

心なしか、純市は肩を落としているように見えた。父親からすべてを聞かされたのか、まだなのか。どちらにしても、純市もまた、さまざまな思いを巡らせた後、今の雪緒と同じ気持ちに辿《たど》り着くことになるのだろう。

さよなら。

雪緒は小さく呟《つぶや》いた。

今度顔を合わす時、今までとはまったく違う「こんにちは」を言うことができるその日を待つためにも。

やがて信号は青に変わり、バスが走り出した。純市から目を離し、雪緒は前に向き直った。

その時にはもう、月曜日に出社したら、東南アジアのリゾートホテル改築の現場への転勤願いを提出しようと考えていた。

理々子もいったん、東京に戻った。

たまっていた郵便物にざっと目を通し、部屋の空気を入れ替えた。新聞は止めてあるし、電話は携帯電話に転送されるようになっている。メールはノートパソコンを持って帰っているので困らない。

いちばんの目的は、靖子の店に染め上がった前掛けを取りに出向くことだった。先日、携帯電話に連絡を貰《もら》っていた。

「いらっしゃいませ」

出迎えてくれた靖子の笑顔が嬉《うれ》しかった。会う度に、靖子との距離が近づいてゆくのを感じた。

「とてもいい色に染め上がりましたよ」

「楽しみにしていました」

靖子は、目の前で前掛けを広げた。それを手にして、この色にしてよかったと改めて思った。靖子が言った通り、とても品よく染まっている。高久の文字もくっきりと浮かび、これなら篠のどんな着物にもよく似合うだろう。

「篠さん、気に入って下さるといいんですけど」

「絶対、気に入ります。本当にいい色」

「じゃあ、お包みしますね」

包装をする靖子の手元を眺めながら、理々子は言った。

「この間も言いましたけど」

「はい」

「いつか、この前掛けをした金沢の母とも会ってください」

靖子は手を止め、顔を上げた。

「ええ、本当に、そうしたい」

それから、少し困ったように目を伏せた。

「私にとって金沢は、まだまだ敷居の高い街なんです。帰るには少し勇気が足りなくて。たくさんの方にご迷惑をかけてしまったから。でもいつか、会いに行かせていただきます。あなたを、こんなりっぱに育ててくださったことのお礼を言いに、いつかきっと」

「その日を母も心から待っていると思います」

東京は一泊だけして、次の日にはもう高速バスに飛び乗った。夕方の店を開ける時間には到着したかった。

前掛けは、着いたらすぐにでも手渡したい気持ちだったが、これは店を手伝ってくれる人が来て、本当の意味での新装開店の時に贈ると、雪緒と決めている。それまで我慢することにしよう。

その新しい人は、どうやら音羽の結婚式の当日にやって来るらしい。もう少し早めの予定だったのだが、何やら事情があって少し遅れることになってしまったとのことだ。

紹介してくれたのは、音羽や篠と古くから付き合いのある、理々子や雪緒も小さい時から可愛《かわい》がってもらってきた、茶屋『琴家《ことや》』の女将《おかみ》である。

女将が行きつけの湯涌《ゆわく》にある温泉旅館で仲居をしているのを見初めたらしい。年齢は理々子たちより三、四歳下で、人柄は折紙つきとのことだった。あの女将がそう言うなら間違いない。けれども、どんな人が来るのか、実際に会うまではやはり少し不安でもある。

金沢に着くと、すぐに店に向かった。昨夜、篠はひとりでさぞかしてんてこ舞いだったろう。

店に出るようになってから、半月以上がたち、手伝いにもすっかり慣れていた。毎晩、小さい時から知っている主計町《かずえまち》のおねえさんたちや、顔馴染《なじ》みの面々と、冗談や軽口を交し合っていると、理々子は、東京に住み、必死にパソコンに文字を打ち込んでいる自分がいるなんて別の世界のことのように思えることがあった。

ここにいると心が安らいだ。いっそこのまま金沢に住んでしまおうか、との思いにかられる時もあった。

けれども、正直を言えば、だからこそ怖い。

しなければならないことが自分にはある。それは誰でもない、自分とした約束だ。

約束を果たすというより、約束を守りたいと思う。そうすることが、きっと理々子を理々子らしく生かしてくれるはずだと信じている。

今日、いよいよ音羽と澤木の結婚式の日だ。

式は、まだ退院できない澤木の病室で、病院から許可をもらい、家族の者だけが集まってのごく簡素なものになった。

それでも音羽は、淡い藤色《ふじいろ》の加賀友禅の色留袖《いろとめそで》を着て、花嫁らしくめかしこんでいる。澤木はベッドの背もたれを起こして、肩に紋付の羽織を掛けている。

澤木家からは息子夫婦ら五名、高久家からは三人の他、山崎も家族の一員として出席し、狭い個室は人でいっぱいになった。

理々子はいつものジーパンからワンピースに、雪緒は紺色のオーソドックスなスーツを着ている。篠はひとつ紋の色無地だ。

三々九度は、澤木がこの日のために前々から選んでおいたという盃《さかずき》で行われた。澤木が盃を手にする。けれども不自由な澤木の手はおぼつかない。

音羽が自分の手を添えた。それはあまりにも自然で、ふたりの手はまるでひとつの身体《からだ》に繋《つな》がっているように感じられた。そんなふたりに、澤木の息子が盃にお神酒《みき》を注ぎ、凪《なぎ》のような静けさの中で、ふたりは交互にゆっくりと口にした。

儀式を終えると、澤木は列席者たちに顔を向け、たどたどしい言葉で頭を下げた。

「皆さん、ありがとう……」

それから音羽に向き直り、もう一度「ありがとう」と言った。

その言葉は、清らかな誓いの響きを持っていて、ふたりを見つめる出席者のすべての胸の中に、深く刻み込まれた。

その夜『高久』の店を閉め、音羽と篠と理々子と雪緒、四人で改めてお祝いをした。

篠は朝から、赤飯を作り、鯛《たい》を焼き、煮しめに酢の物と、張り切って用意をしていた。日本酒で乾杯をし、おめでとう、の言葉が飛び交う。音羽が顔をくしゃくしゃさせて、その言葉を受けている。

「おばあちゃんも、いよいよ人妻ね」

理々子は早速からかった。

「何言うとるがいね、この子は」

音羽が頬を赤らめている。

「ねえ、今、どんな気持ち？」

雪緒が尋ねると「そうやねえ」と、しばらく考え込み、やがて顔を上げた。

「長い道のりやったけど、ちゃんと会うべき人に会えたんやなって。あんたたちにもこんなに祝福してもらって、もう思い残すことは何にもないわ」

「いやだわ、おかあさん。新婚生活はこれから始まるんじゃないの」

苦笑しながら、篠が音羽に日本酒を注いだ。

「そうやったねえ」

「ねえ、新婚家庭にお邪魔してもいい？」

理々子が言うと、「もちろんや。でも、新婚なんやから、長居は遠慮してよ」と音羽が答え、三人は声を上げて笑った。

その時、店の戸が開き、二十代半ばと思われる女性が顔を出した。

「あら、すみません、今日はお休みなんですよ」

篠が言うと、その女性は小さく頭を下げた。

「あの、私、『琴家』の女将から紹介された者です……」

「あら、あなたが」

篠が椅子《いす》から立って近付いた。

「遅くなって申し訳ありません」

「いいんですよ、さあどうぞ、中に入って」

小柄だが、目鼻立ちのはっきりした、感じのよさそうな人だ。理々子は雪緒と顔を見合わせた。合格、と、雪緒も頷《うなず》いた。

「どうしたの、さあ、中に」

「すみません、実は私ひとりじゃないんです」

「え?」

「お約束は、私ひとりということだったんですけど、もうひとりいるんです。もし、それでも許していただけるようなら、こちらで働かせてもらえないでしょうか」

「もうひとりって……」

その女性は外に顔を出し「いらっしゃい」と手招きした。五歳くらいの女の子が、おずおずと顔を出した。

「あなた、お子さんがいらっしゃったの」

篠が驚いたように尋ねる。女将からはそんな話は聞いていなかったのだろう。

「いえ、この子は私の子じゃないんです。いろいろ事情がありまして、それでこちらに来るのが遅れてしまったんですが……結果として、私がこの子を引き取ることになりました。ほら、真帆《まほ》ちゃん、ご挨拶《あいさつ》は」

ショートカットの女の子は、少し照れ臭そうに頭を下げた。

「こんばんは」

「私も、まさかこんなことになるとは思ってもいなかったんです。でも、この子は私が育てようと決心しました。こういうことなので、こちらで働けなくなっても仕方ないと思っています」

「どんな事情が……」

言ってから、篠は音羽を振り返った。

「おかあさん、事情なんていいわよね」

「もちろんや。うちは、みんな事情のある者ばっかりなんやから。真帆ちゃんやったわね。さあ、こっちにおいで。おなかすいとるがんない？」

理々子が雪緒を肘《ひじ》で突っついた。

「あの子、何だか小さい頃の雪緒に似てる」

「私は理々子に似てると思ってたところ」

「さあ、入って。今日はお祝いなの。いいところに来てくれたわ。一緒にお祝いしてください」

「いいんですか？　じゃあ私、ここで働かせてもらえるんですか」

「もちろんですとも」

女性の顔に安堵《あんど》の色が広がってゆく。女の子の肩を引き寄せ「よかったね、真帆ちゃん」と目を潤《うる》ませた。

理々子と雪緒は席を立ち、女性を促した。

「さあ、こっちに」

「ありがとうございます」

引き戸の隙間《すきま》から、風が柔らかく流れ込んで来た。

卯辰山《うたつやま》を越え、浅野川を渡った風は、秋の匂《にお》いをたっぷりと含み、それぞれの足元を撚《よ》り合わすように揺らしている。それは、始まりにはとても似合いの、満ち足りた風だった。

恋は「かなし」

檀　ふみ

のっけから告白しなければなりません。じつは私、いまのいままでこの小説を読んでおりませんでした。

「告白」などと、大げさな！　べつに罪でもなんでもないでしょうに……。

おやさしい読者はそう思われるかも知れないが、いえ、これはリッパな罪なのである。キリスト教の「七つの大罪」でいえば、「怠惰」の罪。なんとなれば、不肖この私、テレビドラマ化された「恋せども、愛せども」に出演しているのだから。

原作があれば「原作にあたる」。これは、役者としての基本である。イロハのイ。脚本のもととなった作品を読み込んで、脚本には描かれていないエピソードや、言葉づかい、着ているもの、髪型、容貌《ようぼう》などをつぶさに調べ、その登場人物の人となりを考える。

私ももちろん、そうした「役作り」に励もうと思っていた。何しろ、私にあてられたのは「篠《しの》」という、私としては前代未聞の元芸妓《げいぎ》の役。「ダンさんはどう転んでもカタギなのよ」（by「音羽《おとわ》」役の岸恵子さん）などと言われることのないよう、なんとしても「篠」さんに存在感をもたせなくてはならなかったのである。

ところが、「大丈夫ですよ、読まなくても」と、プロデューサーはおっしゃる。

こういう場合の「大丈夫」には、二種類ある。ひとつ、「篠」の役は、原作にはないか、あっても虫眼鏡で探さなければならないほど小さい。もうひとつの可能性は、原作からいただいたのは「恋せども、愛せども」というタイトルだけで、あとは換骨奪胎、ストーリーがまったく変わってしまっている。

脚本は名手の大石静さんである。もしかして、ほとんど大石さんのオリジナルといってもいいものなのかもしれない。

（まっ、脚本がよく描き込まれているんだもん、いっか）

と、私は、軽々に無精を決め込んだのであった。

出来上がったドラマの評判は上々だった。芸術祭の優秀賞までいただいたくらいである。大賞に、たった一票の差まで肉薄していたというウワサもあった。

岸恵子さんは、一旦《いったん》は事務所サイドで断りかけていたものを、ご自身がホンを読まれて、「アタシ、こういうのをやりたいわ!」と、出演を決められたらしい。

「なんといってもホンがよかったですものね」

そう言って、みんなで頷《うなず》き合った。

この場合の「ホン」とは、脚本のことをさす。少なくとも私はそう理解していた。

しかし、プロデューサーの念頭には、また別の「ホン」があったに違いない。もちろん、唯川恵さんの原作「恋せども、愛せども」である。

遅ればせながら本書を読んで、私は確信した。

この「ホン」を見つけたとき、プロデューサーは、「やった!」と快哉《かいさい》を叫んだだろう。これだけの筋立てがあれば、面白いテレビドラマに仕上がらないわけがない。

祖母と母に、同い年の娘ふたり。まったく血縁関係のない四人家族。祖母の音羽はもともと金沢の主計町《かずえまち》で置屋のおかみをしており、母の篠はそこにいた最後の芸妓という、なんだかとっても「わけあり」の設定である。

いまは小料理屋を営んでいるふたりのもとに、名古屋から東京から、娘たちが帰ってくるところから物語は動き出す。

「それで話って?」と、娘が尋ねる。

「あのね」と、少々上擦《うわず》った声で母が答える。

「実はね、おばあちゃんと私、ふたりとも結婚することにしたが」

この物語のシビレルところである。

「大丈夫ですよ、読まなくても」と、プロデューサーが言ったのは、脚本が原作と違うものになっていたからではない。むしろほとんどといっていいくらい原作通り、その極上のエッセンスはすべていただいたという自負があったからではないだろうか。

恋は愛は、若い人だけのものではない。お母さんだってお祖母《ばあ》さんだって、恋をする。私は本当のお母さんになったことはないけれど、このトシまで生きて、いくつかの恋をして、なんども恋に裏切られ、「恋なんてバッカみたい」「恋なんて時間の無駄」と舌打ちしながらも、なおも、「恋心は永遠である」と、かなしい確信を抱いている。

そう、恋はかなしい。

「かなしい」という言葉は、現代では悲哀の意味だけにもちいられるが、もともとの「かなし」は、喜怒哀楽のどれにもあてはまる、つよい感情の動きをあらわす言葉だったという。愛《いと》しいも、ありがたいも、素敵だも、かわいそうも、悲しいも、みんな「かなし」。

ほんとうに、恋は「かなし」。

お祖母さんお母さんにくらべると、娘ふたり、理々子と雪緒の恋は、「かなし」というよりも、もどかしい。何をそんなにためらっているの？　なんでそんなに醒《さ》めているの？　青春の真っただ中にいるあなたたちなのに。

いや、二十八歳を「青春の真っただ中」というのは、少々苦しいかもしれない。まだまだ若い。でも、それほどは若くない。まだまだ青い。でも、熟す時間はもうあんまり残されていない。誰かとつきあうと、「結婚」の二文字が独り歩きしはじめるが、この恋がホンモノかどうか自信がない。この仕事も、ほんとうに自分に向いているのかどうかわからない。

ことにふたりの心もとなさは、ひとしおだろう。ふたりとも、肉親の縁が薄い。雪緒の父親は誰だか知れず、芸妓だった母親は、雪緒を生むためにひっそりと花柳界から身を引き、間もなく亡《な》くなっている。理々子の実の母親は、理々子を残して恋人のもとへと去っていったし、父親も、篠とのつかのまの再婚生活ののち、亡くなった。

自分はなにものだろう。どう生きてゆけばいいのだろう。そうでなくても悩ましい年頃なのである。その出自の複雑さは、迷いをさらに深めさせるのに十分だろう。

だが、ふたりには「お互い」がいる。六歳から同じ家に暮らし、同じ学校に通った同い年のふたりは、姉妹なのだろうか、友だちなのだろうか、同士なのだろうか。この「お互い」の存在が、じつに羨《うらや》ましい。性格は正反対。「石橋を叩《たた》いて叩いて、叩き割るほど叩いて、ようやく納得して渡る」という雪緒は、大手の不動産会社に就職し、「その石橋がどんなに危なかろうが、途中で崩れ落ちていようが、行きたいと思った瞬間、走り出している」理々子は、脚本家をめざして悪戦苦闘している。

ふたりがいいのは、ベタベタした関係ではないところである。恋の悩みも仕事の悩みも、それとなく察するだけ。そして、トンネルから抜け出したころを見計らって、「よかったね」とひとこと声をかける（もっとも、それは雪緒だけか。理々子は突っ走るのにいささか忙しすぎる）。

「恋せども、愛せども」には、さまざまな恋の形、愛の形が詰まっている。だが、いちばん強く印象に残るのは、このふたりが成長してゆくすがすがしい姿である。雪緒と川出老人、理々子と品田プロデューサー、あれこれ厄介なできごとや、駆け引きを乗り越えて、ふたりは大人になってゆく。恋の上でも、仕事の上でも。

もちろん、人生の大先輩、音羽と篠の影響も大である。

結婚を間近にひかえて、音羽の婚約者、澤木《さわき》が脳梗塞《のうこうそく》で倒れる。結婚生活は介護に明け暮れることになるかもしれない。この結婚話は白紙に戻そうという、澤木からの申し入れを、音羽は笑ってつっぱねる。音羽はいつも、颯爽《さつそう》としていて凛々《りり》しくてカッコいい。

「私はね、澤木さんと結婚の約束をした時から夫婦になったと思っとるが。夫婦なら、助け合って生きてゆくのは当たり前や。私は、澤木さんに何かしてもらおうと思って結婚する気になったがやない。私が澤木さんに何かしてあげたいから決心したが」

この言葉は、理々子と雪緒同様に、グサリと私の胸をも刺した。「愛する」ということの本質を、音羽に教えられたような気がしたのである。

テレビドラマでは、さらに、

「若いうちは恋のために生きるけど、年をとったら、生きるために恋をするんや」

という言葉が加わっていた。

なんてすごい台詞《せりふ》だろうと感心していたのだが、これもまた原作に（違う場面だが）きちんと書き込まれていたものだった。

「恋なんて、大人になったらしないと思っていた。けれども、そうではないと知って、雪緒はため息をつく。自分もまた、性懲《しようこ》りもなく誰かを好きになってゆくのだろうか」

雪緒さん、そうなのですよ。いくつになっても恋はするのです。でも、真に大人になったとき、音羽のような篠のような、「生きるため」の恋ができたらステキじゃないですか。

さて、この物語の主人公、雪緒と理々子であるが、ドラマでは誰が演じたか、これから読まれるかたのために、ここまで書くのを控えていた。本はまっさらな状態で読みたいと、私はいつも願うからである。

まだお読みでないアナタ、いいかげんにこのページを閉じて、小説をひもといてくださいな。私もできることなら、この本を、自分が演じることを知らずに読んで、一読者として、配役の楽しみを味わってみたかったと思います。ま、篠にダンフミを配そうなんて、夢にも思いつかなかったでしょうね、きっと。

（ちなみに、ドラマでは、長谷川京子さんが雪緒を、京野ことみさんが理々子を演じています）

（二〇〇八年五月、女優）

この作品は平成十七年十月新潮社より刊行された。

唯川恵著

ため息の時間

男はいつも、女にしてやられる——。裏切られても、傷つけられても、性懲りもなく惹かれあってしまう男と女のための恋愛小説集。

唯川恵著

人生は一度だけ。

恋って何？　愛するってどういうこと？　友情とは？　人生って何なの？　答えを探しながら、私らしい形の幸せを見つけるための本。

唯川恵著

100万回の言い訳

恋愛すると結婚したくなり、結婚すると恋愛したくなる——。離れて、恋をして、再び問う夫婦の意味。愛に悩むあなたのための小説。

唯川恵著

だんだん あなたが遠くなる

涙、今だけは溢れないで——。大好きな恋人と大切な親友のため、萩が下した決断は。悲しみを糧に強くなる女性のラブ・ストーリー。

角田光代著

キッドナップ・ツアー

産経児童出版文化賞フジテレビ賞
路傍の石文学賞

私はおとうさんにユウカイ(＝キッドナップ)された！　だらしなくて情けない父親とクールな女の子ハルの、ひと夏のユウカイ旅行。

角田光代著

真昼の花

私はまだ帰らない、帰りたくない——。アジアを漂流するバックパッカーの癒しえぬ孤独を描いた表題作ほか「地上八階の海」を収録。

江國香織著

きらきらひかる

二人は全てを許し合って結婚した、筈だった……。妻はアル中、夫はホモ。セックスレスの奇妙な新婚夫婦を軸に描く、素敵な愛の物語。

江國香織著

つめたいよるに

愛犬の死の翌日、一人の少年と巡り合った女の子の不思議な一日を描く「デューク」、デビュー作「桃子」など、21編を収録した短編集。

江國香織著

すいかの匂い

バニラアイスの木べらの味、おはじきの音、すいかの匂い。無防備に心に織りこまれてしまった事ども。11人の少女の、夏の記憶の物語。

江國香織著

神様のボート

消えたパパを待って、あたしとママはずっと旅がらす…。恋愛の静かな狂気に囚われた母と、その傍らで成長していく娘の遥かな物語。

江國香織著

号泣する準備はできていた

直木賞受賞

孤独を真正面から引き受け、女たちは少しでも前進しようと静かに歩き続ける。いつか号泣するとわかっていても。直木賞受賞短篇集。

江國香織著

ぬるい眠り

恋人と別れた痛手に押し潰されそうだった。大学の夏休み、雛子は終わった恋を埋葬した。表題作など全9編を収録した文庫オリジナル。

梨木香歩著

裏庭

児童文学ファンタジー大賞受賞

荒れはてた洋館の、秘密の裏庭で声を聞いた——教えよう、君に。そして少女の孤独な魂は、冒険へと旅立った。自分に出会うために。

梨木香歩著

西の魔女が死んだ

学校に足が向かなくなった少女が、大好きな祖母から受けた魔女の手ほどき。何事も自分で決めるのが、魔女修行の肝心かなめで……。

梨木香歩著

からくりからくさ

祖母が暮らした古い家。糸を染め、機を織る、静かで、けれどもたしかな実感に満ちた日々。生命を支える新しい絆を心に深く伝える物語。

梨木香歩著

りかさん

持ち主と心を通わすことができる不思議な人形りかさんに導かれて、古い人形たちの遠い記憶に触れた時——。「ミケルの庭」を併録。

梨木香歩著

エンジェル エンジェル エンジェル

神様は天使になりきれない人間をゆるしてくださるのだろうか。コウコの嘆きがおばあちゃんの胸奥に眠る切ない記憶を呼び起こす。

梨木香歩著

家守綺譚

百年少し前、亡き友の古い家に住む作家の日常にこぼれ出る豊穣な気配……天地の精や植物と作家をめぐる、不思議に懐かしい29章。

林真理子著
本を読む女
著者自身の母をモデルにして、本を読むことだけを心のかてに昭和を懸命に生き抜いた一人の文学少女の半生を描いた力作長編小説。

林真理子著
ミカドの淑女《おんな》
その女の名は下田歌子。明治の宮廷を襲った一大スキャンダルの奇怪な真相を、当時の異様な宮廷風俗をまじえて描く異色の長編小説。

林真理子著
着物をめぐる物語
歌舞伎座の楽屋に現れる幽霊、ホステスが遺した大島、辰巳芸者の執念。華かな着物に織り込められた、世にも美しく残酷な十一の物語。

林真理子著
花　探　し
男に磨き上げられた愛人のプロ・舞衣子が求める新しい「男」とは。一流レストラン、秘密の館、ホテルで繰り広げられる官能と欲望の宴。

林真理子著
知りたがりやの猫
猫は見つめていた。飼い主の不倫の恋も、新たな幸せも――。官能や嫉妬、諦念に憎悪。女のあらゆる感情が溢れだす11の恋愛短編集。

林真理子著
アッコちゃんの時代
若さと美貌で、金持ちや有名人を次々に虜にし、伝説となった女。日本が最も華やかだった時代を背景に展開する煌びやかな恋愛小説。

山田詠美著

カンヴァスの柩《ひつぎ》

ガムランの音楽が鳴り響く南の島を旅する女ススと現地の画家ジャカの、狂おしいまでの情愛を激しくも瑞々しく描く表題作ほか2編。

山田詠美著

ひざまずいて足をお舐め

ストリップ小屋、SMクラブ……夜の世界をあっけらかんと遊泳しながら作家となった主人公ちかの世界を、本音で綴った虚構的自伝。

山田詠美著

色彩の息子

妄想、孤独、嫉妬、倒錯、再生……。金赤青紫白緑橙黄灰茶黒銀に偏光しながら、心のカンヴァスを妖しく彩る12色の短編タペストリー。

山田詠美著

ラビット病

ふわふわ柔らかいうさぎのように、いつもくっついているふたり。キュートなゆりちゃんといたいけなロバちゃんの熱き恋の行方は？

山田詠美著

放課後の音符《キイノート》

大人でも子供でもないもどかしい時間。まだ、恋の匂いにも揺れる17歳の日々——。放課後にはじまる、甘くせつない8編の恋愛物語。

山田詠美著

ぼくは勉強ができない

勉強よりも、もっと素敵で大切なことがあると思うんだ。退屈な大人になんてなりたくない。17歳の秀美くんが元気溌剌な高校生小説。

欲望　小池真理子著

愛した美しい青年は性的不能者だった。決してかなえられない肉欲、そして究極のエクスタシー。あまりにも切なく、凄絶な恋の物語。

蜜月　小池真理子著

天衣無縫の天才画家・辻堂環が死んだ――。無邪気に、そして奔放に、彼に身も心も委ねた六人の女の、六つの愛と性のかたちとは？

恋　直木賞受賞　小池真理子著

誰もが落ちる恋には違いない。でもあれは、ほんとうの恋だった――。痛いほどの恋情を綴り小池文学の頂点を極めた直木賞受賞作。

浪漫的恋愛　小池真理子著

月下の恋は狂気にも似ている……。禁断の恋の果てに自殺した母の生涯をなぞるように、激情に身を任す女性を描く、濃密な恋物語。

水の翼　小池真理子著

木口木版画家の妻の前に現れた美しい青年。真実の美を求め彼の翼が広げられたとき永遠のはずの愛が終わる……。恋愛小説の白眉。

無伴奏　小池真理子著

愛した人には思いがけない秘密があった――。一途すぎる想いが引き寄せた悲劇を描き、『恋』『欲望』への原点ともなった本格恋愛小説。

恋《こい》せども、愛《あい》せども

新潮文庫　ゆ－7－11

平成二十年七月一日発行

著者　唯《ゆい》川《かわ》恵《けい》

発行者　佐藤隆信

発行所　株式会社　新潮社

郵便番号　一六二―八七一一
東京都新宿区矢来町七一
電話　編集部(〇三)三二六六―五四四〇
　　　読者係(〇三)三二六六―五一一一
http://www.shinchosha.co.jp

価格はカバーに表示してあります。

乱丁・落丁本は、ご面倒ですが小社読者係宛ご送付ください。送料小社負担にてお取替えいたします。

印刷・二光印刷株式会社　製本・加藤製本株式会社

ISBN978-4-10-133431-8 C0193